御手洗潔的旋律

島田莊司

Shimada Sōji

串連過去、現在、未來的旋律，
只有御手洗方能奏出的華麗推理樂章。

メロディ

婁美蓮—譯

【總導讀】

新本格推理小說之先驅功臣島田莊司（八次增補版）

推理評論家◎傅博

●《占星術殺人魔法》是新本格推理小說的先驅作品

說到日本之新本格推理小說的發軔時，誰都知道其原點是一九八七年，綾辻行人所發表的《殺人十角館》。但是少有人知道黎明前的那段暗夜的故事。凡是一個事件或是現象的發生，都有原因的，不是平空而來的。新本格推理小說的誕生也不例外，現在分為近、遠兩因來說。

一九五七年，松本清張發表《點與線》和《眼之壁》，確立社會派推理小說的創作路線，之後，新進作家都跟進。之前以橫溝正史為首的浪漫派（又稱為虛構派）推理小說（當時稱為偵探小說），隨之衰微，最後剩下鮎川哲也一人孤軍奮鬥。

但是稱為社會派推理作家的作品，大多是以寫實手法所撰寫之缺乏社會批評精神，甚至不少作品變質為風俗推理小說，到了一九六〇年代後半就開始式微，於是第一波反動勢力抬頭，就是幾家出版社之浪漫派推理小說的重估出版。

最初是一九六八年十二月，桃源社創刊「大浪漫之復活」叢書，收集了清張以前，被稱為偵探作家之國枝史郎、小栗虫太郎、海野十三、橫溝正史、久生十蘭、橘外男、蘭郁二郎、香山滋等代表作，獲得部分推理小說迷的支持。之後由幾家出版社分別出版了「江戶川亂步全集」、「夢野久作全集」、「橫溝正史全集」、「木木高太郎全集」、「濱尾四郎全集」、「山田風太郎全集」、「大坪砂男全集」、「高木彬光長篇推理小說全集」等精裝版不下十種。

另外，於一九七一年四月由角川文庫開始出版的橫溝正史作品（實質上是文庫版全集，達一百卷），與角川電影公司的橫溝作品的電影化之相乘效果，引起橫溝正史大熱潮，合計銷售一千萬本。象徵了偵探小說的復興，但是沒有出現繼承撰寫偵探小說的新作家。此為遠因之一。

遠因之二是，一九七五年二月，稱為「偵探小說專門誌」以重估偵探小說、發掘偵探小說之新人作家、推動推理小說評論為三大編輯方針的《幻影城》創刊。

《幻影城》於一九七九年七月停刊，在不滿五年期間，以特輯方式，有系統地重估了偵探小說，確立了從前不被重視的推理小說評論方向，並舉辦「幻影城新人獎」，培養出一批具「新偵探小說觀」的新進作家，如泡坂妻夫、竹本健治、連城三紀彥、栗本薰、田中芳樹、筑波孔一郎、田中文雄、友成純一等。

《幻影城》停刊後，浪漫派推理小說復興運動也告一段落，只泡坂妻夫等幾位幻影城出身的作家，以及《野性時代》出身的笠井潔陸續發表偵探小說而已。代之而興起的，就是被歸類於推理小說的冒險小說。一九八〇年代，日本推理小說的第一主流就是冒險小說。

近因是帶著《占星術殺人魔法》登龍推理文壇的島田莊司的影響。《占星術殺人魔法》原來是於一九八〇年，以《占星術之魔法》應徵第二十六屆江戶川亂步獎的作品，雖然入圍，卻沒得獎。改稿後，於八一年十二月以《占星術殺人魔法》，由講談社出版。

占星術是把人體擬作宇宙，分為六部分，即頭部、胸部、腹部、腰部、大腿和小腿。各由不同行星守護。又每人依其誕生日分屬不同星座，特別由星座守護星祝福其所支配部位。

一九三六年幻想派畫家梅澤平吉，根據上述占星術思想，留下一篇瘋狂的手記，被殺害陳屍於密室。手記內容寫道，自己有六名未出嫁女兒，其守護星都不同，如果各取被守護部位，合為一個完美的處女的話，生命實質上已終結，其肉體被精練，昇華成具絕對美之永遠女神，變為「哲學者之后（阿索德）」，保佑日本，挽救神國日本之危機。

之後，六名女兒相繼被殺害分屍，屍體分散日本各地，好像有人具意識地在繼承梅澤的遺志。但是梅澤的手記沒人看過，何來有遺囑殺人呢？兇手的目的是什麼？四十年來血案未破，成為無頭公案。

四十三年後的春天，事件關係者寄來一包未公開過的證據資料給占星術師兼偵探的御手洗潔，請他解決這一連串的獵奇殺人事件。名探御手洗潔如何推理、解謎、破案之經過，請讀者直接閱讀本書，這裡不饒舌，只說本書是一部蒐集古典解謎推理小說的精華於一書的傑作。

故事記述者石岡和己是名探的親友，完全承襲柯南道爾的福爾摩斯探案；御手洗潔根據四十年前的資料做桌上推理，是沿襲奧希茲女男爵的安樂椅偵探；書中兩次插入作者向讀者的挑戰信，是踏襲艾勒里・昆恩的「國名系列」作品；炫耀占星術、分屍的獵奇殺人，是繼承約翰・狄克森・卡爾的浪漫性和怪奇趣味。

本書出版後毀譽褒貶參半，否定者認為這種古色古香的作品，不適合社會派（實際上是寫實派）的推理小說時代，卻不從作品的優劣作評價。肯定者即認為是一部罕見的本格推理傑作。這些肯定者大多是年輕讀者。

處女作是作家的原點，至今已具三十年作家資歷的島田莊司，其作品量驚人，已達七十部以上，非小說類之外，都是本格推理小說，而大多作品都具處女作的痕跡。

島田莊司的推理小說觀

在日本，小說家寫小說，評論家寫評論，各守自己崗位，工作分得很清楚；不像台灣的作家，人人都是天才，詩、散文、小說、評論樣樣寫，產品卻都是垃圾一大堆，但是有例外。現在日本推理文壇，也有例外，二位作家——島田莊司和笠井潔，卻是雙方兼顧的作家。

笠井潔的評論著重於理論與作家論（有機會另詳說），島田莊司的評論大都是宣揚自己的「本格 mystery」理念。

那麼島田莊司的本格推理小說觀是怎樣的呢？我們可從一九八九年十二月，島田莊司所發表的長篇論文〈本格ミステリー論〉（收錄於講談社版《本格ミステリー宣言》一書裡）可獲得解答。

島田莊司的推理小說觀很獨自，把八十多年來的日本推理小說，大概按時代分為三種類，以不同名稱稱呼，意欲表達其內容的不同：清張（一九五七年）以前的作品群稱為「探偵小說」，即偵探小說也。清張為首的社會派作品稱為推理小說。自己發表《占星術殺人魔法》以後之推理小說稱為「ミステリー」，即 mystery 的日文書寫。以下引用文，一律按其分類名稱書寫，筆者的文章原則上統一為「推理小說」。

島田莊司對「本格」的功用定義如下：

——「本格」並非為作品的優劣之基準而發明的日本語。同時也非要衡量作品的社會性價值的尺子，只是要說明作品風格，並與其他小說群做區別分類之方便性而登場的稱呼而已。

繼之說明本格的構造說：

——「本格」就是稱為推理小說這門特殊文學發生的原點。並且具有正確地繼承這種精神的作家，在歷史上各地區連綿不斷地生產本格作品，而且從這些本格作品所發散出來的精神，也不斷地引起本格以外之「應用性推理小說」的構造。

島田莊司認為推理小說的原點是「本格」，由本格派生出來的作品就是「應用性推理小說」，他故意不使用「變格」字樣，他說：

——在前文使用過的「應用性推理小說」，就是指具有愛倫・坡式的精神，屬於幻想小說系統以外之作家，運用自己獨特的方式撰寫的犯罪小說。

島田莊司一面承認二次大戰前，被稱為「本格探偵小說」的作品就是「本格」，而另一面卻認為部分作品是非本格作品，但是沒有具體舉出作品名說明。

而二次大戰後，部分人士所提倡的「推理小說」名稱，他認為是「本格探偵小說」的同義語，在「推理小說」上不必冠上「本格」兩字。至於清張以後的「推理小說」，是從「本格」派生的，屬於「應用性推理小說」，所以「推理小說」群裡沒有「本格」作品。

——現在因這些理由，「本格推理小說」這名稱，在出版界廣泛使用。可是，現在所使用的這語言，是否對上述的歷史，以及各種事項具正確的理解，然後才合理地使用，這就很難說了。

島田莊司認為清張以後的冒險小說、冷硬推理小說、風俗推理小說、社會派犯罪小說都是從「推理小說」派生出來的（前段引文的「這些理由」、「上述的歷史」、「各種事項」就是指推理小說的派生問題）。因此「推理小說」本身要與這些派生作品劃清界線，方便上稱為「本格推理小說」而已，實質上並不具「本格」涵義。由此，島田的結論是「本格推理小說」原來就不存在，名稱是誤用的。

——那麼，「本格」或是「本格ミステリー」是什麼？

——已經理解了吧。「本格 mystery」不是「應用性推理小說」，是指極少數的純粹作品。從愛倫・坡的〈莫爾格街之殺人〉的創作精神誕生，而具同樣創作精神的 mystery 就是。

最後，島田莊司認為愛倫・坡執筆〈莫爾格街之殺人〉的理念是「幻想氣氛」與「論理性」。所以島田的結論是，「本格ミステリー」須具全「幻想氣氛」與「論理性」的條件。

島田莊司的這篇論文，饒舌難解，為了傳真，引文是直譯，不加補語。

●島田莊司的作品系列

話說回來，島田莊司，一九四八年十月十二日出生於廣島縣福山市，武藏野美術大學商業設計科畢業後，當過翻斗卡車司機，寫過插圖與雜文，做過占星術師。一九七六年製作自己作詞作曲的LP唱片〈LONELY MEN〉，一九七九年開始撰寫小說，處女作《占星術殺人魔法》就是根據自己的占星術學識撰寫的作品，出版時是三十三歲。一九九三年移居美國洛杉磯。

以《占星術殺人魔法》登龍文壇之後，島田莊司陸續發表本格推理小說已達七十部以上，非小說約二十部。以偵探分類，可分為三大系列，第一是「御手洗潔系列」，第二是「吉敷竹史系列」，第三是「犬坊里美系列」與一群非系列化作品。這是方便上的分類。島田所塑造的配角，如牛越佐武郎刑事、中村吉藏刑事，在各系列露面。現在依系列，簡介島田莊司的重要作品，書名下之括弧內的「傑作選X」為皇冠版島田莊司推理傑作選號碼。

一、御手洗潔系列

御手洗潔，這姓名很奇怪。「御手洗」在日本是實有的姓名，但是很少。當一般名詞使用時，是「廁所」之意。「御手洗潔」即具清潔廁所之意。作家往往把自己投影在作品的登場人物，不一定是主角，有時候是旁觀者。日本的「私小說」主角，大多是作者的分身。在島田作品裡，這種現象很明顯，不只是御手洗潔，記述者石岡和己也是島田莊司的分身。

據島田的回憶，小學生的時候被同學叫為「掃除大王」，甚至譏為「掃除廁所」，理由是「莊司」的日語發音 souji 與「掃除」同音。所以把少年時的綽號，做為名探的姓名。御手洗潔的本行是占星術師，島田曾經也是占星術師。石岡和己是御手洗潔的親友，並非作家，記述御手洗潔破案經過的《占星術殺人魔法》以後，改業做作家。島田也是發表《占星術殺人魔法》後成為作家的。

御手洗潔也是一九四八年出生。勇敢、大膽不認輸、具正義感、唯我獨尊、旁若無人的言動等性格，也是與島田莊司共有的。

01《占星術殺人魔法》（傑作選1）：

一九八一年二月初版、一九八五年二月出版第二次改稿版。「御手洗潔系列」第一集。長篇。初版時的偵探名為御手洗清志，記述者是石岡一美。不可能犯罪型本格小說的傑作。

02《斜屋犯罪》（傑作選15）：

一九八二年十一月初版。「御手洗潔系列」第二集。長篇。北海道宗谷岬有一座傾斜的房屋流冰館，連續發生密室殺人事件，辦案的是札幌警察局的牛越刑事，他不能破案，向東京救援，被派來的是御手洗潔。島田莊司的早期代表作，發表時也只獲得部分推理小說迷肯定而已，但是對之後的新本格派的創作具深大影響，就是「變型公館」的殺人。如綾辻行人之《殺人十角館》等「館系列」，歌野晶午之《長形房屋之殺人》等信濃讓二的房屋三部曲，我孫子武丸之《8之殺人》等速水三兄妹推理三部曲都是也。

03《御手洗潔的問候》（傑作選12）：

一九八七年十月初版。「御手洗潔系列」第三集，收錄密室殺人之〈數字鎖〉、具向讀者的挑戰信之〈狂奔的死人〉、寫一名上班族的奇妙工作之〈紫電改研究保存會〉、綁架事件、密碼為主題之〈希臘之犬〉等四短篇的第一短篇集。

04《異邦騎士》（傑作選2）：

一九八八年四月初版。一九九七年十月出版改訂版。「御手洗潔系列」第四集。長篇。以御手洗潔探案順序來說，是最初探案。一名失去記憶的「我」，尋找自己的故事。屬於懸疑推理小說。《占星術殺人魔法》之前的習作《良子的回憶》之改稿版。

05《御手洗潔的舞蹈》（傑作選31）：

一九九〇年七月初版。「御手洗潔系列」第五集。收錄三篇中篇：〈戴禮帽的伊卡洛斯〉寫掛在二十公尺高之電線上的男人屍體之謎、〈某位騎士的故事〉寫四名痴情的男士，為一名女人殺人及其方法之謎、〈舞蹈症〉寫每逢月夜，一名老人就扭腰起舞之謎。此三篇之外，另一篇〈近況報告〉，是以石岡和己的視點記述同居者御手洗潔的日常生活、個性、思想、行動，對御手洗的粉絲來說，是一篇至高的禮物。御手洗潔的中短篇探案不多，至今只出版三集，書名踏襲柯南道爾的福爾摩斯短篇探案集的命名法。即「御手洗潔的問候」、「御手洗潔的舞蹈」、「御手洗潔的旋律」。

06《黑暗坡的食人樹》（傑作選5）：

一九九〇年十月初版。「御手洗潔系列」第六集。長篇。江戶時代，橫濱黑暗坡是刑場，有很多陰慘的傳說。樹齡二千年的大樟樹是食人樹，至今仍然有悲慘事件發生，與黑暗坡的藤並一族的連續命案是否有關？本書最大的特色是全篇充滿怪奇趣味。四十萬字巨篇第一部。

07《水晶金字塔》（傑作選18）：

一九九一年九月初版。「御手洗潔系列」第七集。長篇。一九八四年在澳洲的沙漠，發現一具被燒死的屍體，從其駕照得知，他是美國軍火財團一族的保羅・艾力克森。他是美國紐奧良南端的埃及島上的巨大玻璃金字塔的建造者。建造這座金字塔的目的是什麼？與他之死有關係嗎？一九八六年來到這座金字塔拍外景的松崎玲王奈，首日看到狼頭人身的怪物，牠與傳說中之埃及的「冥府使者」很相似。之後不久，保羅之弟李察・艾力克森，陳屍在金字塔旁的高塔之密室內，死因是溺斃。兄弟之不尋常死亡意味什麼？四十萬字巨篇第二部。

08《眩暈》（傑作選9）：

一九九二年九月初版。「御手洗潔系列」第八集。長篇。故事架構與處女作有點類似，一名《占星術殺人魔法》的讀者，留下一篇描寫恐怖的世界末日之手記：古都鎌倉一夜之間變成廢墟，出現恐龍，死人遺骸都呈被核能燒死的現象，而由一對被切斷的男女屍體合成的置錯體復醒。「幻想氣氛」十足的四十萬字巨篇第三部。

09《異位》（傑作選19）：

一九九三年十月初版。「御手洗潔系列」第九集。長篇。在《黑暗坡的食人樹》與《水晶金字塔》登場過的好萊塢日籍女明星松崎玲王奈，於本書成為綁架、殺人嫌疑犯。玲王奈最近時常夢見自己的臉噴出血的惡夢。有一天有名的女明星失蹤，當局懷疑是玲王奈的作為。不久，被綁架的幼兒都被殺，全身的血液被抽盡，恰如傳說上的吸血鬼之作為。難道玲王奈是吸血鬼的後裔嗎？御手洗潔會如何推理，為玲王奈解圍呢？四十萬字巨篇第四部。

10《龍臥亭殺人事件》（傑作選10、11）：

一九九六年一月初版，「御手洗潔系列」第十集。長篇。御手洗潔一年前到歐洲遊學，岡山縣貝繁村之龍臥亭旅館發生連續殺人事件時，他不在日本，探案的主角是石岡和己。岡山縣在日本是比較保守的地區，橫溝正史之《獄門島》的連續殺人事件舞台，就是岡山縣的離島，一九三八年日本最大量（三十人）的殺人事件舞台也是岡山縣。本書是目前島田莊司的最長作品，他花了八十萬字欲證明其「多目的型本格 mystery」（多目的型是指在一個故事裡有複數的主題或作者的主張）。如在下冊插入四萬字以上的「都井睦雄之三十人殺人事件」，原來這事件與故事是沒關係的。「多目的型本格 mystery」的贊同者不多。

11《御手洗潔的旋律》（傑作選33）：

一九九八年九月初版，「御手洗潔系列」第十一集。收錄中、短各兩篇。〈IgE〉與〈波士頓幽靈畫圖事件〉為本格推理中篇，前者寫美少女失蹤事件，與川崎市內的S餐廳的男廁所小便斗不斷被破壞之謎。後者寫御手洗留學美國哈佛大學時，大廈壁上的Z字被射擊十二槍之謎。〈SIVAD SELIM〉與〈再見了，遙遠的光芒〉兩則短篇為非推理小說，前者寫御手洗與記錄者石岡和己，對於是否參加高中的音樂會而吵架的經過，後者寫御手洗的德國友人與松崎玲王奈的一段交往，都是作者欲突出名探御手洗潔的形象之小品。

12《P的密室》（傑作選32）：

一九九九年十月初版，「御手洗潔系列」第十二集。收錄兩篇中篇：〈鈴蘭事件〉與〈P的密室〉。這兩篇都是御手洗幼年時代的探案。在〈鈴蘭事件〉開頭，記述者石岡和己寫道：本篇是呼應御手洗的粉絲要求而撰寫的。事件發生於一九五四年，御手洗五歲，在幼稚園上學，同學的父親橫死，警方判斷是事故死亡，御手洗獨自調查找出真凶。〈P的密室〉是御手洗七歲時解決的密室殺人事件。畫家與有夫之婦陳屍在密室，雖然女人之丈夫被捕，御手洗提出異論而破案。

五歲的名偵探，可能是世界推理小說史上，最年輕的偵探。島田莊司神話，信不信由你！

13《俄羅斯幽靈軍艦之謎》（傑作選23）：

二〇〇一年十月初版。「御手洗潔系列」第十四集。長篇。一九九三年八月，即御手洗潔赴歐洲一年前，他收到松崎玲王奈從美國轉來一封她首次到美國拍「花魁」電影時，影迷倉持百合寄給她的舊信，內容說，前個月九十二歲的祖父倉持平八的遺言，希望在美國的玲王奈向住在維吉尼亞州之安娜・安德森・馬納漢轉達：「他對不起她，在柏林，實在對不起。」但是他卻不透露對不起的理由。他又希望她能夠到箱根之富士屋飯店，看到掛在一樓魔術大廳暖爐上的那一張相片。

於是御手洗帶石岡來到富士屋。此相片攝於一九一九年，箱根蘆湖為背景，一夜之間湖上出現一艘俄羅斯軍艦時的幽靈相片。直接關係者都已死亡的歷史懸案，御手洗如何解決？

14《魔神的遊戲》（傑作選6）：

二〇〇二年八月初版。「御手洗潔系列」第十六集。長篇。五、六十歲的女人連續被殺分屍事件，在御手洗潔遊學英國蘇格蘭尼斯湖畔發生，掛在刺葉桂花樹上的「人頭狗身」的怪物意味些什麼？

15《螺絲人》（傑作選21）：

二〇〇三年一月初版。「御手洗潔系列」第十九集。長篇。本書採取橫排與直排交互排版的特殊方式，可說是作者之新嘗試，是否成功讓讀者判斷。故事發生於瑞典與菲律賓兩地，發生的時間相差也有一段距離。全書分四大章，第一、第三章橫排，是御手洗的手記，寫他在瑞典的醫學研究所接見一位年齡與自己差不多的失去部分記憶的中年人馬卡特的經過。

第二章直排，馬卡特撰寫的幻想童話〈重返橘子共和國〉全文，主角艾吉少年出遊，來到巨大橘子樹上的鄉村，博學、長壽的老村長，有翼精靈……第四章橫直排交互出現，御手洗根據這本童話，推理馬卡特失去部分記憶的原因，因此發現在菲律賓發生的事件。

16《龍臥亭幻想》（傑作選13、14）：

二〇〇四年十月初版。「御手洗潔系列」第二十集。長篇。龍臥亭事件八年後，當時的本事件關係者在龍臥亭集會。在眾人監視的神社內，業餘的年輕巫女突然消失，三個月後，從地震後的地裂出現其屍體。之後，發生分屍殺人事件。這樁連續殺人事件與明治時代的森孝魔王傳說有何關係？吉敷竹史在本書登場，與御手洗潔聯手解決事件。

17《摩天樓的怪人》（傑作選20）：

二〇〇五年十月初版。「御手洗潔系列」第二十一集。長篇。一九六九年御手洗潔在紐約哥倫比亞大學任教（助理教授）。住在曼哈頓摩天大樓三十四樓的舞台劇大明星，因患癌症，臨死前向他告白，於一九二一年紐約大停電時，她在一樓射殺了自己的老闆。這棟大樓曾經發生過複數的女明星在房間內自殺，劇團關係者被大時鐘塔的時針切斷頭，又某天突然吹起大風，整棟大樓的窗玻璃都破碎，本大樓的設計者死亡等事件，都與住在這棟大樓的「幽靈（怪人）」有關。她要御手洗推理，告白後即去世。幽靈的真相是什麼？

18《利比達寓言》（傑作選25）：

二〇〇七年十月初版。「御手洗潔系列」第二十三集。收錄兩篇十萬字長篇。表題作〈利比達寓言〉寫二〇〇六年四月，在波士尼亞赫塞哥維納共和國莫斯塔爾，四名男人同時被殺害，其中三名是塞爾維亞人，三人之中兩名的頭被切斷，另一名是波士尼亞人，頭同樣被切斷之外，胸腔至腹部被切開，心臟以外的內臟全部被拿走。此外四名的男性器都被切斷拿走。北大西洋條約機構（NATO）之犯罪搜查課之吉卜林少尉來電，要「我」（克羅地亞人。御手洗潔的朋友，本事件記錄者）聯絡在瑞典的御手洗潔，請他到莫斯塔爾來解決這次獵奇殺人事件。另一長篇是〈克羅埃西亞人的手〉，同樣是蘇聯崩壞後，獲得獨立的小獨國內的民族糾紛為題材的本格推理小說。

二、吉敷竹史系列

島田莊司發表第二長篇《斜屋犯罪》後，風評與處女作一樣，毀譽褒貶參半。島田認為「本格mystery」尚未能被一般推理小說讀者接受，須擬出一套戰略計畫，推擴「本格mystery」。島田的策略之一，就是撰寫擁有廣大讀者的旅情推理小說，先打響自己的知名度，然後再回來撰寫「本格mystery」；另一策略就是到全國各所大學的推理文學社團宣揚「本格mystery」。島田的兩個策略，算是都成功了。他在京都大學認識了綾辻行人、法月綸太郎、我孫子武丸等人，鼓勵他們寫作，並把他們的作品推薦給讀者，而確立了新本格推理小說。

另一方面，島田莊司從一九八三年開始，以短篇寫御手洗潔系列作品，長篇寫旅情推理小說，而塑造了離過婚的刑事吉敷竹史。其離婚妻加納通子偶爾會在「吉敷竹史系列作品」露面，是一位重要配角。他們離婚前的感情生活，作者跟著故事的進展，借吉敷的回憶，片段地告訴讀者。

所謂的「旅情推理小說」大多具有解謎要素，但是它與解謎要素並重的是，描述地方都市的人情、風光。故事架構有一定形式，住在東京的人，往往死在往地方都市的列車內或地方都市。辦案的大多是東京的刑事。

吉敷竹史是東京警視廳搜查一課殺人班刑事，一九四八年出生，與島田莊司、御手洗潔同年，只從年齡來說，就可看出吉敷竹史也是作者的分身，所以其造型與寫實派的平凡型刑事不同。

長髮、雙眼皮、大眼睛、高鼻梁、厚嘴唇、高身材，一見如混血的模特兒。這種素描就是島田莊司的自畫像。

01《寢台特急1／60秒障礙》（傑作選7）：

一九八四年十二月初版。「吉敷竹史系列」第一集。長篇。被殺害剝臉皮陳屍在浴缸裡的女人，在其推定的死亡時刻後，卻在從東京開往西鹿兒島的寢台特別快車隼號上被目擊。是一人扮二人？抑或是二人扮一人的詭計嗎？

02《出雲傳說7／8殺人》（傑作選8）：

一九八四年六月初版。「吉敷竹史系列」第二集。長篇。被分屍成八件肉塊的女性，其胴體、兩腕、兩大腿、兩小腿分別放在大阪車站與山陰地區的六個地方鐵路終站，找不到頭部而且其指紋全部被燒燬。兇手的目的是什麼？

03《北方夕鶴2／3殺人》（傑作選3）：

一九八五年一月初版。「吉敷竹史系列」第三集。長篇。事件是五年前的離婚妻加納通子打來的電話為開端，東京的刑事吉敷竹史，被捲入北海道的連續殺人事件。通子最初被誤認為從東京開往北海道的「夕鶴九號」列車殺人事件的被害者，其次成為釧路的公寓殺人事件的加害者。吉敷竹史在查案過程中，發現兩人結婚前之通子的重大秘密。吉敷獲得札幌警察署刑事牛越佐武郎的協助，終可破案。是一部社會派氣氛濃厚的旅情推理小說之傑作。

04《奇想、天慟》（傑作選17）：

一九八九年九月初版。「吉敷竹史系列」第八集。長篇。行川郁夫只為了十二圓的消費稅，刺殺了雜貨店女老闆，行川被捕後一直閉嘴不說出殺人的真正動機。吉敷竹史深入調查後，發現行川三十年前曾經出版過一本推理小說集《小丑之謎》，是寫一名矮瘦小丑，在北海道的夜行列車廁所開槍自殺，被發現後，廁所門再次被打開時，屍體消失無蹤……吉敷又由札幌警察局刑事牛越佐武郎告知，三十多年前北海道發生過類似事件，吉敷於是重新調查此事件。是一部本格推理融合社會派推理的傑作。

05《羽衣傳說的回憶》（傑作選26）：

一九九〇年二月初版。「吉敷竹史系列」第九集。長篇。吉敷竹史偶然在東京銀座的畫廊看到叫做「羽衣傳說」的雕金。他懷疑是離婚妻加納通子的作品。他回憶一九七二年，初次遇到她時的情景：她為了搶救一隻將被車撞死的小狗，反而自己受傷，吉敷把她帶到醫院治療，之後兩人開始交往，翌年結婚。結婚當天通子向吉敷說：「如果結婚的話，我將會死掉。」結婚後通子的行動漸漸不正常，七九年兩人離婚。吉敷至今一直不能忘記與通子相處的這六年。在「吉敷竹史系列」加納通子繼《北方夕鶴2／3殺人》登場的作品。

之後，吉敷到羽衣傳說之地，京都府宮津市辦案時，偶然遇到通子，吉敷又被捲入與通子母親有關的離奇死亡事件。

06《飛鳥的玻璃鞋》（傑作選28）：

一九九一年十二月初版。「吉敷竹史系列」第十一集。長篇。住在京都的電影明星大和田剛太失蹤第四天，被切斷的右手腕寄到他家裡。十個月後事件尚未解決，吉敷對這件管區外的事件發生興趣，向上司要求，讓自己去京都辦案，上司不允許，討價還價的結果，上司開出一個條件，限定一個星期的期間，要他解決事件，不然的話要辭職。

吉敷如何對付這事件？一篇具限時型懸疑小說的本格推理小說。日本的警察制度，不允許越境辦案，吉敷為何賭職辦案呢？這與離婚妻加納通子來電有關嗎？

07《涙流不止》（傑作選30）：

一九九九年六月初版。「吉敷竹史系列」第十五集。八十萬字大長篇。開頭兩個不相關的故事分別進行。最初是吉敷的離婚妻加納通子三次登場，這次與前兩次不同，這次完全是通子不幸的半生之紀錄。作者詳細記錄通子在盛岡之少女時期的性幻想，以及遭遇過多次的非尋常的死亡事件，通子決心接受精神治療，欲究明自己的過去之經過。

另一個故事是吉敷有一天，在公園內，看到一位老婦人向著噴水池，大聲獨白的光景，她說，三十九年前在盛岡發生的河合一家三人（夫妻與女兒）的慘殺事件的真兇，不是丈夫恩田幸吉，恩田是無辜的。吉敷聽完後，詳細質詢老婦人，然後決定單獨重新調查一家三人殺人事件。

書後附錄一篇編輯部之訪問記〈代後記——島田莊司談《涙流不止》〉。由本文可看出作者之寫作動機與作者之正義感。

三、犬坊里美系列

二〇〇六年島田莊司新創造之第三系列。主角犬坊里美對讀者並不陌生，在《龍臥亭殺人事件》首次登場後，當時她還是一名青春活潑的高中生。之後在御手洗潔探案中出現過，甚至御手洗出國時，在《御手洗潔模園地》裡，與石岡和己合作解決過事件，可見她稍早就具有推理眼。跟著時光的推移，里美高中畢業後，在橫濱之塞里托斯女子大學法學部學習法律，畢業後在光未來法律事務所上班，並準備司法考試，考試及格後到司法研修所受訓，研修後被派到岡山地方法院實修。

01《犬坊里美的冒險》（傑作選22）：

二〇〇六年十月初版。「犬坊里美系列」第一集。長篇。故事從二〇〇四年夏天，二十七歲的犬坊里美為司法修習，來到岡山地方法院報到寫起。被派到這裡的修習生有六位，實修第一階段是律師事務，於是她與五十一歲的芹澤良，被派到丘隣之倉敷市的山田法律事務所實習。

他們兩人到山田法律事務所上班第一天，就碰到一個之前被殺、屍體消失，而前幾天腐爛屍體突然出現五分鐘，然後又消失的怪事件，而當局當場逮捕一名屍體出現時，在屍體旁邊的流浪漢藤井寅泰，他對殺人經過、動機一句不說，里美認為必有驚人的內幕，她開始調查。

四、非系列化作品

島田莊司的非系列化作品，占小說作品之三分之一以上，與其他本格派推理作家比較，其比率為高，作品領域也廣泛，有解謎推理、有社會派推理，也有諧模（戲作）作品。

01《死者喝的水》（傑作選29）：

一九八三年六月初版。第三長篇。非系列化作品第一集。前兩篇不可能犯罪型長篇，不能獲得廣大讀者支持，於是作者在本篇，改變創作路線——不在犯罪現場型推理。偵探是在第二長篇《斜屋犯罪》以配角身分登場的札幌警察局之牛越佐武郎刑事。他與社會派推理的刑警一樣，靠著兩隻腳搜查被害者，實業家赤渡雄造於旅行中被殺，其後被分屍，裝在兩只皮箱寄回家裡的獵奇事件。文中作者對「水」展現衒學。

02《被詛咒的木乃伊》（傑作選4）：

一九八四年九月初版。長篇。原書名是《漱石與倫敦木乃伊殺人事件》。明治大正時代的文豪夏目漱石為主角之福爾摩斯探案的諧模作品。夏目漱石留學英國時，每晚被幽靈聲音騷擾，他去找名探福爾摩斯，由此被捲入一樁木乃伊焦屍案。全書分別以福爾摩斯助理華生與夏目漱石兩人之不同視點交互記載事件經緯。夏目漱石眼中的英國首屈一指的名探是怪人。諧模推理小說的傑作。

03《火刑都市》：

一九八六年四月初版。長篇。連續縱火殺人事件為主題的社會派本格推理小說之傑作。中村吉藏刑事唯一為主角的作品。都市論——東京，與推理小說的「多目的型本格 mystery」。

04《高山殺人行1／2之女》（傑作選16）：

一九八五年三月初版。長篇。旅情推理小說第四長篇，但是與上述三作品不同的是非吉敷竹史系列作品。一般旅情推理小說不能或缺的是列車、飛機、船舶等交通工具與其時間表。日本特有之旅情推理能夠成立的最大因素是，這些交通工具之運行時間的正確性。但是本書並不使用這些工具與時間表。所使用的是島田平時喜愛的轎車。上班族齋藤真理與外資公司的上級幹部川北留次有染。

某天，川北從高山別墅來電說，殺死妻子初子，要她替他偽造不在犯罪現場證明，要她打扮成初子，駕車來高山，途中到處留下初子的印象。「兩人扮演一人」的詭計是否成功？故事意外展開，讓讀者意想不到的收場。

05《開膛手傑克的百年孤寂》（傑作選24）：

一九八八年八月初版，二〇〇六年十月出版改訂版。長篇。一八八八年，英國倫敦發生令人心寒的連續獵奇殺人事件。五名被害者都是娼妓，她們被殺後都被剖腹拿出內臟。事件發生至今已一百多年，倫敦警察當局尚未破案。島田莊司不但取材自這件世界十大犯罪事之一的「開膛手傑克事件」，並加以推理、解謎（紙上作業）。

開膛手傑克事件的百週年之一九八八年，東德首都東柏林也發生模仿開膛手傑克的連續娼妓獵奇殺人事件。名探克林・密斯特利（Clean Mystery，島田莊司迷不陌生吧！）如何解釋相隔百年的兩大獵奇事件呢！

06《伊甸的命題》（傑作選27）：

二〇〇五年十一月初版。收錄兩篇十萬字左右的長篇。表題作〈伊甸的命題〉所指的是：「由男性的細胞核所創造的複製人，是否能夠具備卵巢這種臟器」的疑問。由此可知本篇乃以懸疑小說形式討論複製人的小說。

另一篇〈Helter Skelter〉，是島田莊司於二〇〇一年發表論文〈二十一世紀本格宣言〉，重新宣揚自己的本格理念，然後請幾位作家撰寫符合其本格理念的推理小說，而本人也寫了一篇示範作品，分發給每位參與的作家做參考。這篇作品就是〈Helter Skelter〉，本文不提示其內容，讓讀者去欣賞島田莊司的二十一世紀推理小說。（其實二〇〇一年以後的島田作品，很多是這類小說。）

【導讀】再見了，石岡！

推理作家、評論家◎既晴

I

御手洗潔探案的第三部短篇集《御手洗潔的旋律》（一九九八年），發表的時間點，位於島田莊司探索巨篇本格推理「新・御手洗」系列的完結之際，是「御手洗潔・石岡和己」組合的終點，此後的御手洗潔探案邁向全世界，石岡和己不再是唯一的華生角色，而是因地制宜，在架構上的設計做出更多變化，以實現「二十一世紀本格」的創作理念。

石岡和己，一九五〇年十月九日生於山口縣，出身於一個平凡的家庭，父親是普通上班族，有一個弟弟。石岡在高中畢業前都住在山口縣，學生時期即表現出美術天份，高中加入美術社。後來，進入東京的武藏野美術大學讀設計，可以說是島田莊司的學弟。畢業後，找到插畫家的工作，獨自住在東京。

石岡的初登場作，是《占星術殺人魔法》（一九八一年），即島田的出道作。這個角色，最早是設定為一個謎團蒐集狂。無論是世界史、犯罪史上各種稀奇古怪的謎團，石岡都興趣洋溢地到處蒐集相關書籍、報告，反覆閱讀資料裡分析謎團的各種學說、解釋，以滿足好奇心，其狂熱的程度，簡直到了上癮的地步。

當時的御手洗潔，則是一個占星術師，尚未與石岡成為室友，兩人一開始是因為某個事件而結識，後來交往漸漸密切，石岡知道御手洗有解決困難謎團的特殊才能，就「梅澤家占星術命案」一事向他請益，幾經波折，果真解決了這個懸置長達四十年的謎團。

石岡立刻整理兩人的解謎過程，撰稿出書，推出後大受歡迎，石岡因此成了事件報導作家，賺取版稅為生。隨後，在〈數字鎖〉❶（一九八五年）一作，御手洗轉職為私家偵探，而石岡則成為他的助手，兩人搬到橫濱的馬車道，展開朝夕相處、連袂破案的同居生活。又經過了《斜屋犯罪》（一九八二年）、《黑暗坡的食人樹》（一九九〇年）等事件，石岡不斷推出御手洗智解謎團的辦案紀錄，御手洗的名聲也廣為流傳，受人愛戴。

值得注意的是，在《占星術殺人魔法》中，石岡「自認智商不低，只是從未遇到如此棘手的問題」，但是，到了《水晶金字塔》（一九九一年）時，御手洗卻首次對他說「石岡，我想了一下，你跟我在一起之後，開始發生了智力退化的現象」。接下來，石岡就出現憂鬱症的傾向，特別是經過幾次出國辦案，石岡因不諳英語，自信迅速流失，對與陌生人接觸也日益恐懼，在系列中的份量也愈來愈輕，甚至在《異位》（一九九三年）完全沒有出場。相反的，御手洗則愈來愈活躍，再不可思議的案件，他都能掌控全局。在推理史上，這種「福爾摩斯愈來愈聰明、華生愈來愈笨拙」的變化，是非常罕見的設計。

御手洗潔離開日本之後，石岡鬱鬱寡歡，蝸居於室，直到在《龍臥亭殺人事件》（一九九六年）中遇見女高中生犬坊里美，持續受了她的鼓勵，才漸漸恢復，改變負面思考。

事實上，從一整個「御手洗・石岡」系列觀察下來，石岡是一個非常稱職的紀錄者，對於事件的發展、御手洗的行動，都能以容易理解的描述傳達給讀者，此外，他正義感強烈、人

❶收錄於《御手洗潔的問候》。

情味濃厚的個性，都使他成為島田筆下最令人喜愛的角色之一，無怪乎，無論島田多麼想將御手洗探案的格局擴至全球、擺脫日本，仍得因應讀者的需求，倒轉時空，繼續發表兩人聯手辦案的故事。至於他的自我評價過低，很明顯，即是因為站在「博學的巨人」身旁吧！

II

《御手洗潔的旋律》是島田在開始「二十一世紀本格」之前，將過去零星發表、尚未集結的作品整理成冊的短篇集。因此，這個短篇集的組成，並不同於《御手洗潔的問候》（一九八七年）或《御手洗潔的舞蹈》（一九九〇年）的調性那麼一致，雖然標題宣稱是「御手洗」探案，反而更像是一部描寫以御手洗為中心的世界之合輯，依照發表年代讀下來，倒是可以綜覽九〇年代的島田，將御手洗一步步改頭換面的過程。

第一篇〈ＩｇＥ〉，原載於雜誌《ＥＱ》一九九一年五月號，是「御手洗潔・石岡和己」組合的典型作品，與《御手洗潔的舞蹈》中〈舞蹈症〉（一九九〇年）的發表時間相隔僅一年餘，是「新御手洗」系列的初期作。

本作有島田的標準風格。首先，本作篇名是島田所愛用的專業術語，必須閱讀故事內容，才能確知書名的意義，其他如《異位》（一九九三年）、《螺絲人》（二〇〇三年）或《利比達寓言》（二〇〇七年）等，既是勾引讀者好奇心的魚餌，也是一種廣義的「謎團」。

其次，故事的謎團屬性，稱為「失落的連結」（missing link），原本意指「在連續謀殺案中，被害者彼此之間並無顯著關聯」，偵探必須找出被害者之間的共通點，才能掌握真兇身分；另外，依據童謠、詩詞內容進行殺人的「附會殺人」，亦是一種失落的連結，此處需要尋找的，是行兇手法與犯罪動機之間的關聯。

〈ＩｇＥ〉則採用更廣義的手法，尋找兩件不相干事件之間的關聯，這是島田設計謎團慣用技巧，多見於中短篇，且不限於本格推理，常以多線敘事手法表現。除本篇外，尚可列舉出〈狂奔的死人〉❷（一九八五年）、〈乾渴的城市〉❸（一九八五年）、〈戴禮帽的伊卡洛斯〉❹（一九八九年）或〈高速公路的幽靈〉❺（一九九二年）；長篇方面，《奇想、天慟》（一九八九年）或《淚流不止》（一九九九年）可歸於此類。

第二篇〈SIVAD SELIM〉，最初收錄於《島田莊司讀本》❻（一九九七年）單行本，後來《御手洗潔的旋律》出版時才移輯進來，文庫本《島田莊司讀本》（二〇〇〇年）則新撰一篇御手洗潔之父御手洗直俊的故事〈天使的名字〉❼。

〈SIVAD SELIM〉發表的時點，已在《龍臥亭殺人事件》後，即御手洗潔確定離開日本，然而，從故事時間軸來看，卻是設定在〈ＩｇＥ〉後。也就是說，這是御手洗系列首篇時光回溯之作。內容主要敘述一場高中生舉辦的音樂會，導致御手洗與石岡的衝突，比起單純紀錄御手洗潔的言論之〈近況報告〉（一九九〇年）要更有故事性，也更接近同人誌小說，對於石岡

❷收錄於《御手洗潔的問候》。

❸〈乾渴的都市〉（原：渇いた都市）收錄於《毒を売る女》（販毒的女人）（光文社，一九八八年）。

❹收錄於《御手洗潔的舞蹈》。

❺〈高速公路的幽靈〉（原：首都高速の亡霊）收錄於《天国からの銃弾》（天國來的子彈）（光文社，一九九二年）。

❻《島田莊司讀本》（原：島田荘司読本）（講談社，二〇〇〇年）。

❼〈天使的名字〉（原：天使の名前）。

的「熱」與御手洗的「冷」的高反差性格，有相當精采的描寫。

第三篇〈波士頓幽靈畫圖事件〉，原發表於《小說現代》一九九八年十月〈梅菲斯特〉增刊號，敘述御手洗青少年時代跳級進入哈佛大學期間所解決的事件。

此時御手洗與石岡尚未認識，因此，故事裡並沒有華生角色。與御手洗搭檔的，是一位來自義大利的同學比利・西里歐，他們巧遇事件，展開推理競技，並一同進行調查，故事中可見到御手洗積極的行動力與強烈的自信心。御手洗的大學時代，目前作品僅止一篇，數年後，御手洗進入紐約哥倫比亞大學任教，解決《摩天樓的怪人》（二〇〇五年）事件。

III

《御手洗與石岡向前走》❽（一九九八年）是第一本以御手洗、石岡為主要角色的漫畫同人誌。為了這本同人誌的出版，島田特別寫了一篇短篇小說，即末篇〈再見了，遙遠的光芒〉，透過女星松崎玲王奈與作家海利西的對話，談論御手洗離開日本、旅居瑞典的現況。關於御手洗與石岡的相遇，也經由海利西的轉述，揭露了御手洗當時的心境。

松崎玲王奈，初登場於《黑暗坡的食人樹》，是「新・御手洗」的要角之一，也由於她的世界級巨星身分，使御手洗探案得以跨越國境、縱橫全球，是日後「世界的御手洗」的發展關鍵。不過，玲王奈與石岡的處境類似，在島田二十一世紀的作品中重要性降低，僅於《俄羅斯幽靈軍艦之謎》（二〇〇〇年）及一部以她為主角的長篇《好萊塢憑證》❾（二〇〇一年）出現。

本篇則是報導文學作家海利西的首次登場，時已初老。全名海利西・馮・藍道夫・修坦因席爾多，出生於德國，父親是德國陸軍預備軍的中尉，母親為貴族，第二次世界大戰期間，父親因策劃暗殺希特勒，事跡敗露而遭到處決，母親也遭到逮捕。海利西與妹妹兩人顛沛流離，直至戰爭結束。戰後，海利西擔任律師，後來因緣際會成為作家，寫作題材甚廣，包括二戰史、希特勒、納粹、科普書、演藝圈的報導文學，作品皆十分暢銷。為了「大腦十年」的報導，才認識了御手洗潔，自此結為好友。

海利西的特殊背景，使他嫻熟多國語言，且身為報導文學作家，取材範圍幾無國境，人面甚廣，能帶來全世界稀奇古怪的案件，足與「世界的御手洗」相襯，而成為新一代華生。包括《螺絲人》（二〇〇三年）、《溺水的人魚》❿（二〇〇六年）及《利比達寓言》（二〇〇七年），都可以見到他的身影。以這個角度來讀〈再見了，遙遠的光芒〉，也許有世代交替的意義吧！

❽《御手洗與石岡向前走》（原：御手洗さんと石岡君が行く）（原書房，一九九八年）。
❾《好萊塢憑證》（原：ハリウッド・サーティフィケイト）（角川書店，二〇〇一年）。
❿《溺水的人魚》（原：溺れる人魚）（原書房，二〇〇六年）。

獻給引領我認識亂步的伯母

目　次

IGE

1

自從好友御手洗潔意外成為家喻戶曉的人物之後，前來寒舍（位在橫濱的馬車道）光顧的人明顯變多了。隨著年號從昭和改制為平成，我們的生活也開始忙碌了起來。

每天都有帶著疑難雜症的人來敲我們的門，可令我感受最深的是，以前他們大都顯得謙恭有禮、進退有度，可最近一些莫名其妙、不可一世的傢伙也陸續出現了。這些大人物偶爾會惹得我不太愉快，可反觀御手洗卻在心裡偷偷期待他們的出現。對他而言，那些權力慾望強大，自以為有資格對他人頤指氣使的人就像戲劇中的甘草人物，是生活不可或缺的調劑。

其實我也不是不能理解他的心態，只是截至目前為止，這種人也不曾帶來什麼驚天動地的大案子。話說能統馭一堆部下的人，多少都有解決問題的能力。令這些大人物處理不來，非得屈駕寒舍的麻煩，大都跟他個人的名譽有關，因此必須嚴加守密、小心處理才行。這種人大多是衝著御手洗潔比一般私家偵探稍微好一點的口碑來的。

平成二年（一九九〇年）三月，我和御手洗捲入的那起離奇案件，就是這樣的大人物帶來的。他名叫秦野大造，乃古典音樂界赫赫有名的聲樂家。話雖如此，我根本不知道有這回事。是他那不可一世的態度，在在提醒井底之蛙的我他的偉大。

除了橫濱市綠區的住家外，他在川崎市遠藤町的豪華公寓內還有間工作室，在那裡他教弟子們聲樂和鋼琴，也在那裡作曲。當工作滿檔的時候，他可能好幾天都住在工作室裡，所以裡面的隔音設備也很完善。

根據秦野本人的說法，他每天開著賓士往返於住家和工作室之間，一個禮拜約有四天在上野和江古田的大學授課，一年至少得開三場個人音樂會。過著如此忙碌生活的他，似乎碰到了必須找我們商量的事情。可他人都來了，也坐下來了，卻說來說去始終講不到重點。都怪御手洗啦，只顧著欣賞他那趾高氣揚的態度，誤了正事。

「你怎麼會想到要來找我們商量？是你自己的主意嗎？」御手洗無比親切地問道。

古典音樂大師兼知名男高音以非常淡漠的語氣回應道：「其實我不是很喜歡跟別人討論自己的私事，是我的一個弟子，他常聽到你的名字，說你最近的風評不錯，一直要我過來試試。」

「好說、好說。」

「今天我剛好有事到這附近來，就順便了。」

「您沒找警察是對的，真是明智之舉。」御手洗邊說還邊擠眉弄眼。

「我對警察沒有好感。況且這也不是能跟警察商量的事，萬一被狗仔盯上那多划不來。我想私家偵探至少口風比較緊吧？我這樣期待應該不過分吧？」

藏在黝黑的鬍鬚後面，秦野的嘴唇幾乎動也沒動地吐出上述話語。隔著黑框眼鏡的厚鏡片，一雙小眼睛上下打量著御手洗。

御手洗這小子也不知是怎麼一回事，只要碰到這種人，精神就來了。只見他又是鞠躬又是哈腰的，說什麼「看在我們都是音樂同好的份上，請您放一百二十個心。」

此時的他在旁人眼裡，活脫是個見錢眼開、唯利是圖的小人。事實上，在我看來，從剛才就一直板著臉的秦野大造就是這麼想他的。

「如果你真的喜歡音樂的話，應該知道我是誰吧？因此這個案子，需要特別小心處理。」

「啊，這點請您不用擔心。因為我以前根本就不認識老師。」

御手洗輕鬆地說道，換來大音樂家一頓白眼。

「看來你不是真心喜歡音樂哪。」

「這是哪兒的話。我好歹也在頗有名氣的音樂大學修過課。不過呢，說到音樂，我最近最喜歡的是爵士樂。」

「哈！」音樂家嗤之以鼻，表情頗為不屑。

「所謂的輕音樂根本稱不上是音樂。爵士樂呢，不過是把古典樂簡化的次級品。要說聽那種東西就算是聽音樂的話，我可無法苟同。」

御手洗壓低聲音，努力克制想要偷笑的衝動。

「在歐洲的某些地方和日本，確實有很多人還抱持著這樣的想法。在他們看來，所謂的爵士樂就是〈聖誕老人進城了〉這種歌曲。可這首曲子的旋律和合聲雖然簡單，節奏的掌握卻沒那麼容易。節奏不會在樂譜上表現出來，老師也沒有速成的方法可教學生。古典之所以為古典，正因為它秉持傳統、一板一眼，您無法理解這種先天上的差異也是情有可原的事。」

「我不是來找私家偵探討論音樂的。還是你認為自己比我更懂音樂？」

「老師您好像無法接受別人的批評指教喔？」

「你說什麼！」

大音樂家的臉瞬間脹紅了。

「哎呀呀，我這樣說沒有惡意。是人就難免有疏漏的地方，歷史上一堆音樂家都是這樣。就說我們剛才正在聽的柴可夫斯基的〈悲愴〉好了。」

「〈悲愴〉嗎？那可是如寶石一般的名曲。」

「我有同感。那首曲子就像是走在軌道上的行星，表現出對邁向死亡宿命的超然和豁達。」

「是啊……想不到你能講出這麼有深度的話。我最喜歡大師卡拉揚⓫指揮的版本了。」

「我聽的那個版本應該就是你說的那位作的。他和你一樣，都認為節奏是自己的部下。話說回來了，把像秦野先生您這樣的學院派巨擘，拿來跟森鷗外⑫等做比較，是有一些奇怪。不過呢，我想來想去，文學上只有《雁》這樣的作品堪可比擬。」

「卡拉揚的版本確實呈現出類似的靜謐感。那才是真正的音樂啊。」

「托斯卡尼尼⑬和黑澤明⑭的作品也是，總給人一種肅穆的感覺。」

御手洗如此說道，名氣響亮的音樂家略偏著頭。

「你的解釋跟別人的很不一樣。」

「那個叫卡拉什麼的大叔對第三樂章的詮釋，才真的很不一樣呢。」

「卡拉什麼的……」

音樂家啞口無言。

「第一和第二樂章是很不錯啦，可進入第三樂章後半，就讓我忍不住想起巴斯特・基頓⑮，或是正往牆縫裡鑽的湯姆貓和傑利鼠。除了做為軍艦的進行曲外，我覺得那也可以拿來當小鋼珠店的配樂。」

「胡說八道！」

⑪卡拉揚（Herbert von Karajan，一九〇八年至一九八九年），近代知名指揮家。

⑫森鷗外（一八六二年至一九二二年），日本作家、醫生。

⑬托斯卡尼尼（Arturo Toscanini，一八六七年至一九五七年），義大利指揮家。

⑭黑澤明（一九一〇年至一九九八年），日本近代電影導演。

⑮巴斯特・基頓（Buster Keaton，一八九五年至一九六六年），美國電影導演與演員。

大音樂家霍地一聲站起，頭頂都快冒煙了。

「一天到晚鬼鬼祟祟幫人抓姦的偵探懂什麼音樂！搞清楚你的身分！那樣的大師豈是你能評論的！」

御手洗一點都沒有生氣，還狀甚愉快地搖頭晃腦，呵呵地笑了起來。

「秦野先生，您身上可帶有葵花令牌[16]？」

「啥?!」

「如果卡拉揚是德川將軍[17]的話，您就是拚命幫他守護威信的水戶黃門[18]了。」

「看樣子我來錯地方了。」

生氣地丟下這句話後，秦野大造匆忙抄起作工精細的外套和黑色公事包。

「呀，您慢走，門在那邊。外面還挺冷的，三月的風應該能讓人冷靜一下吧。不過呢，您這一走，領口那朵蘭花主人的行蹤，也將永遠消失在黑暗中。」

突然間，大音樂家停止動作，龐大的身軀慢慢地轉向御手洗。

「你是怎麼知道的？」

這也是我心中的疑問。於是我慢條斯理地望向隔壁的御手洗，看他如何解釋。

「我對那個領針算是有幾分了解。它不是日本製的，是用金箔包裹住真正蘭花的新加坡特產，不過，戴在您這麼有名氣、有地位的人身上就顯得廉價了。」

接著他的嘴貼近我的耳朵，輕聲說道：「對水戶黃門來說也太花稍了。」

「可您卻把它當作寶貝似的戴在身上，可見它是一個很重要的人送給您的禮物，對吧？」

後來御手洗向我解釋說，這種大人物會獨自跑來找私家偵探，十之八九是因為女人的問題。

除了女人以外，其他事再怎麼樣都有方法解決。只有女人的問題，一旦曝光了，就會讓周圍的人抓住把柄，危及自己的地位。所以，最好能私下秘密地處理。領針並沒有帶給御手洗任何推理的靈感，是秦野的態度讓他一開始便看了出來。

「您請坐。請坐，秦野老師。卡拉揚對樂曲的詮釋，跟從您身邊消失的那位比起來，根本不算什麼吧？」

御手洗說道，只見對方心不甘情不願地把像牛一樣的大屁股慢慢地放回沙發上。接著他用連指頭都長滿黑毛的右手手掌抵住頭髮全往後梳的光潔額頭。

「我今天會不顧身分地跑來，是因為真的沒有辦法了。這幾天我根本無心工作。她是那麼特別，天真爛漫得就像天使一樣，沒錯，她簡直就是卡門的化身。」

「您們認識多久了？」

「一個禮拜吧？還是六天？差不多就那樣……」

「這麼短的時間？」

「如果你曾經愛過的話，應該就可以理解。戀愛不在於交往時日的長短，而在於兩人有沒有緣分。所謂的命中注定。對我而言，她就是我的真命天女。」

「可我聽說很多人會結錯婚，就是因為產生了這樣的錯覺。話說回來了，您是怎樣碰到您的真命天女的？」

「她來教室找我，求我收她做弟子，說想要成為聲樂家。她是沒啥歌唱才能啦，聲音倒是還

⑯葵花為江戶時代幕府將軍德川家的家紋，葵花令牌即代表幕府。

⑰此指德川綱吉，德川幕府第五代大將軍。

⑱此指德川光圀，江戶時代大名，電視劇《水戶黃門》主角水戶黃門的原型，在劇中四處走訪民間，助弱懲惡。

不錯。」

「這事發生在一個禮拜前？正確是在什麼時候？」

「上個禮拜的星期四。」

「於是您們就每天碰面了？」

「我判斷她需要接受特別訓練，要她每天都來。事實上，這樣做真的有效，才兩天的時間，她就有了明顯的進步。我甚至還想，照這樣下去，不出半年，她就可以跟我音大聲樂系、精挑細選的弟子們一起練習。」

「這樣啊，看來她頗具潛力呢。」

「是啊，連你這外行人都看出來了？」

「然後呢，您們是怎麼展開交往的？」

「我不認為有必要回答這樣的問題。」

「就好像聲樂家的才能不是外行人看得出來的。有沒有回答的必要，也請您讓這方面的內行人、我來判斷好嗎？」

「其實她是個很熱情的女人。年紀看起來大概二十初頭，思想卻很成熟。她說從以前就是我的樂迷，我的ＣＤ她全部都有，還在電視上看過我好幾次。當她見到我本人的時候，簡直高興得快要跳起來。咳，這種事經常發生，也沒什麼。

第一天，我們都在上課，上完後她就回去了，可第二天下課後，她說想跟我共進晚餐。於是我們跑去我在遠藤町的工作室。就在同棟大樓的地下室，有家日本料理。在那裡吃完飯後，可能是飯前喝了點酒的關係，她忽然昏倒了。身體不停地發抖，還一直喊冷。我把她抱到餐廳角落的沙發，讓她躺下，用西裝外套蓋住她。我正問要不要幫她叫醫生呢，旁邊就有一位自稱醫生的男子跑來幫洋子量了脈搏還有體溫。他說她是過度疲勞引發了輕微貧血，先讓她躺著休息一下。她大概躺了十五分鐘吧?然後就真的好了。」

「您一定很擔心吧?」

「那是當然。因為她看起來就是一副弱不禁風的樣子，身材嬌小不說，講話也像蚊子一樣小聲。」

「她長得美嗎?」

「我長這麼大，四十七年以來，不，應該說四十八年以來，從來沒有見過這麼美的女人。不瞞你說，我的心完全淪陷了。如今她走了，我就好像失去了天底下最貴重的珍寶。」

「她好了之後，您們幹什麼去了?」

「我建議回我房間休息。可她說她不想去。我發誓，我對她絕對沒有半點非分之想。我不希望她誤會我，所以再三強調了好幾次，結果她只是微微一笑，說:『啊，那種事我壓根就不在意。我很清楚老師是正人君子，不會趁人之危。』」

「噢、噢。」

說到這裡，御手洗的眼睛越來越亮，身體也開始小幅度地前後搖晃。這是他興致被挑起時的特徵。

「真好。所以呢，後來她決定怎麼樣?」

「她說想去兜風，散散心。」

「對喔，兜風!」御手洗雙手一拍，驚喜地大喊道。

「那你們去哪裡兜風了?」

「我們就在橫濱這附近閒晃。去了外國人墓園，還有看得見港口的丘公園吹了一下晚風。這些都是洋子指定的。」

「當時的她是什麼樣子？」

「就很正常的樣子啊。她應該已經全好了，興奮地注視著山下町的夜景。」

「你說興奮嗎？」

「是興奮沒錯。因為她一直在說話。」

「她都說些什麼？」

「說些什麼？就閒話家常吧。酒啦、流行服飾啦、海外旅行啦、好萊塢的電影等等，就這些。」

「是喔。那你沒有乘機表明自己的心意？」

「沒有，我不習慣跟別人討論自己的心情。」

「所以那天晚上，你們兩人之間，什麼都沒有發生？」

「連手都沒有牽到，那時啦。最後，我們再度坐上我的賓士，回到位在幸區、我工作室的附近，因為她說想喝咖啡，所以我們去了地下一樓的咖啡廳。」

「你沒有送她回家嗎？」

「我說了好幾次要送她回家，可她說不用。她說她喜歡從川崎車站自己搭電車回去。大概是怕我藉故對她怎麼樣吧？哼，我才沒有那麼下流呢。」

「那她有說她住在哪裡嗎？」

「她說從橫濱車站西口步行約七、八分鐘，就可以到她住的大樓。入學申請書上寫的是：西區岡野二之×巷×號，芮斯貝瑞大樓五〇四室。我問她是一個人住嗎？她說就她跟一隻西施犬兩個相依為命。」

「她有說那隻狗叫什麼名字嗎？」

「這有很重要嗎？我是沒問啦，不過，她說那隻狗就像她的家人一樣，她對牠有很深的情感。」

「狗這種生物，確實會教人這樣。然後呢？」

「然後我們進入那家叫『咖啡藝術』的咖啡店，沒想到之前在日本料理店遇到的那名醫生也在裡面，洋子走上前去，感謝他剛才的幫忙。」

「這樣啊。所以那晚就這樣結束了？」

「洋子送我到工作室的門口……」

說完這句話後，秦野大造停頓了良久。我心想是怎麼了嗎？抬頭看向音樂家。

「你們接吻了是嗎？」

彷彿親眼所見似的，御手洗斬釘截鐵地說道。音樂家嚇了一跳，滿臉鬍碴的臉頰瞬間脹紅了。

「是她自己先跑來抱我的。否則我絕對不是那麼輕浮的人。」

「這點我很清楚。然後你們就這樣分手了？」

「當然。跟她話別之後，我便鑽進了房間裡，專心地工作。」

「您的意志力真教人佩服呀。換作別的男人，肯定會甜言蜜語地把她拐上床去。」

「我不是那樣的人。不過，她跟我告白之後，隔天我確實滿開心的。感覺好像回到了高中時代，一心期待能在教室裡遇見心儀的女生。」

「對音樂家而言，這樣的感情有其必要吧？歷史上的許多名曲都是從這種單純的熱情產生的。您可千萬不要瞧不起自己這樣的感情。然後呢？」

「話說隔天，已經過了她上課的時間，她卻沒有出現。我正想說是怎麼一回事呢，洋子就打電話來了。」

「哦？她怎麼說？」

「她說她人在橫濱車站的醫務室。不知是哪個冒失鬼撞了她一下，害她摔下樓梯，現在正躺在醫務室裡休息，所以恐怕要晚一點才能來上課。我跟她說要她自己多保重，然後便掛了電話。」

御手洗緩緩點了兩、三次頭。

「然後呢？後來怎麼樣了？」

「就只有這樣。後來我便再也沒有洋子的消息。她徹底從我眼前消失了。」

這也太教人掃興了吧？人家正聽得入迷說，哪有人戲演到一半的？

至於御手洗呢，也不知他是同情還是嘲諷，只見他以一種非常遺憾的表情盯著垂頭喪氣的秦野猛瞧，終於他開口說話了：

「這幾天你肯定寢食難安吧？」

秦野好像要發洩出內心的鬱悶似的，深深地用力地點了個頭。

「我去橫濱她住的芮斯貝瑞大樓找過她。」

「結果呢？」

「她已經搬走了。奇怪的是，我聽說有四、五個彪形大漢跑了進去自行把家具搬走了。」

「哦？」

「她沒跟房東說搬去哪裡。我擔心她可能惹上了麻煩。洋子的眼神總是露出驚恐害怕的樣子。就連在暖氣開得很強的房間裡，她也會不停地發抖。好像有誰在追趕著她、糾纏著她。」

「橫濱車站那邊你也去查了嗎？」

「那是當然。」

說到這裡秦野突然住嘴，兩眼緊盯著桌面，莫測高深地嘆了口氣。

「到底怎麼了？」

「車站方面說上個禮拜六，並沒有女子從樓梯摔下來被送到醫務室。」

御手洗露出非常嚴肅的表情，看著秦野。

「很明顯的，這其中肯定有鬼。」

「這點應該是無庸置疑的吧？」

御手洗說道，在椅子上坐正。

「她肯定遇到了麻煩。」

「是否還有其他理由，讓您這麼以為？」

「有的。」

「哦？」

「昨天，下午六點半左右，我突然接到洋子打來的電話。」

「電話嗎？她怎麼說？」

「她的聲音聽起來非常害怕，要我過去救她。我問她，妳人在哪裡？她說她在品川車站前的太平洋飯店的地下酒吧。電話那頭隱約傳來法式輕音樂的聲音。她說她被不明的男子跟蹤了，正好那間酒吧的酒保她認識，就躲了進去。

我問她要不要報警，她說這點小事不用麻煩警察，只要老師您來陪我，我就放心了。她是這麼說的。其實我待會兒還有課，有臨時加入的學生等著我指導，但我卻跟她說，那我叫他們等一下，馬上過去找妳。結果她說，那樣對那些學生太過意不去了。我說反正他們有三個人，等幾個小時都不是問題。怎麼說呢？那三個人的發表會就快到了，都有自己的曲目需要練習。三個人一起，還可以聊天什麼的，時間很容易打發。於是我立刻跳上車子，往品川開去。我也曾想過可以搭電車，不過，一想到把她救出來後，還是有自己的車比較方便，所以就開車了。」

「正確的判斷。」

「我開得很快，估計花不到三十分鐘吧。我把車停進飯店的停車場，匆匆地往地下室的酒吧跑去。可是……」

御手洗聽得入迷了，催促他趕快說下去。

「怎麼了？」

「她不在那邊。不僅如此，我向酒保打聽洋子的下落，他竟然說店裡並沒有這樣的客人。哪有這樣離譜的事？酒吧角落明明就擺著綠色的公共電話。她肯定是從那裡打電話給我的。天花板上確實傳來了剛才我所聽到的法式輕音樂的聲音。是這間酒吧沒錯。可酒保竟然說他不知道。他說印象中，並沒有我所說的那樣的女孩打過酒吧的電話！

我被搞得一頭霧水。記得附近還有一間品川王子飯店，該不會是我弄錯了吧？於是我又去那裡找了一下，可還是沒有看到她的人。不僅如此，連一點蛛絲馬跡都沒有。我問了一堆人，大家都說並沒有看到洋子，她就這樣平白無故地消失了。這便是事情的經過。你說，這到底是怎麼一回事？」

「之後呢？你馬上回去了川崎的工作室？」

「嗯，因為我還有別的事要忙。」

「沒有任何異狀嗎？」

「沒有。回去之後，我就繼續上課了。」

「橫濱那邊呢，您的私宅可有異常的地方？」

「完全沒有。簡直就風平浪靜。」

「那名叫洋子的神祕女人，您可有問過她的來歷？比方說目前的工作啦，在哪裡出生？」

「根本沒有那樣的時間。我們才正要開始變熟。」

「您有跟她說您去過芮斯貝瑞大樓找她嗎？」

「那可是在十萬火急的情況下打來的求救電話，你想我有機會提到這些嗎？」秦野驚訝地說道。

「只用常理去判斷一切的話，是無法知道刻意隱瞞的真相的。有時用來動手術的刀子，也有可能不小心傷到患部以外的地方。

先不管這些了，這個案子比我想像的要有趣百倍。沒問題，我正式接受您的委託。我有您的名片，必要的話，我會打電話或發傳真給您。」

「我們不用先把酬勞講定嗎？」

「那個以後再談。我做事一向不按牌理出牌。」

「希望你收費可以照規矩來。」

「我和您一樣，都是很有分寸的人。請您不用擔心。」

「可是，你至少需要知道她的名字吧？我都還沒有講到她的姓。」

「一點都不需要。如果你有她的照片或是知道她的出生年月日的話，那就另當別論了。」

「那個我怎麼會知道。」

「我想也是。那好，就不耽誤您的時間了。」御手洗愉快地說。

「我，還會再見到她嗎？」

站起身來的同時，著名的大音樂家期期艾艾地問。

「這很難說。」

御手洗故弄玄虛地說道。

「不過，要是我的話，能不見就不見。」

2

看得出來，秦野大造除了想要釐清最近發生在自己身上的怪事之外，還希望我們能幫他找出那名立志要當聲樂家的女子，能再見她一面。可御手洗竟然連那名女子的名字都沒問。這樣真的找得到人嗎？更何況，沒有照片，自然也就不知她的長相。只知道是個美人。出身、職業、年齡一概不知。曾經住過的地方是唯一的線索，所以跟鄰居打聽或許有用。然而，都市人情冷漠，大家已經習慣不去過問他人的事，因此，恐怕也打聽不出什麼。在這種情況下，御手洗他到底打算怎麼做呢？

不用說，從那之後我就一直注視著他的舉動。可讓我驚訝的是，他竟然一點動靜都沒有。成天在沙發上坐著，埋頭研究一本薄薄的小冊子，上面記滿了數字和符號，跟天書沒有兩樣，偶爾想到了，就站起來去打個電話。這樣的情形大概有四、五次吧？

終於我忍不住，問他打電話給誰？結果他竟然回頭看我，露出一副幹嘛這樣問的表情。

「給賣酒的呀。不知我喜歡的酒進貨了沒有？」

朋友的不敬業讓我頗為失望。

隔天一整天，御手洗就窩在馬車道事務所的沙發上，一步都沒動。他也不去散步，就靠聽莫札特或巴哈打發時間。這期間，有一名自稱本宮雅志的年輕人來拜訪我們，算算那是在秦野大造找上我們後的第二天上午。

年輕人的態度很隨和，笑口常開的他始終以開朗的語氣說著話。

「那個，我在川崎區池田那附近的Ｓ餐廳打工，不過，最近，一直有人來騷擾我們，連我們店長都覺得很困擾。」

「騷擾？」

「是的，也不知為什麼，我們一直遭受莫名的騷擾。」

「喔，是怎樣的騷擾呢？」

「那個……」

青年並沒有馬上回答。他似乎還在考慮到底該不該講。

「馬桶被破壞之類的。」

青年的奇怪答案，讓我倆一時愣住，反應不過來。

「你說什麼被破壞？」

「馬桶。而且，還是同一座馬桶……」

「你說的Ｓ餐廳，是郊區常見的那間餐廳吧？」

「是的，沒錯。關東一帶都有它的連鎖店，附有停車場，我工作的那間就在第一京濱（國道十五號）沿線。」

「所以是Ｓ餐廳廁所的馬桶被破壞囉？」

「沒錯。男生廁所最前面的兒童用小便斗，總是修好了又被破壞。」

「哦？都是同一座小便斗嗎？」

「是的。它就在一進門的右手邊。到底是誰？為了什麼要這樣做？我實在想不通。」

「你說它被破壞了幾次？」

「已經三次了。」

「三次？這也太執著了……都是同樣一座？」

「沒錯。都是那一座。其他的小便斗一點損傷都沒有，完好無缺。」

「他是怎麼個破壞法？」

「他把它扛回家去。每次地上都只剩下少許的碎片。」

「扛回家？怎麼扛？」

「我想應該是放進包包裡吧？御手洗先生，這樣離奇的事你之前可曾聽說過？」

「沒有，我也是第一次聽說。對了，第一次發生是在什麼時候？」

「上個禮拜天。」

「禮拜天……啊。」

御手洗陷入沉思。

「是我先發現的。晚上十點左右，我進去檢查衛生紙夠不夠、順便整理一下垃圾桶，就在這時我發現客用廁所的小便斗少了一個。我當場傻眼，因為一個小時前，它明明還在那裡。我親眼看到的。於是我馬上跑去找店長，問他說：是不是有人來修理什麼的。結果店長竟問我說什麼修理？我跟他說，是這樣的，小便斗少了一個。什麼?!店長一聽也嚇了一大跳，於是我們兩人又跑去確認了一遍，真的少了一個……店長也只能目瞪口呆地看著這一切。啊哈哈哈。」

本宮開心地笑了。

「然後你們怎麼辦？」御手洗問。

「店長說總不能這樣擺著，因為看起來很髒，對客人也很失禮，於是他馬上打電話給總公司，問到最近剛好有新店面在裝潢，有多的存貨，明天一早就請師傅送來，幫我們裝上。」

「這樣啊。」

「於是，隔天的禮拜一早上師傅就來了，把新的小便斗裝上。這是我聽其他員工說的，因為我下午才有班，並沒有親眼看到。」

「是喔。所以本來事情到此算是告一段落了？」

「就是說啊。可誰想到，禮拜二傍晚，它又不見了。你說，那個人真的很執著哦？啊哈哈哈。」

本宮又自顧自地笑了起來。

「這次發現的人又是我。快七點的時候，我進去整理廁所時一看，咦？怎麼又不見了？」

「那你不就嚇了一跳？」

「是啊，我又嚇了一跳。於是，我又趕緊跑去向店長報告，跟他說又來了，結果店長竟然質問我：是你搞的鬼吧？」

「那你怎麼回答他？」

「我說才不是我呢。」

「是嗎？嗯，真是奇怪的案件。竟然有人偷小便斗，那個小便斗有什麼特別之處嗎？」

「沒有啊，就很普通。白色的，到處都有……不過，那個小便斗特別的小，因為是給小孩用的。所以要帶走也比較容易……」

「不過就算再小，也沒辦法直接放進包包裡吧？」

「是沒辦法，一定得打破才行……」

「所以偷它的人就不是為了蒐集了。如果把它拆下，就這麼拿進店裡的話，應該很顯眼吧？」

「肯定很顯眼。」

「用布蓋住的話，如何？」

「就算那樣還是很顯眼。」

「那可有人說看到客人從廁所裡拿了很大的東西出去？難道都沒有人提起嗎？」

「沒人提起。若真有人那樣做的話，一定會被注意的。」

「那從廁所窗戶把東西運出去呢？」

「不可能。廁所只有一個打不開的小窗戶。」

「我知道了。你說第三次是在什麼時候？」

「好像就在剛剛。」

「今天嗎？」

「是的。」

「也是同樣一座小便斗？」

「好像是。我還沒看到，是聽店長說的。不過，這樣一來，我的嫌疑就洗清了。因為這次是在我不在的時候被偷的。」

「除非拿得出不在場證明，否則別這麼樂觀。大約是在什麼時候被偷的？」

「確切的時間我也不清楚，不過現在是上午的十一點鐘，所以大概是在十點或九點左右被偷的吧？」

「餐廳幾點開始營業？」

「我們是開二十四小時的。」

「啊，對喔。」

「昨晚，我去附近的孔雀酒吧喝一杯，結果酒吧的老闆跟我說，說御手洗先生交代，最近這一帶如有什麼怪事發生的話，一定要告訴他。於是，他鼓勵我把剛剛那件事馬上報告給您知道。可是，這種事真的有報告的價值嗎？正當我猶豫不決的時候，今天早上小便斗又不見了，於是，我心想還是來跟您說一下好了，於是我就來了。」

「這件事非常有參考的價值。類似這樣奇怪的事，今後如果你再碰到，請一定要告訴我。」

「其實我一直久仰您的大名，恨不得能親自見上一面。請問，我剛剛講的那個案子有可能寫成書嗎？」

「那個你可能要找坐在我隔壁的大作家。不過，照這樣發展下去，我想非常有可能。是吧？大作家？本宮先生，待會兒你要幹嘛？」

「待會兒我要去學校上課，然後，六點左右再去Ｓ打工。」

「這就是你每天的作息？」

「嗯，大概是。」

「本宮先生，接下來的問題請你仔細思考後再回答。這一、兩個禮拜以內，Ｓ餐廳內部可有什麼不尋常的事發生。」

「不尋常的事嗎？」

「是的。」

「怎樣才算不尋常呢？」

「我這邊也是一點頭緒都沒有，很難限定一個範圍。什麼都可以，只要你感覺怪怪的。」

「你是指員工之間嗎？還是客人？」

「都可以。」

本宮雙手抱胸，低著頭仔細地思索。

「沒有耶……員工之間，沒發生什麼特別的事。」

「那客人呢？可有跟客人有關的怪事？」

「沒有，完全沒有……」

「這不可能。發生那麼離奇的事，事前肯定有什麼徵兆，不可能完全沒有。比方說，同樣一組客人最近經常出現，而且都挑星期幾來之類的。」

「不，真的連這種事都沒有……也沒有特別奇怪的客人……如果有的話，我們就會鎖定他了。」

「那客人與客人之間呢？比方說發生在停車場的小糾紛啦，不管怎樣芝麻綠豆的事都可以。」

「不，我真的想不出來……一點印象也沒有。對不起。」

本宮的頭垂得更低了，繼續歪著頭細想。

「那我們把範圍擴大到餐廳附近的住家，你可有聽到什麼奇怪的傳聞？」一定有什麼事的。而且就在這一、兩個禮拜之內。請你務必想出來。」

本宮開始用拳頭敲自己的頭。過了一陣子之後，他說道：

「不，完全沒有。對不起。」

「是嗎？」

御手洗有點失望地說道。看樣子，他很重視這些問題。

「同樣的問題，我跑去向店長問的話，也會得到同樣的答案嗎？」御手洗問。

「應該一樣吧？我想。我和店長還滿合得來的，經常聊天。萬一有什麼事，店長都會告訴我。」

「把小便斗破壞、帶出去的時候，肯定會發出聲音，更會有被人撞見的風險。更何況，要把碎掉的小便斗裝進去，非得是大包包才行。這種東西肯定很引人注意，而你竟然說完全沒有人發現？」

「嗯，好像是這樣。店內一直播放著音樂，客人談話的聲音、杯盤撞擊的聲音、外面車子的聲音，其實還滿吵的。更何況，還有所謂換班的空窗期。如果他特地挑那種時候來的話……」

「這點我也考慮到了。可是，如果那樣的話，只來過店裡一、兩次的客人是不會知道的。他必須來好幾次，事先做好調查。」

「喔。」

「如果他是事先做好調查才下手的話，那可是很花力氣的事……」

「啊，對喔，嗯……」

「也就是說，接下來他們要做的大工程，值得他們花這麼多力氣。所以肯定不是騷擾、找碴那麼簡單。」

「是啊……就是說啊。」本宮點頭說道。

「而且呢，一個人還做不來。今天小便斗又不見的時候，員工也是沒有半個人發現？」

「是的，好像都沒有人發現。」

「總共偷了三次，偷了三次都沒有人發現，可見其組織能力。說不定是這行的專家幹的。」

「噢……」

「對了，客人用的廁所，員工會去使用嗎？」

「不會。廚房旁邊有員工專用的廁所，是分開的。」

「如此一來，就算客用廁所發生了什麼事，店裡的員工也要隔一陣子才會知道囉？」

「是、是的……沒錯……咦，你為什麼這樣問？」

「比方說，在門口掛上『正在清掃中』的牌子，阻止其他客人進去。就算有人故意這樣做的話，店裡的員工也不會馬上發現是有人在惡作劇吧？」

「是……認真說起來，是那樣沒錯。」

「現在餐廳的員工，除了店長外，大部分是工讀生和鐘點歐巴桑吧？」

「全都是。只有店長例外。」

「我知道了。事情已經漸漸有了眉目。好，今天就到此為止。請在這本記事本上寫下S的正確地址和電話，還有店長的姓名。本宮先生您今天還是按照既定行程，下午六點準時去S打工。說不定，我本人也會親自過去一趟。你可不可以用那支電話，幫我打電話給店長？說在我過去之前，小便斗先擺著，不要動。」

「咦？啊，好。」

年輕人本宮站了起來。御手洗也站了起來，匆匆往電話走去，拿起話筒，交給本宮。在他按號碼的時候，御手洗就像往常一樣，手背在身後，焦急地來回踱著步。他正在思考。

「那個，御手洗先生，您今天不一定會過去是嗎？」

本宮用手遮住聽筒，一臉不安地問。肯定是店長在電話那頭如此問他。

「很遺憾，事情的真相目前還看不出。今天傍晚以前，能釐清幾分也還不知道，所以我無法確定今晚的行動。」

「所以說，御手洗先生來之前，小便斗可否先那樣擺著……」

「可能是明天，也有可能是一個禮拜後，我現在還無法確定。小便斗少一個，客人不至於就不來了吧？可萬一我的判斷是正確的，應該要不了多少時間。我想這是個很大的案子。你今天來得正是時候。如果你今天沒來的話，肯定會出大事。請你照我說的轉告給店長。說不定池田的S餐廳能因此躲掉倒閉的危機。」

「咦？有到倒閉那麼嚴重嗎？」

「就有。」

本宮連忙把御手洗的話轉告給店長。

之後他把話筒放了回去，行了個禮，說「那我先告辭了」便回去了。

3

一等本宮離開，御手洗馬上走向屏風後面的水槽邊，把我整齊堆放在角落的報紙亂翻一通。接著他抱起一疊舊報紙回到客廳，碰地一聲把它放在桌上。

「石岡，事情的發展出人意外，搞不好我們會措手不及。不過，現在手邊的資料還太少。你看，這裡是到今天早上為止的兩個禮拜份的報紙。請你幫忙找一找，看裡面有沒有什麼奇怪的報導。還有，每個整點請別忘了把電視打開，我想順便看一下新聞。」

於是，我也分到一疊舊報紙，開始快速地瀏覽起上面的新聞。

至今為止，御手洗也曾用相同的方法辦過案子。試圖從報紙中找出有助於推理的材料。然而，在我看來，他的這種做法根本是大海撈針。

「御手洗、喂，御手洗！」

「你很吵欸，石岡，已經沒有時間了，請憑直覺去找。只要可以把這次的兩個案件串在一起，有點怪的都行。音樂家工作室所在的幸區遠藤町，S餐廳所在的川崎區池田，先從這兩個區域的周邊開始找起。不過，東京那一帶也別漏了，像品川啦、大田、目黑區等等。」

「等一下啦。你是說出現在音樂家身邊的神祕美女，和這次的小便斗被偷事件之間，有所關聯是嗎？」

「我敢跟你打賭，石岡。這兩件事就像政治和貪汙一樣，關係緊密，乃開自同一顆球根的並蒂花是也。」

「這也太扯了吧。不過，你怎麼突然那麼急啊？」

「現在沒時間解釋這些。我當然有我的理由，情況已經不允許我們再拖拉下去。請你相信我。有一件大麻煩，恐怕數小時之內就會發生，如果我判斷沒錯的話。要解釋以後多得是時間，你就行行好，先照我說的去做！」

斬釘截鐵的，御手洗幾乎用喊的說道。

於是，接下來的一個小時，我倆努力翻找著報紙。只是，根本找不到任何蛛絲馬跡。對我而言，那就好像瞎子摸象，因為我真的不知道要找什麼，至於御手洗呢，雖然他連我的份也看了，卻好像也查不出個所以然來。能夠啟發他靈感的東西，並不在報紙上。

御手洗把整落報紙扔在桌上，焦躁不安地站了起來。他一下用拳頭敲打自己的前齒，一下用手拉扯自己的頭髮，同時還開始緊張地來回踱步。

「御手洗。」

我小心翼翼地叫他。因為肚子開始餓了。中午早就過了。

「作息正常對身體健康很重要吧？你看，我們要不要先吃飯啊？」

我期期艾艾地問，結果御手洗竟一臉不耐地回說：

「對喔，後天的午餐！」

接著他走向電話那邊，快速按下號碼。

「S餐廳嗎？請店長中島先生聽電話……我姓御手洗。」

一等店長來接電話，他馬上問他：有沒有可疑的四、五個男人一起經常來店裡消費的？或是每晚固定上門的團體客等等，一副不得到答案勢不罷休的樣子。那通電話足足講了快二十分鐘吧？

「怎麼會這樣？莫名其妙！」

把話筒放回去後，他一邊走回客廳的中間，一邊抱怨道。

「沒發現小便斗被人破壞、偷了出去，也就算了。看不出店裡有誰形跡可疑也還說得過去。因為店長和服務生都很忙吧？但是，連是否有四、五個人經常一起出現都不知道，這也太奇怪了吧？」

御手洗回到剛才一直坐著的沙發坐下。

「店長說沒有那樣的客人，這根本就說不通嘛。到底他們是怎麼辦到的？又為了什麼非得破壞小便斗不可？為了什麼？」

「你問他說有沒有四、五個男人一起是吧？如果一定要常客的話，難道女性就不行嗎？」

我話才剛講完，御手洗馬上輕蔑地哼了一聲。他把右手放在鼻子前面揮了一下，再度站起身來。

「被破壞的是男生廁所的小便斗欸，石岡。」

啊，對喔，我心想。

御手洗又開始來回踱步。我站起來，往電視走去。播新聞的時間到了。

打開電視，先是聽到郵輪火災的報導，然後是銀行搶案的報導。我非常緊張。可回頭看御手洗那邊，他根本漠不關心嘛。

接下來是肇事逃逸的新聞。他也是一點反應都沒有。只有我一個人在緊張，豎起耳朵仔細地聽著。千葉國道上，兩名騎乘機車的高中生被後方的自用小客車撞上，一人當場死亡云云。

接著是政治獻金的新聞。然後是在野黨抨擊自民黨提出的打房政策，說還不如什麼都不做來得好。諸如此類的新聞持續播放著。這根本沒什麼嘛，我心想，索性拿起遙控器把電視關了。

「等一下！」御手洗大喊。

「把電視打開，趕快！」

我再度按下開關，畫面跑出某個地方的小公園。女性播報員唸出以下這則新聞：

「曾經在三月×日，被不明物體砍傷，瀕臨死亡、奄奄一息的目黑區五本木三丁目下馬小公園的針葉樹，在町內有心人士和附近駒澤大學植物系副教授們的共同照料下，終於恢復了健康。」

接著畫面上出現樹枝整個被砍光，連根部附近都有明顯白色斧鑿痕跡的樹木。稻草像繃帶一樣包裹住它的樹幹，可憐的它就像是支光禿禿的柱子。

「我們來聽聽看附近的居民是怎麼說的。」

中年男子的臉出現在畫面上。

「唉，這世上真有這麼無聊的人，開這種惡劣的玩笑。到底這樣做有什麼好處呢？我真是想不通⋯⋯

這個公園就如你所看到的，就這麼丁點兒地方，緊臨著駒澤通，你看，經常有卡車呼嘯而過，廢氣排放的問題十分嚴重。因此呢，對我們來說，這個小公園就好比迷你小綠洲。這裡也就只有這麼一棵樹木，希望不要再有人來傷害它、破壞它。」

這是條再普通不過的新聞。可御手洗聽了頓時目綻精光，快步地走向電視那邊。

「那有什麼問題嗎？不過是很無聊的新聞。」我說。

結果御手洗指著畫面一角，說：「你看，這個。」

仔細一看，乃Ｓ餐廳的招牌。

「啊，你是說Ｓ餐廳啊。」

我點了點頭。上新聞的五本木下馬小公園的隔壁，好像就有一家Ｓ餐廳。可是，這也沒什麼好奇怪的。像Ｓ這種開在郊區的餐廳，光關東一帶就有上百家，是很大的連鎖企業。

「那又怎麼樣？Ｓ餐廳這種店到處都是。那裡似乎緊鄰著駒澤通，沿著主要幹道到處都可看到Ｓ或Ｄ餐廳呀。」

御手洗他根本就沒在聽我講話，只見他一轉身，又焦急地踱起步來。

我把視線轉回電視，發現新聞已經報完了，開始天氣預報，於是便把電視關了。

「不會吧……」御手洗開始喃喃自語。我緊張地看著他的臉。

「川崎區池田、目黑區五本木、幸區遠藤町。池田、五本木、遠藤町……不就是Ｉ、Ｇ、Ｅ嘛，哈哈，不會吧！」

高舉起雙手，御手洗說出一連串我完全聽不懂的詞彙。

「不可能有這麼瞎的事。純粹只是我個人熟悉這個領域。老天爺沒那麼愛開玩笑。不行，不能再這樣下去。沒時間了！必須重新思考才行……ＩＧＥ是嗎？ＩＧＥ……可惡，不行。腦袋完全被ＩＧＥ給占滿了。真是可笑的巧合。這種事壓根就不可能發生……咦？ＩＧＥ？好你個ＩＧＥ！石岡！」

御手洗大叫，突然回頭看我。他的眼睛睜得老大，炯炯有神。

「剛剛那棵是常綠針葉樹，沒錯吧?!」

「啊?」

我嚇到，不知該怎麼回答。御手洗焦急地掄起右手的拳頭。

「你說是還是不是?」

「啊?是、是啊……」

「確定喔?不是我眼花?」

「嗯，我也看到了。確實是針葉樹……有什麼問題嗎?」

「太棒了!」

御手洗激動地大叫，不斷揮舞著雙手。

「真不敢相信，這肯定是上帝的暗號!你懂嗎?石岡，上帝打暗號給我，告訴我該從何處下手!」

我嚇了一跳，從沙發上站起。

「不，一切尚未明朗。不過，那無所謂，只要有了這把鑰匙，就可以把謎團解開。來得及嗎?還來得及。石岡，拜託你，請你像石像一樣，先不要動也不要說話，只要一會兒，一會兒就好……」

說完這些話後，御手洗陷入沉默。

就這樣，他大概安靜了有二十分鐘左右吧?之後，他終於展開了行動：走向電話，拿起話筒，按下按鍵。這是要打給誰呢?我大氣也不敢吭一聲地，注視著御手洗的行動。

「秦野先生?您好!我是前天在馬車道跟您有一面之緣的御手洗潔。您今天心情怎麼樣?咦?很忙不是很好?那您不用擔心，您的心情很快就會好起來了。今天之內，那位神祕美女會再

度打電話給您。咦？我是說真的。您問為什麼？這個嘛，我會在上面下一點功夫。我猜她百分之

九十會在下午六點半打來。不過，既然其他時間打來的機率尚有百分之十，所以建議您從現在開

始就不要離開工作室。如果您無論如何都想見到她的話。」

御手洗說得很武斷。

「還有，請您接到電話後，務必強調您獨自一人在工作室，正埋首工作。順便告訴她，今天

一整天都不會有人到工作室來。哎呀，理由我日後會告訴您。如果您想見到她的話，請務必這樣

說。不然的話，她就會像之前一樣，從您的眼前消失，再也不會出現了。

……是啊，正如您所說，她就像都市的海市蜃樓。真正有魅力的女子，如夢幻、如泡影。對

她們自己而言，又何嘗不是如此？沒有人能掌握其真實樣貌，尤其是女人。怎麼說呢？女人的心，

加上充滿魅力的人格，這兩者擠在同一副軀殼裡，本就意味著充滿了矛盾性和不確定性。

……您不用擔心。事情沒有那麼複雜。我想她可能會約您出去，您儘管去，我保證您的人身

安全。如果她願意留給您美好的回憶的話，您就大方地接受吧！因為，今晚將是您最後一次見她，

以後再也沒有機會了。今晚將是最後一晚。您千萬不要抱著以後還要再見面的想法。

如果她打電話來，您馬上撥以下這個號碼，跟石岡講。496－52××。我們屬同一區，不

用區號。您只要像發電報一樣，跟他說『電話打來了』就可以了。我們不是女性週刊雜誌的記者，

不會問您們有沒有情話綿綿，請放心。現在您可以洗個澡，整理一下儀容了。」

御手洗把聽筒放了回去。不過，他馬上又拿了起來，胡亂地按著號碼。接著他更以奇怪的輕

浮語調，說出以下這段話，害我聽得心臟都快跳出來了。

「啊，請問你那裡是住宅自治會嗎？啊，不是？是住家？請問您貴姓？我？我這邊是建設課

的住宅問題審議會，正在重新確認通訊錄的名單。需要民眾告訴我貴府的電話號碼……咦，若真

是政府單位的話何必問你？是這樣說沒錯啦。啊就這個禮拜，我們負責打電話的人剛好生病了，發燒到三十九度半，真是敗給他了，哈哈哈……去！竟然掛我電話。」

「喂，御手洗，你到底在幹嘛？」

看不下去的我忍不住開口問道。他先打給秦野大造，說會想辦法讓那女子打電話給他，可不管我左看右看，他壓根就沒有在想辦法，只是站在屋子的中間，像動物園的熊一樣，不斷地走來走去。讓我不禁懷疑，他是為了賺偵探費，才胡亂打包票，讓名聲響亮的音樂家空歡喜一場。冒充建設課住宅問題審議會的事，就更離譜了。我是不知道他打去哪裡啦，可他要不是腦袋秀逗了，要不就是吃飽太閒。御手洗的作風，實在不是我這正常人能懂的。

完全不理會一頭霧水的我，御手洗又打起別的電話。好容易不再走來走去了，這下竟成了狂打電話的瘋子。

「戶部警察局？請刑事課的丹下先生聽電話。我？我姓御手洗。石岡，別擔心。你再擔心下去，頭髮會掉光喔。冰箱的牛奶拿來喝一喝，免得你待會兒又胃痛了。啊，丹下先生！最近還好嗎？……是嗎？聽到你很忙我實在太高興了……對啊，就是說啊，什麼時候刑警可以去山下公園釣魚，那就天下太平了。對了，今天晚上，可能有大案子發生喔。我無意過問您的人生觀啦，可如果您的夫人不排斥您從警部補升到警部，再從警視升到警視正的話⑲，今天下午五點半，可否請您帶四名專門處理幫派問題的精練幹員，前往川崎區池田、有免下車外帶服務的Ｓ餐廳？怎樣的案子？那個我正要去調查，現在還不確定。我也是剛剛才聽到風聲。不過，所有跡象都指出今晚六點過後該餐廳會有事情發生。沒問題，我跟您保證絕對不會白跑一趟。案件的規模肯定不小。您也認識的我的朋友石岡和己，他從五點開始就會駐守在那邊。」

咦？我抬起頭。

「請您遵照他的指示行動。我會一項一項地通知他。」

「喂！你不去嗎？！」

我緊張地大叫。

「今天發生的案件屬於何種類型？被害者、加害者各是誰？是多大程度的案件，諸如此類，一旦我明瞭了會馬上通知S那邊。這樣您懂了嗎？……很好。對了，我雞婆地提醒一下，請您們千萬別開那台黑白相間的豪華警車，更別把它停在S的停車場。88的車牌⑳也請拿掉。

白色廂型車會比較適合，當然，裡面擺的白色安全帽和機動隊的盾牌等等通通要拿掉。這個案子的對手狡猾得很，恐怕不好對付。因此有件事想跟丹下先生商量，照你們平常的打扮，筆挺的西裝配上清一色的風衣，恐怕一出現在S店內身分就曝了光。所以，你可不可以跟太太講一下，請她幫忙準備毛衣和牛仔褲？最好搭配個短外套或運動夾克之類的。眼神也不要太過銳利，你有看過跟家庭主婦推銷新車的業務吧？臉上請掛上那種溫柔的微笑……是、是，我知道，那的確有點困難。但總比叫你們混進有氧教室跳舞要來得好吧？……沒錯、沒錯……那好，就約五點半囉，麻煩了。石岡！」

「幹、幹嘛？」

不等放下聽筒，御手洗已開口說道。

「你都聽到了。趕快整理一下，火速前往川崎的S餐廳。看樣子你已經餓壞了，就請你在S吃個飽。不用為了要接我電話，而占據公用電話附近的位置。我會打去廚房，所以你坐得離

⑲都是日本警官官階，警階由下而上依次是巡查、巡查部長、警部補、警部、警視、警視正、警視長、警視監和警視總監。

⑳在日本，「車牌號碼88」並非一般自用車可以使用的號碼，多用於巡邏車、消防車、救護車等處。

廚房近一點就可以了。

你一到S就馬上去找店長中島先生，跟他說五點半橫濱戶部警署會有五名刑警過去，順便把你剛才聽到並理解的、我的大致想法說給他聽。如果沒問題的話，我們就各忙各的吧！再見！」

「等、等一下啦！什麼你的想法，我根本就不知道呀。」

「只是說明而已，你應該沒問題吧？」御手洗一臉凶惡地說。

「就我一個人去嗎？」

「要不然咧？」

「那你要幹嘛？」

「我當然是去查案啊。我不是說了？今天傍晚S會有大事發生嗎？」

「是什麼事？你還不知道嗎？」

「我怎麼可能知道？我也是剛剛才聽本宮老弟提起。」

「那你還把警察叫來？你自己都不知道？」

「一切只有天知道。人生啊，偶爾得放膽地賭上一把。」

「何以見得現在是賭一把的時候？……」

「如果我猜得沒錯，再不出手就來不及了。已經沒有時間三心二意了。明知道會有大事發生，但我卻什麼都沒做的話，到時一定會後悔的。想到這點，就算冒點風險又算什麼。快！已經沒有時間了。就快兩點了！只剩下四個小時。今晚發生的事能猜對幾分，就靠這個來決勝負了。」

「為什麼你知道是六點半？」

「現在沒空解釋那些。自己想！」

「可在你採取行動之前，總要有些憑據或線索吧？」

「是有啊。」

「難不成是你剛剛說的ＩＧ什麼的嗎？」

「ＩＧ……？啊啊！不是那個！那是更大、更根本的問題；是打開這宛如生鏽金庫的病態社會的鑰匙。跟我正要採取的行動無關。」

「可是，明明我倆得到的是相同的情報。我應該沒有漏聽什麼吧？」

「沒有，你從頭到尾都聽到了。」

「你是說光憑那些，你就有辦法猜出今晚將發生的事，並決定接下來的行動？」

「正是如此。好了，請你記得把門窗鎖好、瓦斯關上。沒時間了，我先走一步。」

御手洗穿上外套後，便急急忙忙地出門了。

出現在知名聲樂家身邊的神祕美女，她莫名其妙地搬家，莫名其妙地失蹤，然後是川崎區池田的郊外餐廳Ｓ，店內的兒童用小便斗屢屢遭到破壞——再加上目黑區五本木下馬小公園的新聞，應該就這些沒錯吧？

以上這些，到底隱藏了怎樣的關鍵線索在裡面？光憑這些，就可以確定今晚六點半左右，川崎的Ｓ將有大案子發生？甚至可以查出那將是何種類型的案子？——為什麼御手洗這個男人會有這種不可思議的本事——？

我獨自一人站在屋子中間，沉思良久。

4

先搭電車再搭計程車，我來到有免下車外帶服務的Ｓ餐廳，這中間我依舊不斷思考著。有位美女找上知名的聲樂家秦野大造，希望能成為他的弟子。一開始她每天都出現，卻在第三天的時候，打了通奇怪的電話進來，說她在橫濱車站的樓梯跌了一跤，沒辦法來上課了。事後秦野一查，發現根本沒那麼回事。換句話說，摔跤什麼的是騙人的。

之後，她突然又打電話到秦野的工作室，說有可疑的男子跟蹤她，希望他救她。她現在人在品川的太平洋酒店。於是，秦野十萬火急地趕往太平洋酒店，卻遍尋不著她的身影，不僅如此，酒保還證實，根本沒有這樣的女人來過店裡。

再來是這家Ｓ餐廳的小便斗屢屢遭人破壞並偷走的事。這兩者之間，到底有何關聯？任憑我絞盡了腦汁，還是找不到半點可以把它們串連在一起的線索。

Ｓ的店長中島戴著黑框眼鏡，長得高高瘦瘦的，頭髮很整齊地旁分，黑色西裝筆挺乾淨。乍看之下，猜不出他的年齡。不過，從那笑容和臉頰的肌理推斷，應該還很年輕吧？難得的是，他的應對進退十分得體、合宜。

向他說明真是件困難的事。就像往常一樣，從頭到尾我只看到御手洗忙進忙出、走來走去，至於他在想些什麼？接下來有何打算？我真的不知道。我就像是那剛來日本一個月的外國人，支支吾吾地說著不流利的日文，想必中島店長也覺得很傷腦筋吧？只見他一臉狐疑，好不容易等到我說完了才敢開口。

「所以，你的意思是，戶部警署會有五名刑警過來我們這邊？」

「嗯，是那樣沒錯。」

只有那點是確定的。

「就在五點半的時候？」

「呃，應該吧。」

「那我應該安排他們坐哪裡好呢？……不過，五點半的話，還不到用餐的尖峰時間，應該無所謂吧……那個，請問你所說的大案子，真的會在我們這裡發生嗎？」

「御手洗是這麼說的。」

站在我的立場，只能這麼說。

「喔，可是……會不會搞錯了？我真不敢相信。我在這家店已經快六年了，從來沒有碰過類似的犯罪案件。是有像飆車族的傢伙來過店裡啦，可那都是在禮拜五或禮拜六的深夜，呃，今天是禮拜五沒錯，可五、六點的話也太早了吧。我們店是非常普通的店，走的是溫馨路線，來的客人多半是學生，或帶家人來用餐的正經上班族或ＯＬ。」

「喔，是這樣啊。」

「剛剛跟御手洗先生通完電話後，我想了又想。印象中真的沒有看起來很凶惡、很恐怖、像是流氓的客人來過店裡。我們是家庭餐廳，所以那種人應該會找別的地方去吧？」

「喔，是這樣啊。」

「嗯，全家一起來用餐的客人很多，假日簡直就像是兒童遊樂場，搞得我們人仰馬翻，不過，從來沒有客人故意刁難我們……更別說這樣的人四、五個一起出現，這是從來沒有的事。所以，我在想，這次該不會是御手洗先生搞錯了……」

被他這麼一說，我也越來越沒有自信了。環顧店內，看到的確實都是學生模樣的小情侶、平凡的家庭主婦、中規中矩的中年男子，各自聊天的聊天，看報的看報。這種地方有必要出動到五名身材壯碩的刑警嗎？一想到公務繁忙的他們大老遠地跑來，鄭重其事地坐鎮在這裡，結果卻什麼事都沒有發生?!光是想像那種畫面，我就嚇得冷汗直流。

「那，我們現在要幹嘛？」

「先不幹嘛。御手洗說他隨時會打電話過來，等他通知了，我們再動作就行了。他會指名找我，再麻煩你們叫我聽。我會一直坐在這邊。」

此刻我就站在偌大店內的正中央，最靠近廚房的地方。在我和廚房之間，隔著一道不怎麼高的屏風。屏風的上面有一道可以放進盆栽的凹槽。凹槽裡面擺了一排仿常春藤的塑膠植物。坐著當然看不到，但只要一站起來，就可以將廚房一覽無遺。

「啊，正好。我們廚房的電話是無線的。如果有石岡先生您的電話，我們會馬上拿過來給您。」

「那真是太好了。」

於是我先吃飯，就在我吃完飯正在喝茶的時候，電話終於打來了。我一邊將遞到眼前的聽筒接過來，一邊看著牆上的時鐘：已經快五點了。

「石岡，從現在開始請照我說的去做，可以嗎？」

聽筒一貼近耳朵，馬上傳來御手洗的聲音。

「你是誰？御手洗嗎？」

「店長在旁邊嗎？」

「在。」

「那你跟他說，要他把店裡的窗簾全部拉上，馬上。」

「御手洗說要我們把窗簾全部拉上。」

中島店長聞言，立刻嚴肅地點了點頭，叫來兩名女服務生，三人分頭往店裡的三面大玻璃窗走去。此時客人不是很多，把窗簾拉上應該還好。

「石岡，你就坐在屏風的前面是吧？電話的雜音有點多。你拿的是無線電話？」

「是啊。」

「太好了。那你現在立刻站起來，走到屏風前，把倒向你這邊的塑膠常春藤全部撥往廚房那邊。接著你再把整座屏風往南移一點。總之，跟大門相反的方向就對了。馬上做！」

「好。」

我把聽筒放在桌上，照他交代的開始動作。

「做好了。」再度拿起聽筒，我如此回報道。

「好，現在你面向大門那邊。」他說。

「面好了。」

「有看到櫃檯和賣小東西的地方吧？」

「有。」

「右上角的牆壁上，掛著一只米奇的時鐘，看得到嗎？」

「嗯，看到了。」

「好，那你現在朝它走過去。」

「收到。」

「……你現在來到廚房的角落對吧？好，向右轉。那邊是不是有兩張貼著木皮的桌子並排在一起？」

「嗯。」

「再往裡走是廁所，廁所前面的右手邊有綠色的卡式公用電話？」

「喂，御手洗你別鬧了，你是不是躲在哪裡偷看？」

「石岡，請你看一下窗簾，不是全部都拉上了嗎？我要怎麼偷看？」

我看向背後的窗子。如他所說，全部的窗簾都拉上了，從門前經過的第一京濱（國道十五號）也好，沿路的高樓大廈也罷，全被遮住了。店裡的客人也少，一看就知道御手洗不在裡面。剩下的就只有玄關的玻璃門，透過玻璃看到的是餐廳本身凸出去的牆角和剛剛拉上窗簾的窗子的一部分，外面的建築物根本就看不到。

我向走回我身邊的店長問說：「御手洗今天來過這裡了？」

店長一聽，馬上瞪大眼睛，拚命地搖頭。

「不，我到現在都還沒有見過御手洗先生呢。」

就在這時，電話那頭傳來御手洗不耐煩的聲音。

「石岡，那些以後再講！你跟店長說，請他把靠近廁所的這兩張桌子先空下來。然後，前面，也就是離廁所比較遠的地方，安排戶部警署的丹下先生他們坐那裡。」

「嗯，好、好，我了解。那裡面的位子呢？」

「今晚，會有駕駛白色賓士SEL轎車的客人上門，他們應該會要求要坐那個位子，就照他們說的做。接下來我要講的事，請你拿筆記下來。」

「等一下。」

我把聽筒暫時交給店長，拿出隨身的筆記本。

「賓士的車號是品川33-91××，以年約八十歲的白髮老先生為首，身穿黑色西裝的三、四個男人會一起進來。老先生他不坐椅子，會挑面向廁所轉角、附有軟墊的沙發坐。不過，老人才剛坐下就馬上站了起來，拿起廁所旁邊綠色公用電話的聽筒，開始打電話。」

「喂喂，御手洗，這些事你是怎麼知道的？」

「都說了以後再解釋了！不過，女服務生不用管老人，儘管過去幫客人點餐。老人點的是低鹽玄米粥。好了，到這裡為止，是今晚百分之百肯定會發生的事。我已經拿到了劇本。一旦我剛講的那台白色賓士車駛入停車場，你跟刑警大人們就要打起十二萬分的精神了。我剛講的那些就像演戲一樣，確實會在店裡發生，至於其他的，臨時會出什麼狀況，我也不知道。你就把我剛才講的一五一十地解釋給丹下先生聽。順便也告訴一旁的店長。講完後，你回到靠近廚房的位子，坐下來靜觀其變就好了。屏風已經移動過了，所以從你的位子應該可以很清楚地看到丹下先生他們。」

「你現在人在哪裡？」

「我嗎？我在惠比壽。」

「惠比壽？你跑去那裡幹嘛？還有，為什麼你能從那麼遠的地方監控我們的行動？把我們摸得……」

「又來了，石岡。現在不是聊天的時候。同樣的話你要我說幾遍？」

「你打算怎麼辦？不過來嗎？」

「我應該會過去，不過，不確定來不來得及看戲就是了。我也是很忙的。」

「到底會發生什麼事？」

「我還要再調查一下。基本上謎底已經解開了，不過呢，我也不想空口說白話，因為說不定會有命案發生。」

「當真？！」

「再給我一些時間，我會再打電話過來。話說像這樣的大案子，你多少也長點腦袋嘛，不要什麼都問我。不過，也不用緊張。戲要開演的時候會有暗號進來。在那之前，你就好好放鬆吧！」

「怎樣的暗號？難不成會有開演的鈴聲？」

「沒錯，會有鈴聲。」

「哪來的？！」

老友又在胡說八道了，我直覺地這麼認為。

「就你手上現在正拿著的那台小機器。」

「小機器？手上拿的？啊！電話。」

「沒錯。秦野大造老師會打電話進來，告訴你說那位神祕美女跟他聯絡了，那就是開演的鈴聲。」

「咦？打到這裡嗎？你是說他會……」

「嘖、嘖，石岡！剛剛我跟他講電話的時候，你不是在旁邊聽嗎？麻煩你振作一點。要等到秦野先生打電話到你們那邊後，事情才會開始。一切將以美女打給秦野先生的那通電話為暗號，就此展開。你聽懂了嗎？」

「我還是糊裡糊塗啦，倒是你的說明我聽懂了。」

「那樣就夠了。等你要出書時，再把所有環節搞清楚就行了。就這樣，再聯絡。」

卡鏘！電話掛斷了。

5

準五點半，丹下刑警推開S的玻璃門，進入店內。按慣例往後梳的髮型下面，一雙銳利的眼睛閃閃發光，嘴唇則好像隨時要開罵似的，向下撇成ㄟ字形，一副凶神惡煞的模樣，不過，相較於繼他之後走進來的四名壯漢，他的臉已經算是親切的了。

那四名壯漢根本就是流氓，聽說還是從他們課裡刻意挑出來的。看著他們魚貫走入店裡，我也好、中島社長也罷，忍不住臉都綠了。正在招呼客人的女服務生甚至驚呼一聲，悄悄地往屏風後面移動。

中島先生不愧為店長，向我使了個眼色後，便勇敢地迎了上去。按照御手洗的指示，他領五人坐到靠近廁所的桌子。然後，搬了張小凳子在丹下的旁邊。我等他們都坐好了，女服務生心驚膽顫地送完茶水回來後，才向丹下先生走去。

「呀，這不是石岡先生嗎？好久不見。」

丹下刑警很有精神地招呼道。他的大嗓門始終沒變。

「啊，真是辛苦您了。」我說。

「這幾個醜八怪是我們四課的同事，從我旁邊算起，依序是青柳、角田、藤城、金宮。」

丹下刻意撇清地說道，被他點到名的凶神惡煞一一向我點頭問好，那景象還真是詭異得很。

「我知道他們有點嚇人，所以進入警戒狀態後，我會叫他們看報紙、雜誌，把眼鏡戴上。」

「噢……」

那樣最好。我本來想這麼說的，卻不敢說出口。

他們身穿綠色或褐色的厚襯衫，外面再套上深灰色夾克，胸前的金字繡著某家工廠的名稱。不仔細看，還真會以為他們只是體格比較好的工人而已。

裡面最特別的就屬丹下先生了，他穿著跟上面那顆頭完全不搭的超可愛毛衣，底色是令人眼睛為之一亮的藍色，上面畫著白色的雪人，一男一女的小孩圍著這雪人，在他們旁邊有一條狗正跑來跑去。

發現我驚奇地盯著那件毛衣看，丹下連忙解釋說：

「哎呀，這是跟我小舅子借來的。」

在他們入座的途中，我已經透過大門的玻璃，看到停在停車場的白色廂型車。丹下算得上是老鳥了，但對上級的指令卻是絕對服從。這是他的優點，連御手洗都經常這麼說。

「對了，御手洗有說今晚會發生什麼嗎？」丹下坐正後向我問道。

「呃……」

我一定要很有技巧地向他解釋清楚。我在心裡對自己這麼說，一邊娓娓道來。

我說了很久，丹下也很有耐心地聽完，只見他的臉色越來越凝重。

「我整理一下，你看是不是這樣？那個叫秦野大造的，會接到來歷不明的神祕女子打來的電話……電話裡女子會要求跟他見面……然後，當秦野把這件事回報給石岡先生您知道後，一切就開始了。

車號品川33－91××的白色SEL賓士車會停在外面的停車場，以八十歲老人為首，穿黑色西裝的三到四名男子會一起走入店內。他們會主動要求要坐那張桌子。老人會選靠牆、坐起來比較舒服的沙發座坐，面向廁所。可老人才剛坐下就會馬上站起，走向綠色的公用電話，開始撥號。

話說女服務生並不管老人不在座位上，照樣過去幫客人點餐。老人點的是低鹽的玄米粥。低鹽的玄米粥，菜單上有這道菜嗎？喂，菜單借我看一下……啊，有欸，真的有欸。這就是玄米粥啊，還有照片。可是……事情真的會照那樣發生嗎？這簡直就像在演戲嘛。御手洗說，他已經拿到劇本了是嗎？」

「是、是的。他是這樣說的。」

「嗯，還真像是他會說的話。話雖如此……一時間我還是難以相信，不管怎麼樣，哪有可能把人的行動猜得那麼準呢？畢竟是未來的事，隨時都有變數發生。除非那些人是他找來的演員什麼的。基於怎樣的理由，必須在這裡演這場戲呢？」

「這個嘛，我也不……」

「我還是不敢相信……在這裡演出那樣的短劇，到底有何意義？又有什麼好處？首先，誰會看這場戲？你瞧，那張桌子就位在走道盡頭的最角落。旁邊沒有其他桌子，只有我們這桌。換句話說，除了我們之外，再也沒有其他的觀眾。餐廳的員工也好、女服務生也罷，全都看不到。因為他們的視線被屏風擋住了——像那樣。所以，這齣戲是演給我們看的？你說呢？石岡先生。」

「呃，這個嘛，我恐怕……」

「然後，在那之後，會有人命關天的重大案件發生，他是這樣說的？」

「是的。」

「所以才會把我們叫來。可是，就像石岡先生剛剛講的，到現在都還不知道那是怎樣的大案子，是這樣沒錯吧？」

「正是如此。御手洗說他不想空口說白話，請我們再給他一些時間……」

「喔喔，不想空口說白話，意思是說到目前為止他講的都不是白話囉？」

「他說他講的那些今晚會像演戲一樣，確確實實地發生。」

「不管了，反正他會再打電話過來，對吧？」

「是的，他會再打來。」

「那我們只好等他打來了。白色大賓士配上穿西裝的黑衣人，感覺好像黑社會呢。」

丹下喃喃自語，我再度冒起冷汗。不過，中島店長曾信誓旦旦地說，打他進Ｓ的這六年以來，從來沒有那樣恐怖的客人來過。

「對了，首先你會接到那個叫秦野的打來的電話，對吧？」

「嗯。」

「那我們等你接到電話再進入警戒狀態就行了？」

「正是如此。」

「了解。那我們先叫東西來吃吧！喂，決定好了嗎？」

丹下再度把菜單打開。我站了起來，回到屏風前專屬於我的位子。這時我看向牆上的時鐘，已經六點過兩分。時間差不多了。

我照御手洗的吩咐，搬動屏風，把塑膠製的常春藤全部撥往一邊，因此可以清楚看到丹下他們那桌的動靜。丹下煞有介事地向前來點餐的女服務生點餐。女服務生走開，待會兒餐點會送上來，等他們吃完，應該還有一些時間吧？

我一邊啜飲著已經冷掉的紅茶，一邊呆呆地望著丹下他們，在心裡把今晚預計將發生的事和御手洗之前跟我講過的話，從頭到尾地想了一遍。御手洗的話就像打啞謎一樣，通常不管我怎麼想都想不出他真正的意思，所以我只能按照順序，一一回想，試圖理出個頭緒來。

可是，就連這樣都有困難，他說的那些話亂七八糟地竄入我的腦海。首先他說他人在惠比壽。怎麼突然又跑出惠比壽來？出乎我意料之外。為什麼御手洗會在那種地方呢？就我們目前掌握的資料，有什麼是指向惠比壽的嗎？

他甚至還說這是攸關人命的大案件。要我作好心理準備。

接著他更說出犯人所乘坐的車種、車號，從他們的年齡、打扮，到進店後的一舉一動都告知了。這就奇了。他的預言準不準還是個未知數，不過，若真教他說中了，他又是哪來的先見之明、超能力上身呢？

說到奇，還有一件更奇的。御手洗似乎就在旁邊注視著我的一舉一動。感覺他好像能透視緊閉的窗簾，或是在天花板開了一個洞，從上面往下看。我忍不住抬頭。當然，天花板好端端地在那裡。這到底是怎麼一回事？簡直就像是變戲法似的。

一如往例，我依舊想不出答案，不過，反正閒著也是閒著，就繼續想下去吧。可越想卻越迷糊，整個人如墜五里霧中。

不久，丹下他們那桌的簡餐送來了，他們以驚人的速度將食物掃進胃袋裡。比方說，某人的餐點不過比較晚送來，另一個早他一步送來的盤子就已經空了。

我看向他們座位左上方，掛在牆上的米奇壁鐘。長針已經走到正下方。也就是說剛好六點半。透過大門的玻璃，外頭的天色似乎已漸漸黑了。黑色無線電話就放在我桌上。就在這時，它突然響了起來。我一抬頭，看到本宮走了過來，一臉無奈地站在我身邊。開始了！

「我來了。有什麼需要幫忙的，儘管跟我說。」

他說，拿起聽筒，按了幾個按鍵，把電話接通，然後再遞給我。

我連忙把聽筒貼近耳朵，喂喂兩聲後，記憶中的低沉男中音傳來，他刻意壓低語調說話。是秦野。

「啊，石岡先生嗎？他人在那邊嗎？」

「你是說御手洗嗎？不，他不在這邊。」

「是嗎？真傷腦筋。」

「不過，他馬上會打電話進來。」

「那你幫我留言給他。剛剛洋子打電話給我了。說想跟我見上一面。不過呢，這次的事好像很棘手。她說會有生命危險。最近一直有奇怪的男人跟蹤她，有好幾次她差點就遭了毒手。」

我十分緊張。也就是說，說不定會有命案發生的說不定指的是她囉？

「我也不清楚是什麼狀況。總之我會轉告御手洗，對了，秦野先生您還好吧？」

「哭得唏哩嘩啦，我是說洋子。所以呢，我得過去一趟。我現在馬上要出發了。」

「是嗎？不過，既然知道可能會有危險，請您務必小心。」

「哼，我學生時代可是柔道社的，普通人不是我的對手。」

「您會再打電話過來吧？御手洗怎麼說我也可以順便告訴您。」

「好，我盡量啦。我會開車過去，就這樣，掰。」

「請小心。」

電話掛斷了。我按掉通話鍵，飛快地環顧店內，人開始多起來了。動作太大的話必會引人注意。於是我向在一旁待命的本宮小聲地耳語道：

「你幫我跟坐在那桌的刑警說，秦野先生打電話進來了，請他們進入警戒狀態。」

本宮表情嚴肅地用力點了個頭，慢慢朝丹下走去。開戰的訊號終於傳來了。我的心緊張得撲通直跳。

就在這時，又有鈴聲響起。哪來的鈴聲呢？我東張西望地看了一遍，發現是擺在自己眼前的電話在響。說不定是打給餐廳的。我有點猶豫，不知該不該接，最後還是按下了通話鍵。

「喂？」

「石岡嗎？你冷靜下來仔細聽我講。情況很不樂觀。也許會發生命案。」

「果真?!」

我忍不住驚呼出聲。

「剛剛，秦野先生才打電話過來。」我說。

「秦野先生？是喔。」御手洗說。

「他說，就在剛才，那個女的打電話給他了。說有人想傷害她，情況很危急。他還說，電話那頭那個女的一直哭。」

「是喔。對了，你幫我跟店長說，請他派個人站在廚房的後門，盯著停車場的一舉一動好嗎？從那個門可以看到停車場的一切。一等品川33－91××的賓士駛進停車場，就馬上打暗號給你，然後你再通知丹下先生他們。命案不一定會在店裡發生。如果停車場有什麼狀況，請廚房馬上告訴你，你再帶刑警他們衝出去。知道了嗎？丹下先生那桌剛好位在死角，看不到廚房的情形，所以你必須發揮中繼站的功能。」

「我知道了，御手洗，可秦野先生那邊要怎麼辦？」

「咦？你說誰？」

「我說秦野先生和那個女的！」

「喔，隨他去吧！不礙事。」

「什、什麼？！人命關天欸。你自己不也這麼說嗎？那個女的一直在哭欸。」

「她愛哭就讓她哭吧！哭又不會死人。」御手洗的語氣很不耐煩。

「你說的是什麼話！是你自己說會發生命案，要我作好心理準備的……」

「我說的是開著俗氣高級轎車去到店裡，穿黑衣的大叔他們。」

「……咦？是這樣嗎？那，如果秦野先生再打來，我要怎麼跟他說？我已經答應他，你會告訴他下一步該怎麼做。」

「他真的會再打來嗎？小別勝新婚，那位大師今晚開心都來不及了。」

「你就那麼有自信？依我看，他肯定會再打來。」

「秦野先生有說要去哪裡嗎？」

「咦？」

「我是說那女的人在哪裡？跟他約在哪裡碰面？」

「那、那個……」

我再度啞口無言。我壓根就忘了問。

「那個我沒聽清楚……不過，他說會開車過去。」

「拜託你振作一點，石岡。如果你真的那麼擔心那女的的安危，至少要把人家的住址問清楚呀。」

「……」

「如果他真的打電話進來，你就這樣說好了。要讓小孩不哭，給他糖他就不哭了。不過，這個糖不是一顆五十圓的糖，而是一個五十萬的名牌包。要給五十圓還是五十萬，就看他自己決定了。話說我們沒機會碰到這種麻煩，還真是幸運對吧？石岡。接下來我要講的你用筆記下來。店裡客人已經開始變多了，務必要低調再低調才行。」

「等一下……」

我連忙準備好筆記本。

「好了嗎？開賓士前來的客人中，白髮的老人會在店內或是周圍遭受攻擊。凶手是從外面來的。人數不明，恐怕不只一人，而是兩人。為了防患未然，請一開始就把犯人抓起來。賓士來的時候石岡會比手勢通知你們，所以請密切觀察他的行動，就這樣。寫好了嗎？」

「等一下……啊，好了。寫好了。」

「石岡？你現在想上廁所嗎？」

「咦？呃……是有點想。」

「那你馬上去上廁所，順便把小抄摺好，丟在丹下先生他們的桌子上。趕緊把廁所上完，趕緊回到你的座位坐好，知道嗎？」

「知道。那你呢？」

「我會去跟你們會合。待會兒見。」

電話掛了。我撕下筆記本的一頁，一邊摺好它，一邊按掉通話鍵，慌張地站了起來。這時我往丹下他們望去，除了丹下以外，其他人全都戴上了眼鏡，有兩人正在看報紙。

6

我把椅子拉離屏風遠一點坐著，不著痕跡地看向廚房那邊，並繼續用左邊眼角的餘光瞄著丹下他們的桌子。我已經把御手洗的想法告訴中島店長他們了，所以此刻後門應該是開著的，廚房的某位員工正盯著停車場吧？

店內一片熱鬧滾滾，連我隔壁的桌子都有人坐了，三名年輕女性聒噪地聊著天。就要到晚餐的尖峰時間了。牆上的時鐘已過了七點。

雖然我坐的是兩人用的小桌子，可東西都已經吃完了卻還死占著位子，未免有些尷尬。大概是察覺到我的不好意思吧？本宮幫我送來了紅茶和起司蛋糕。這兩樣都是我平時愛吃的，卻因為緊張的關係食不知味。反觀丹下他們，從剛才開始就一副悠哉的模樣，真不愧是警察。從我的角度看去，丹下的臉始終側向一邊，可見他也用眼角的餘光在偷瞄我。

屏風後面，臉色大變的中島店長跑了出來。他用非常小的動作指著停車場的方向。來了！我也跟著緊張起來。面對丹下，我稍稍舉起右手，確定沒有引起其他人的注意後，才輕輕地把手比向停車場。

整個人靠坐在椅背上，悠閒地抽著煙的丹下他們，並沒有改變姿勢，只用力地點了個頭而已。看樣子是收到我的暗號了。同時我還看到，已經把報紙擺在一旁的金宮和藤城又把報紙拿了起來，把臉埋了進去。

入口的玻璃門附近，體格不錯、穿黑色西裝的男子突然現身了。他似乎先隔著玻璃，觀察了一下店裡的情況，這才推開玻璃門，走了進來。

站在櫃台的女孩行了個禮，說了些什麼。應該是跟他說歡迎光臨吧？然後黑衣人走到女孩旁邊，指著丹下他們隔壁的桌子，也說了些什麼。下一秒鐘，他一轉身，又推開玻璃門走了出去。應該是問那張桌子有沒有人坐吧？

仔細一看會發現，透過玻璃門的小小縫隙，似乎有像賓士的白色車身停在門的後面。那車身上下震動了一下，應該是有人開了車門正走出來。

玻璃門的後面，剛才的黑衣男又再度出現。年齡大概四十歲上下。緊跟在黑衣男後面的是頭髮花白、穿著和服的清癯老人。

黑衣男把門推開，手握著門把，恭敬地讓出路來。老人走入店內。別看他步伐緩慢，卻一點也不蹣跚，感覺還很硬朗。一等老人進來，黑衣男也跟著趕緊進來。

這時又有別的黑衣人出現在玻璃門的後面，只見他用右手抵住快要關上的玻璃門，再度把它推開，也走入了店內。

老人領在前頭，從佯裝不知情的丹下他們旁邊經過，消失在牆的後面。丹下全身只有眼睛在動，用目光追隨著三人的行蹤。從我的位子看不到他們，不過，他們應該坐在靠近廁所的那張桌子吧？事情正如御手洗所預言的在進行。這時我往玻璃門望去，賓士發動了，消失了蹤影。等把車停好，負責駕駛的男子也會跟在三人的後面進入店內吧？

果然不出所料。玻璃門再度被粗魯地打開，看上去比較年輕的黑衣男子小跑步地進來。由於距離很遠，我看不清楚他們的表情，不過，這三個人的氣質都很不一樣，一看就知道不是善良百姓。

女服務生幫他們送水過去。先送水過去，等過幾分鐘之後再去點餐。女服務生應該是這麼打算的，所以她始終沒從牆後面出來。我很擔心會出什麼狀況，不過，既然丹下一直盯著他們，只要一有風吹草動，他就會馬上行動吧？為今之計只有耐心等待了。

不久女孩從牆後面出來，回到廚房前的櫃台。她朝裡面說了什麼，所以應該是已經點好餐了。中島店長就站在她的旁邊，我稍微計算了一下時間，等他看向我這邊了，才把他叫過來。他呢，依舊是一副如臨大敵的模樣。

「他們有點玄米粥嗎？」我問。

「有欸。」他答。

一切果然都教御手洗說中了。

「老人點的嗎？」

「應該是。」

「老人坐在面向廁所、設有靠背的沙發座嗎？」

「是的，剛剛站櫃台的女生是這麼說的。她還說老人坐下沒多久就馬上站了起來走向電話，打電話去了。」

這根本是照御手洗所寫的劇本在演。我經常覺得那個男人很恐怖，因為他簡直就像神一樣，可以洞察人類的心理，預知將發生的事。

「這電話要怎麼辦？」店長指著放在我桌上的無線電話說道。

「說不定御手洗還會跟我聯絡，暫時先擺著吧。」

店長點頭，說了聲「好吧」又回到了廚房。

緊張的氣氛下，時間就這樣一分一秒地過去了。我注意到開始有餐點陸續地往黑衣人那桌送。

一切正常。不過，卻有可能在下一秒鐘就發生命案。而且就在我的眼前。

到底它會以怎樣的形式發生呢？又是怎樣的人動的手？御手洗說凶手是外面的人。我絞盡腦汁，試圖把接下來可能發生的事在腦海裡預測一遍。

丹下也很不安、很迷惘吧？因為他頻頻看向我，似乎在尋求指示。可我根本沒辦法給他指示。接下來的事會以何種形式揭開序幕？我根本就猜不出來。我還想要他給我指示呢。明知丹下正目不轉睛地盯著自己看，我卻只能焦躁不安地繼續坐在椅子上。丹下左邊頭上的掛鐘已經指向七點四十分。

微弱的鈴聲響起，就在我的眼前。之所以聽起來這麼小聲，是因為店裡現在很吵。但對我而言，那像秋蟲鳴叫的聲音卻彷彿要在我的耳邊爆開了。我趕緊伸手拿起聽筒，差點沒弄倒水杯。

「喂？」

「石岡，他們到了嗎？」

「到了、到了！穿黑色西裝的男子三人，白頭髮的老人一人。就像你所說的，老人點了玄米粥，現在正在吃。」

「都還沒有事情發生嗎？」

「還沒有，因為丹下先生並沒有動作。」

「太好了，你聽清楚，石岡，注意騎士打扮的男子。」

「騎士打扮？」

「沒錯。安全帽、連身防摔衣、靴子，或者牛仔褲配皮夾克，這種打扮的可能性超過八成。」

「你是說殺人的凶手嗎？」

「沒錯。一有這樣打扮的男子進入店裡，你就馬上提高警覺。幸好那裡是S餐廳。女服務生不是都會先在門口把客人擋下來，然後才幫客人帶位嗎？那是S的習慣。所以不理睬女服務生，一個勁兒地往裡面走的傢伙就可疑了。那個男的會直接走到黑衣人那桌，站在老人的面前。他的懷裡肯定藏著手槍。」

「射殺？」

「百分之九十五的機率會使用手槍。目標是老人。一有這樣舉動、這樣打扮的男子出現，不管三七二十一先逮捕他。一定要在他還沒有開槍之前。請務必排除萬難，達成任務。案發前我已經蒐集到這麼多情報了，如果這次還是失敗，那下次我只好去找女童軍幫忙了，請你這樣轉告丹下先生。」

「啊……？」

我實在太緊張了，根本沒有心思去理解御手洗的笑話。

「還有一點，儘管殺手看上去只有一人，但肯定還有另外一人在暗處躲著。這點千萬別忘了。」

「我知道了。拜託你快點過來。」

「你想辦法先撐著。以後總會有這樣的情況，我不可能一直在你身邊。」

我還來不及說「等一下」，電話就掛了。

按掉通話鍵後，我開始發呆。剛剛御手洗講的話，我要怎樣傳達給丹下呢？站起來，走到丹下身邊，直接告訴他是最快、最省事的方法，可未免太引人注意了。引起其他人的注意也就算了，引起黑衣男那四人的注意可慘了。

乾脆，請本宮或是女服務生傳話好了？只怕有風險產生。話傳話，往往不小心就會聽錯、弄錯。其他事也就算了，這可是人命關天，不容許有絲毫差錯。

想了半天，最後還是決定由我再寫一張紙條給丹下。這是最保險的做法。

我撕下筆記本的一頁，盡可能簡潔、明確地把事情交代清楚。就在這時，我突然好像有心電感應似的抬起頭來。

入口的玻璃門開了，一名高大的男子走了進來。他身穿全黑的連身防摔衣，臉被白色的安全帽遮住。那安全帽就好像西洋的頭盔，是全罩式的，連下巴都受到保護。

他跟站在櫃台的女孩打了個照面，卻沒有要摘下安全帽的意思。女孩從櫃台旁邊的袋子裡抽出收起來的菜單，說了聲歡迎光臨，跟他點了下頭，可他卻一點反應都沒有，只是輕抬起右手，制止女孩的行動後，順手一指。那隻手沒戴手套。下一秒鐘，他已經大搖大擺地往店裡走去。那樣子就好像他有朋友正在裡面用餐，他是來找人的。

騎士既不脫安全帽，也不理從櫃台迎出來的女服務生，筆直地就往黑衣人和老人坐著的那張桌子走去。

「來了！來了！」

這句話轟隆隆地在我腦海裡響著。喉嚨卡卡的好乾。

連身皮衣男的步伐好像慢動作一般，慢慢地，他從丹下的位子旁邊經過。

凶手！出現了！此時此刻知道這個男人是凶手的人只有我。這樣的我必須振作起來才行。男人的手探進懷裡，準備掏出手槍。不好了！

「丹下先生！就是他！」

我在店裡大聲喊道。

店內瞬間變得鴉雀無聲，想也知道客人的眼光全集中在我身上。

丹下不愧是這方面的高手。只見他毫不猶豫地把椅子往後面一踢，一把抱住那個男的。

碰！好大的聲音傳來，一開始我以為是槍響，後來才知道那是男人互相推擠的身體用力撞到桌子所發出的聲音。千鈞一髮間，其他四名刑警已經撲向那個男的。

下一秒，丹下的四名部屬已經把連身衣男壓制在地。他雖然也很高大，但對方可是四名剽悍的刑警，他當然不是他們的對手。

我趕緊跑了過去。丹下右手拿著從男子身上搶來的大型手槍，站了起來。

被壓倒在地的男子沒有說話，但似乎並沒有放棄掙扎。耳邊不時傳來衣物互相摩擦的沙沙聲，還有濁重的呼吸聲。店內靜得連一根針掉下去都聽得到，從天花板音箱流洩出來的輕音樂清楚可聞。

我一跑到他們的旁邊，以老人為首、圍著他坐的三名黑衣人馬上轉頭，惡狠狠地瞪向這邊，一副興師問罪的樣子。不過，他們沒有一個人站起來。只管繼續坐在椅子上，凶狠地瞪著我們。

其中樣子最可怕的要屬坐在最裡面的白髮老人了。他看上去就像隻瘦骨嶙峋的鷹。只見他正滔滔不絕地對著左右的男子訓話。

「呀，幸好趕上了……」

丹下對著走過來的我如此說道。事情竟然這麼簡單就解決了！那沙啞的聲音透著一股鬆了口氣的感覺。

「喂，別動！」

突然，低沉的斥喝聲在我倆的頭頂響起。丹下已經放鬆的臉部肌肉瞬間繃緊。

慘了！我在心裡大叫。御手洗說還有一人的，我竟然全忘了。

大門旁邊，站著另一名穿連身防摔衣的男子。他將櫃台女服務生的手反剪在背後，用槍抵著她的後腦勺。

「喂，放了他！否則我殺了這個女的！」

男子聲音模糊地說道。想當然耳，他也戴了全罩式的安全帽，而且安全帽的罩子還整個放下來，所以完全看不出他的長相。

「嘖！」丹下忍不住咂了個舌。

「動作快！快點！」

拿女服務生當人質的男人，再一次粗聲命令道。槍口用力往女孩的頭指去。女孩的脖子都歪了，她嚇得哭出聲來。

將連身皮衣男壓倒在地的四名刑警看著丹下，好像在問：該怎麼辦？

丹下搖了搖放在腰際的右手，說了聲：「放人。」

「混帳東西！」

連身衣男從地上一骨碌地爬起，第一次開口說話。他大概是氣瘋了，想說要反擊什麼似的，竟站著不動，然而——

「這邊。快點！」

在拿女服務生當擋箭牌的同夥的催促下，他開始往大門那邊跑去。透過安全帽的縫隙，我看到那憤怒的、彷彿要噴火的眼睛。

他從押著女服務生的同夥身邊鑽了過去，不顧一切地衝向玻璃門，跑了出去。瞧他身手敏捷的，應該還很年輕。

他的同夥回頭確定他已經出去了，這才把擋在前面的女孩身體用力往我們這邊一推。

隨著尖叫聲響起，女孩的身體先是撞到丹下，然後是我。我也好，丹下也罷，一個重心不穩，差點就要跌坐在地上。

待丹下調整好姿勢，正要追上去時，那人的身影已經消失在玻璃門的後面，玻璃門正慢慢關起。

丹下、四名刑警、還有我，朝快要關上的門迅速地衝了出去。當丹下的身體撞到玻璃門時，發出咚地好大一聲聲響，同時外面的陰暗處還傳來細微的驚呼聲。

先跑出去的男子被正要駛進停車場的車輛撞個正著。尖銳的煞車聲響起，騎士打扮的男子在停車場的水泥地上翻滾了好幾圈。

在他後面衝出來的同夥用力地咂了個舌，似乎愣了一下，不過，他馬上放棄，筆直地朝第一京濱的大馬路跑去。

丹下和三名刑警追著奔向馬路的男人跑。只有金宮一人跑向倒在車子前方的另一名歹徒。一時間我有點疑惑不知該跟哪一邊。

「你也追上去，石岡！」

熟悉的大嗓門突然在耳畔響起。

「這裡交給丹下先生就行了。其他三人回到店裡，看好黑衣人他們！」

一邊從車子裡走出來，御手洗一邊喊道。原來撞倒凶手的人竟然是御手洗。一時間，我還搞不清楚是什麼狀況。不管了，反正跟著他就對了，於是我也朝夜晚的第一京濱公路跑去。三名刑警聽御手洗的話，放慢奔跑的速度，轉身返回S餐廳的店裡。

連身皮衣男的步伐超快。反觀丹下雖然體格壯碩，但跑步的速度就讓人不敢恭維了。我和御手洗一下子就把丹下甩開了。

當下我立刻覺得，御手洗的判斷是不是錯了？男子不僅跑得快，還既年輕又凶殘。不用體力較好的四名刑警，而用年紀最大的丹下，還有我這個資歷尚淺的人當追捕的助手，絕對不是明智的選擇。

「御手洗，喂、御手洗，你什麼意思?!」我一邊跑一邊大喊。

「丹下先生最近缺少訓練！」御手洗輕鬆地說道。

「我們等他一下好了。」

讓人驚訝地，他竟然放慢了速度。然後，他面向丹下，揮舞著右手，叫他趕快過來。就在他這麼做的時候，歹徒的身影已經越來越遠。我真搞不懂御手洗在想什麼。

上氣不接下氣地，丹下終於追了上來。

「丹下先生，快到了。準備好手銬！」御手洗叫道。

「見鬼了！他離我們那麼遠，你打算用什麼方法抓到他?!」我心急地大喊。

跑在前頭的男子突然右轉，消失了蹤影。

「就是現在！跑！」御手洗大喊。

於是我們三人使出全力奔跑著，朝男子消失的那個街角。

「丹下先生，你身上有槍吧？借我一下，趕快！」

丹下把剛才從刺客身上搶來的手槍遞了過來。

轉過街角，映入眼簾的是跨坐在摩托車上，拚命踩發油門的男子的背影。御手洗躡手躡腳地走上前去，用槍口對準男子唯一露出肌膚的那截脖子。

「別動，把手舉起來，如果你不想脖子多個窟窿的話！」

男子嘆了口大氣，突然彎下上半身，這才慢慢地把雙手舉起。御手洗的左手立刻探進連身皮衣男的懷裡，把槍取了出來。然後他看也沒看的，就把槍丟了過來。我嚇了一跳，趕緊接住。

「可惡！沒想到義大利製的這麼靠不住！」

男子一邊咒罵，一邊從摩托車上下來。剛剛他拚命踩發的摩托車對面，還有一台應該也是義大利製的摩托車停在那裡。

「像這樣的場合，還是用日本製的比較實在……丹下先生，你從明天開始就在家裡附近練習跑步好了。可以快點把手銬給我嗎？這個傢伙已經等不及了。」

丹下終於繞過轉角，追上了我們，氣喘吁吁的他拿出手銬，銬住連身皮衣男的雙手。瞧他難受得一句話都說不出來。

「這摩托車很貴，你應該很心疼吧？放心，刑警大人們會幫你好好保管的。我跟它可熟了。所以，要我幫你保養也不成問題，你就安心地蹲你的苦牢去吧！好，我們大家一起回餐廳吧！石岡，麻煩你把那台摩托車的鑰匙拔出來。」

「這樣可以了嗎？」我把鑰匙拔了出來。

「可以。還有，這兩把槍交給丹下先生。好了，我們快點回去了。丹下先生的部下現在肯定跟黑衣人在吵架，我們再不回去，他們可要打起來了。丹下先生，你好安靜喔，你還好吧？」

「還好……」丹下小聲地應道。

袋。

「菸不要再抽了。哎呀，忘了一件事，有東西要還給你。」

御手洗彷彿現在才想起來似的說道。只見他把像是小螺絲釘的東西塞進騎士連身衣的胸前口袋。

「什麼？」男子問。

我和丹下也在等著御手洗的回答。

「火星塞，摩托車的。」御手洗一派輕鬆地說道。

「我不是說我跟它很熟嗎？」

我們沿著大馬路走，刺耳的警笛聲從後方響起，一台車頂閃著紅色警示燈的警車追過我們，動作俐落地駛進S的停車場。

等我們到了的時候，發現警車後座坐的好像是被御手洗撞倒的那個連身皮衣男，安全帽已經脫下。制服員警坐在他的旁邊，正在問他事情。警車裡的照明燈是開著的，所以從外面可以清楚看到他的樣子。看來他傷得不是很嚴重。摘下安全帽的臉孔，果然還很年輕，跟丹下他們的長相比起來，他還比較不像壞人。

一認出是我們，兩名制服員警分別跑了過來，一左一右把連身皮衣男牢牢抓住。將凶嫌交給警察後，我和御手洗還有丹下往S店內走去。「碰！」警車關門的聲音傳來，尖銳的警笛聲再度響起，警車朝夜晚的第一京濱公路駛去。

S店內收銀機附近已經築起一道人牆。大家看來好像都是來結帳的，其實是趁排隊的空檔，順便觀賞後面黑衣人和刑警吵架。

「憑什麼不讓我們回去！」

叫。

就在我們往他們桌子走去的同時，三名黑衣人中像是老大、長相特別凶惡的那位正在大吼大叫。

「我們可是被害者欸?!要強留我們在此總要有理由吧！」

體格壯碩的四名刑警似乎也很無奈，紛紛朝丹下投來求救的眼神。

「哎呀，各位，不好意思讓你們久等了。」御手洗輕快地說道。

黑衣人中年紀最大的那位，用小孩看了肯定會哭出來的凶狠表情，瞪向御手洗。

剛才隔得遠看不清楚，可現在湊近一看，才發現這個男人的臉簡直可以說是藝術品了。皮膚粗糙不說，還坑坑疤疤的一堆凹洞，就像是風乾的橘子皮，超厚的嘴唇上方和左半邊，各有一道深刻的疤痕。三分像人，七分像鬼。被這樣的臉注視著，連我也說不出話來了。

可御手洗呢，我想他腦袋是真的有問題吧？他完全不在意他們的長相，慢慢地晃到刑警旁邊坐下。

「來，大家請坐。」他說，還讓了張椅子給丹下。我才在想，好像沒有我的位子喔？本宮連忙從廚房搬了一張過來。

「我說你們，幹嘛那麼急著回家？你看櫃台那邊，那麼多人在排隊結帳。只有吃飽撐著的人才會去排隊呢！」

「你說什麼？混蛋小子！」男子怒喝。

只見御手洗皮笑肉不笑地舉起右手。

「行了、行了，冷靜、冷靜。我們可是救了你們會長一命。我不求你們感恩，只求櫃台人散了之前，你們能陪我聊聊，這樣的要求不過分吧？」

此話一出，黑衣人全靜了下來。

「還是你們連這都不願配合？既然如此的話，你們儘管回去。只一樣，把會長留下來。我們有很多悄悄話想跟會長說。會長他肯定也會很樂意聽我們講的。哎喲！」

御手洗再次舉起右手。

「關於老人癡呆越來越嚴重這一點，不勞你們告訴，我們早已知道。所以呢，我請各位留下不是為了自己，而是為了你們大家。可不可以叫台計程車，先把老人家送回去？等他回去了，我們再促膝長談，好好把事情喬一喬，你們說這樣好不好？各位心裡都很清楚，這次的事跟他老人家一點關係都沒有。更何況，熬夜對老人家的身體不好。」

「既然你知道，幹嘛還強留我們，不讓我們回去？你少嘻皮笑臉的，不要欺人太甚！」另一名年紀比較長的男子出言恐嚇。

面對這樣的惡行惡狀，似乎連御手洗也嚇了一跳。

「真是的。我原以為你們多少有點腦袋，看來你們不是很清楚自己目前的處境哪。既然你們那麼難喬，那我只好強硬一點了。」

說完後，御手洗突然站起身來，快步朝黑衣人走去。一群流氓立刻擺好架式。

「丹下先生，可否請你再叫兩台警車過來？我們必須把坐在這裡的橫瀨會長送回他惠比壽的家。好不容易救了他一命，要是讓他半夜跌倒骨折那可慘了。」

我正想他要幹嘛呢，只見御手洗說完話後，直接從黑衣人的身旁經過，拿起綠色公共電話的話筒，插入卡片，按下號碼。

「啊，你好，這裡是Ｓ餐廳，我是店長。現在橫瀨先生受了很嚴重的傷，希望能在臨終前見家人最後一面。啊，電話是跟他同行的人告訴我的。拜託你們趕緊過來。是，麻煩你們了。」

御手洗把話筒放了回去。

「這樣一來，橫瀨新會長親自出馬的機率應該有七成吧？別怪我。誰叫你們那麼不講理，我只好找個稍微聽得懂國語的。啊，丹下先生，記得交代警車繞到後面去停。」

走回我們這邊的御手洗和站起來的丹下錯身而過。這次換丹下去打電話了。

御手洗一邊返回座位，一邊看向收銀機的方向。客人都走了，看熱鬧的人也少了，店內頓時變得空蕩蕩的。

御手洗重新坐下後，便再也沒說話。看樣子他是在等丹下講完電話。

「總歸一句話，這次的案件全因某個握有絕對權力的大人物罹患癡呆症而起。」

確認丹下放下話筒後，御手洗開口說道。丹下正走回來。

「說來可笑。就算老爺子再怎麼發瘋，嚷嚷著要跟人家火拼，阻止他的方法有千百種，何至於殺了他？都怪養子說話的分量不夠。

來，丹下先生也請回座，仔細聽我說。我今天在外面跑了一天，累壞了，實在沒有心力從頭說起。如有必要的話，我們明天再講，今晚我就說個大概。我想早點回家睡覺。

這邊禮數周到的諸位，乃總部設在惠比壽的不動產租賃公司，E集團的高級幹部。不過，那只是他們對外的身分，實際上他們從事的是更神氣、更令人稱羨的行業，也就是最近很流行的暴力討債業。案發的原因，你們應該也猜出來了，全因為他們必須把坐在那邊的老會長處理掉，讓他從此不能呼吸。」

「你有什麼證據？」此話一出，立刻惹來黑衣人的群體抗議。

「安靜、安靜。誰叫你們捨不得花計程車錢，才會搞成這樣。不過，沒有關係，他不是癡呆了嗎？只要你們自己不大聲嚷嚷，他未必聽得清楚。我勸你們別感情用事，失去理智的後果就是自掘墳墓。

很好。剛剛的年輕殺手，就是這幾位紳士大哥派來的。這部分的環節，麻煩你們等一下自己跟警察說清楚。之所以要選在這裡殺掉會長，是因為除了這裡以外，沒有其他地方可以下手。橫瀨會長一整天都窩在總部十一樓的住家。最大的消遣就是上頂樓幫菜園澆澆水，打打小白球，其餘的時間都窩在房間裡看電視或看錄影帶。早餐也好、午餐也罷，他都叫附近一流的餐廳送外賣，住家的窗戶裝的是防彈玻璃，牆壁裡還嵌著鐵板，所以，除非是從空中丟炸彈下來，否則外面的人根本殺不了會長。當然自己人要殺他很簡單，可這樣傳出去又不好聽。再怎麼說都得做做樣子，讓人以為是其他幫派的人幹的。那麼，會長可有外出的機會？有的，就是這家Ｓ餐廳。

會長也不知道是怎麼回事，特別喜歡這間店的玄米粥。不管周圍的人怎麼反對，每個禮拜二和禮拜五，他一定要到Ｓ吃一碗玄米粥，這已經變成他的習慣。可能也想看看外面的世界吧？像這樣，在幹部的簇擁下，從惠比壽開著賓士出來兜兜風。這是會長跟外界接觸的唯一機會，卻也成為外面的人偷襲他的唯一機會。可以了嗎？今天就上課上到這裡，石岡……」

御手洗把屁股從椅子上抬起。

「請你再等一下！」丹下厲聲制止。

「就是說啊！」我也在一旁幫腔。

「還有很多疑問沒有解決欸。」

「不好意思，容我提醒一下，這些客人今晚是第一次光臨敝餐廳……」

連中島店長都客氣地發話了。站在旁邊的本宮更是拚命點頭。

御手洗回到座位坐好，開始不耐煩地發起牢騷。

「你們大家只是坐在這裡吃飯。哪像我在外面跑了一整天，忙得要死。你們哪裡知道我的辛苦。」

我們全都閉上嘴巴，因為知道他說的是事實。除了黑衣人以外，我們對整件事的內情完全不清楚，連御手洗的千分之一都不到。雖然他裝出一副輕鬆愉快的樣子，可連我都看得出來好友真的累了。

「其實你們大可不必問我，這邊不是有當事人嗎？待會兒再好好訊問他們就行了。」

「也就是說，他們一手策劃了此次的案件……」

丹下話還沒講完，御手洗已經不耐煩地猛搖其頭。

「怎麼可能！不是他們。大概的計畫就像我剛才所講的，可那並不是全部。這個案子背後還有許多不為人知的複雜內幕。這樣說有點失禮，可憑他們的本事是做不出來的。擬定計畫的人是——哪，現在正有一台車駛進停車場，擬定計畫的人就在那車上。各位，請往這邊躲一躲。石岡你也回去坐下，要裝作一副若無其事的樣子。中島先生，請你領他過來這裡。」

不久，我感覺到背後的玻璃門打開了，嘰嘰咕咕的講話聲傳來，緊接著中島店長領著一位矮小的男人來到我們桌前。

那個男的看到老人好端端地坐著，似乎想拔腿就跑，卻讓金宮硬生生地箝住兩條胳膊。

「各位，容我介紹一下，這位乃Ｅ集團的下任會長，橫瀨春明先生。ＩＱ一九〇，Ｔ教育大學出身的高材生是也。」

御手洗說道。我嚇了一跳。因為橫瀨皮膚白、個頭小，一副弱不禁風的模樣，怎麼看都不像是黑道份子。年紀又輕——至少看起來還很年輕。應該不到三十吧？他穿著學校職員常穿的灰色毛線背心配白襯衫，外面再套上褐色夾克。臉上的鬍碴有點明顯，一雙大眼睛骨碌碌地轉，神經質地左顧右盼。

「橫瀨先生，虧你想出這麼棒的計畫，我深感佩服。」

御手洗出言調侃。沒想到對方竟然跟他點了個頭。

「你還真是倒楣。要不是這幾位看起來英勇神武的大叔，無一倖免地都得了那種文明病，你的計畫肯定會成功的。」

這時玻璃門打開了，制服員警魚貫走了進來。

「啊，支援到了。」丹下說道站了起來。

「來吧，各位勞苦功高的幹部們，請你們分兩台車坐，前往戶部警察署。請你們知無不言，言無不盡。隱瞞是沒有用的，別忘了我什麼都知道。

丹下先生，計程車的錢和修繕的費用等到他們那邊再跟他們請。眼下得派個人開賓士送會長回去。」

「我不走！」其中一名黑衣人大喊。

「沒跟律師談過，我哪裡都不去。你說的全是你自己猜的，一點證據都沒有。如果你認為光那樣就可以定我們罪的話，就大錯特錯了。除非你拿出證據來，否則你沒有理由限制我們的行動，喂，回家了！」

「回家後找律師出面，打算藉此扭轉局勢？用錢收買謊話連篇的證人，來個徹底大翻供？我勸你們別白費力氣了，只會浪費時間和金錢。既然如此，我也沒辦法。看你們是要進警局？還是進警察醫院？反正偵訊的話在哪裡都一樣。」

御手洗的語氣變得強硬起來。

「你是什麼意思？這傢伙有病！」

幹部大喝一聲，站了起來。其他同伴見狀也跟著站起。

「我現在就把這袋子弄破，把裡面的東西全倒出來，這樣也沒有關係嗎？」

站著的御手洗的手上握著一只黑色的塑膠袋。

「那是什麼？」黑衣人再度大聲叫囂。

「你說，這會是什麼呢……？」

御手洗說，一邊打開塑膠袋。接著他煞有介事地把右手伸了進去，在裡面亂攪一通。袋子發出沙沙的聲音。

「啊，好像是什麼的粉末。」

他把右手從袋子裡抽出來，豎起一根手指，湊近鼻子聞了一聞。

「嗯，植物的味道。是什麼植物呢……？這是第一個提示。」

再一次他把右手伸了進去。

「第二個提示，是花粉來著……哎呀，好像是杉木的花粉呢。」

御手洗話才剛講完——

「你馬上把袋子闔起來！」

幹部再度咆哮。

「讓我們趕快把事情解決吧！」

他轉向丹下，催促道。

「這句話應該我講才對。」

丹下說道，屬下的刑警走上前去，把三名黑衣人圍了起來。

「一開始就這麼聽話不就好了嗎？」御手洗朝我耳語道。

「你從哪弄來那些花粉的？」我問。

「騙他們的。這是那邊公園沙堆的沙。」御手洗再次悄聲說道。

7

聽到敲門聲我去開門，發現是丹下站在那裡。只有一個人。

隔天上午的十一點鐘，起得晚的御手洗正和已經趕來的本宮吃著吐司和紅茶當早餐。一認出走進來的人是丹下，本宮連忙站起，拍了拍掉在褲子上的麵包屑。

「別這樣，你坐、你坐！不用管我。」

丹下舉起右手，阻止本宮的行動。

「沒關係，我已經吃飽了。」本宮說。

「御手洗呢？也吃飽了嗎？」丹下問。

「我把這杯紅茶喝完就行了。」好友回答道。

「你昨晚睡得可好？怎麼一副很累的樣子。」

「睡死了。E集團的幹部們有沒有全招了？你坐那邊的沙發，我待會兒就過去。」

「這裡嗎？唉，如果他們那麼老實，我今天就不會來了。有一個精明的律師在旁邊出餿主意，一整晚淨在裝瘋賣傻。對了，我今天來是為了向你請教事情的來龍去脈。咦？這位昨晚好像在餐廳見過？」

「你好，我是本宮。」

「制服一脫就認不出來了。」

「一切要從這位先生開始說起。就是他告訴我S餐廳的小便斗屢屢遭到破壞的。」

「小便斗嗎？」

「對，昨天又被破壞了。每次都是同一個小便斗。」

「你說又被……」

「我也是想問那個，所以今天一早就跑來了。可御手洗先生說要等丹下先生來了再一起說明……」

「御手洗，依我看，每次到店裡破壞小便斗的肯定是那位老人癡呆的會長吧？」

此話一出，御手洗立刻噗哧笑了出來。他似乎沒想到會聽到這麼妙的答案。

「虧你想得出來！石岡。」

御手洗樂不可支，只見他一邊搓手一邊偷笑，最後索性哈哈大笑了起來。只可惜我沒他那麼有幽默感。

「不錯欸，石岡，每次光顧，都會忍不住偷小便斗的癡呆老人？有創意，然後他會把小便斗擺在自家陽台，好好地欣賞。不過問題來了。首先，老人不可能大剌剌地把小便斗扛出去，那樣太醒目了。更何況，店長和這位老兄都作證說，昨晚是他們第一次光顧那家S。行了，就讓我簡單扼要地說明一下吧。」

說罷御手洗站了起來，往丹下對面的沙發移動。本宮坐在他的隔壁。我則繼續站著。

「大概的情形我昨天已經說過了，E集團其實是個幫派組織，二次大戰後成立於新橋，昭和三十年左右總部搬到了惠比壽。新橋時代他們叫川田組。現任會長橫瀨原一郎，可是人稱機關槍源的響叮噹人物。他們那個年代的大哥應該只剩他還活著吧？

話說這樣的E集團，慢慢蛻變成合法經營的公司，並獲得前所未有的成功。截至前年為止，不動產部門的收益都相當豐厚，東京都內光E集團名下的出租大樓就有十九棟。此外，金融放款業務也做得有聲有色，現在往來的客戶都不知道，原來E集團有限公司就是以前的川田組。

時代變了也是原因之一，最主要是他們願意洗心革面，規規矩矩地做生意。

不過，昨晚你們也見到那票高級幹部了，應該可以了解，所謂江山易改、本性難移，體質是很難改變的。在見不得光的生意上，他們與池袋的Ｋ組多有過節，樑子結得很深。說起Ｋ組也是在戰後就成立的幫派組織，一直是Ｅ集團的死對頭。這個Ｋ組動不動就找Ｅ集團的麻煩，反正不讓他們好過就是了。不過，這種程度的騷擾在商場稀鬆平常，如果什麼事都往心裡去的話，那還做不做生意？可終於有一天，沉不住氣的機關槍源被惹毛了，竟嚷嚷著要跟對方火拼。

其實他已經半癡呆了，可經營的實權還握在他手上。黑社會最講究的就是輩分和倫理，會長的命令等同聖旨，無論如何都必須遵從。可今天如果跟對方打起來的話，Ｅ集團就完了。現在已經不是戰後可以隨便亂來的時代。好不容易建立起來的信用也將付諸流水。然而不管怎麼跟會長說他就是聽不進去，因為他已經癡呆了。他們被逼急了，到最後沒有辦法，只好早點送這跟不上時代的老不死的去見閻羅王。於是，Ｅ集團的幹部雇來兩名年輕的殺手當刺客，因此才會有這次的事件。趁大家都在吃飯的時候，兩名殺手衝了進來，突然開槍把會長打死了，嚇了一跳的我等立刻追了出去，卻讓殺手跑了。這就是大致的情節。雖然擔任保鑣的幹部難免失職之責，但這是唯一的方法。因為會長只有在這個時候才會出門。

會長死後，Ｅ集團的人會做做樣子，向Ｋ組表達嚴正的抗議。這樣做主要是要讓世人誤以為刺客是Ｋ組派來的。Ｋ組當然會大聲喊冤。到時他們再鳴金收兵，擺出一副忍氣吞聲的樣子。編出這劇本的人，昨晚我已經說過了，是橫瀨春明。他是橫瀨會長的女兒曉子招進門的老公。自己過怕了刀光劍影的生活，所以挑的女婿一定要是老實的讀書人。好了，我說完了，都懂了嗎？」

「目前為止是懂了，可這並不是全部吧？」我說。

「就是全部。」御手洗說。

「那麼次被破壞的小便斗該如何解釋？出現在秦野大造身邊的謎樣美女又如何解釋？是你說它們就像政治和貪汙一樣，關係密切。」

「我是說了。那些也全是橫瀨春明的陰謀。計畫本身就如我剛才所說的，出乎意料的簡單，可人算不如天算，就在他們決定動手之前，剛好碰到了最壞的時機。」

「最壞的時機？」

「現在正好是三月份。光這點，就可讓如此單純的殺人計畫變得異常複雜。這起案件的開端，你剛才說的那兩個疑點也是這樣產生的。

若能等上兩、三個月的話，應該就沒有問題了，偏偏老人的態度很強硬，完全沒有轉圜的餘地。不馬上把他處理掉的話，E集團的金字招牌就要從這世上消失了。」

「我不懂你的意思。老人他們每個禮拜二和禮拜五都會去S吃玄米粥。因此選在那裡攻擊他們……這哪裡複雜了？」

「石岡先生，我們這家S，那些人不曾來過，昨晚是第一次來。」本宮向我說道。

「咦？對喔，所以呢？……這是怎麼一回事？」

「石岡你搞錯了，他們每個禮拜二和禮拜五會去光顧的店，並不是川崎的那家S。」

「不是那家?!」

「不然是哪家S餐廳?!」

我和丹下異口同聲地說道，忍不住面面相覷。

我幾乎要用喊的了。

「石岡，你和我都看到了啊。就是下馬小公園旁的那家S餐廳。」

「下馬小公園旁？啊！駒澤通上的那家？新聞報導說，樹木遭到惡意的破壞……」

「沒錯。」

「所以……是那家……？你的意思是，每個禮拜二、五，橫瀨帶著幹部去吃玄米粥的，其實是那家S……」

「沒錯，石岡，S的菜單到哪都一樣。」

「所以呢？那又怎樣？為什麼那晚是川崎的S？」

我咄咄逼人，非要問到答案不可。丹下和本宮雖然沒有出聲，卻也探出了身子。

「石岡，昨晚差點就發生命案了，卻在千鈞一髮之際被擋了下來，這才是最重要的。相較之下，這種謎團分析根本不算什麼。請你不要把順序搞錯了。」

「我沒搞錯。但我現在就是想知道答案。你知道吧？快回答我！」

「御手洗先生，也就是說，他們有不能去S目黑店的理由？」本宮也說話了。

「沒錯。基於某個理由，他們說什麼都不能在那家店動手。偏偏老人比石頭還要頑固，幾乎已經到了病態的程度。就像行星永遠不會改變軌道一樣，他說什麼都不肯改變自己的行為模式。周圍的人只要稍有不順他的意，他就會歇斯底里地以拳頭相向。就是人家說的老太爺吧？

這位老太爺每個禮拜二和禮拜五，一定會在那三名黑衣人的保護下，開賓士前往目黑的S。每次他都會坐在最裡面那桌，然後喝了口水便站了起來，用眼前的公共電話打電話到世田谷區的女兒家，聽孫子喊一聲爺爺。接著他會去上廁所，安心地吃完玄米粥後，這才心滿意足地回惠比壽的家睡覺。他私下認為這便是長壽的秘訣。因此，禮拜二和禮拜五的晚上，照這樣的固定行程行動，便是那幾個人的工作。任誰都不可以有絲毫的更動。

如此一來，要派殺手將老人射殺，就只能挑這個時候了。昨晚我已經說過了，老人住的地方固若金湯。可偏偏又不能在目黑店動手。這個時候如果是你的話，你會怎麼辦？石岡？」

「如果是我的話就不殺他了。」

「這樣的話，就要跟池袋的Ｋ組全面開戰了，優良企業Ｅ集團將搖搖欲墜，上千名的社員將無家可歸、露宿街頭。」

「我懂了！」本宮說。

「難不成川崎店的內部構造，也就是說廚房、桌子、廁所的擺設和位置，都跟目黑店的完全一樣？」

「正是如此！這兩家店，不管是占地面積、土地形狀、周圍的環境都很類似，因此蓋的時候用的是同一張設計圖。格局一樣是不用說的，就連壁紙、窗簾的花色、牆上的掛鐘、桌子和椅子的形狀，全都一模一樣。」

「喔……」

我聽得一愣一愣的，丹下用力拍了下膝蓋。

「難怪！」

御手洗昨天在電話中，簡直就像有天眼通似的，竟能逐步指揮我的行動。因為他只要看了目黑店，就能夠完全了解我所在的Ｓ的店內配置。

「原來如此，是那麼回事……不只店內的印象完全相同，就連外觀、玄關、停車場給人的感覺也很類似。兩家店的門口都有大馬路經過……」

「第一京濱公路和駒澤通對吧？」本宮說。

「從惠比壽到目黑的車程，是比跨過多摩川再到川崎的稍微短一點，不過，對方已經是個半癡呆的老人，隨便編個謊也就圓過去了。」丹下說道。

「比方說，前面在施工，得繞一下路，這樣就可以了。」本宮說。

「你們了解了吧？這個計畫和其他的謎團，全都從他發現有另外一家S，跟平日常去的那間完全一樣開始。這個計畫是女婿春明想出來的。可憐他身為養子，說話沒有分量，根本勸不住老人家。」

「這我瞭解，可相關的疑點……還是沒有解決啊。川崎店的小便斗為什麼屢次遭到破壞？」

我話才剛講完，御手洗馬上給了我一個慣見的白眼，不耐煩地咂起舌來。

「石岡，那當然是因為，那個小便斗是唯一不同的地方！」

「咦？……」

我還是不懂。

「那個兒童用的小便斗，只有川崎店才有。除此之外，廁所的擺設跟目黑店的幾乎完全相同。小便斗的數量也一樣。因此，只要把這礙眼的小便斗拿掉，兩家的廁所就完全一樣了。當然得趁把老人帶去之前。」

「啊！」

丹下和本宮也都驚呼出聲，這樣我就安心了。因為不是只有我一人特別愚鈍。

「小便斗被破壞這件事，代表計畫執行前的準備作業已經完成了。而且E集團的人還知道，之前弄壞的小便斗已經修理好了。也就是說，他們知道小便斗一被破壞就會很快被修理好。明知如此，卻還在昨天早上破壞小便斗，就代表著他們打算在那天行動，就在數小時之後。」

「所以……也就是說，昨晚光顧川崎店的老先生，以為自己去的是目黑店？」

「答對了。」

「原來如此，我算服了他了！」我大聲說道。

「哎呀，我也服了他了！」

丹下也跟著嚷嚷了起來。可我突然想到——

「等、等一下，御手洗！秦野先生的事，又要怎麼解釋？那位神祕的美女是怎麼冒出來的？」

「石岡，偶爾你也動動自己的腦袋嘛！這是很簡單的應用問題。」

「嗯……」

我沉吟了一下，接著便說：

「我想不出來。你趕快告訴我。」

「你根本沒在想，只是做做樣子。」御手洗冷冷地說道。

「那件事也跟這個有關？」

「當然有關。」

「怎麼說？我不懂……丹下先生，你懂嗎？」

被我一問，丹下也跟著搖頭。

「各位，千萬別忘了，E集團的老太爺可是跨過了多摩川。只要過了多摩川就不是東京都了，而是川崎市。」

「對喔，川崎市……那又怎樣？」

「石岡，你這樣子一輩子都不會有長進。你打算就坐在那裡，永遠等人家告訴你答案嗎？」

「有空的話我自然會想，我現在只想趕緊知道答案。」我說。

「人生哪有什麼有空和沒空的？只要活著，腦袋隨時都要動。請你回想一下老人的行為模式。我不是說過，他習慣一進到S就馬上打電話到女兒家，找孫子聊天嗎？」

「喔……」

「只要一進到川崎，電話的區域就改變了。從川崎的S打出去，就算撥的是女兒家的電話號碼，也會打到擁有同樣號碼的另一戶人家去，不是嗎？」

「啊……啊……啊，對喔！」

「對喔！在川崎，撥打東京的電話號碼，會打到完全不同的地方去！」連本宮也懂了。

「原來如此，那要怎麼辦？！」

「他們採用的是簡單實際的方法。先把跟孫子家電話號碼完全一樣的屋主騙出去，然後橫瀨春明再偷偷跑進去。一等老人打電話來，就推說今天去遊樂園太累了，小孩已經睡了之類的，這樣就沒問題了。懂嗎？」

「原來如此呀，也就是說，位在川崎、電話號碼跟女兒家完全一樣的人家是……」

「秦野大造的工作室。」

「原來如此！」

「如果是一大家子住的民宅就麻煩了，幸好是音樂家的工作室。只要派出神祕美女一枚，要她把屋主帶出去，事情就解決了。我在猜，應該是先確定了這樣的情況，春明才會想出這樣的計畫。

平成三年（一九九一年）的現在，東京都電話號碼的前半部變成了四碼，可到去年為止都還只有三碼，跟川崎市一樣，所以基本上這個計畫是可行的。可如今前半段變成了四碼，電話會打到去掉最後一碼的另一戶人家去，因此免不了要再把這戶人家找出來。

事實上，這個禮拜他們曾經打算執行計畫。就在美女打電話給秦野大師，把他叫去品川飯店的時候。當時，E集團已經準備就緒，就等秦野大師出門。然而，大師的工作室來了三名弟子，要把他們全部騙出去實在是有困難，所以計畫臨時喊卡，順延到昨天晚上。幸好案子自個兒找上了門，讓我及時阻止了命案的發生。」

「是嗎？他們應該會覺得很不幸吧？……那，神祕美女對秦野大師做的那些莫名的舉動……」

「這用膝蓋想都想得出來，一點都不奇怪！在地下室的餐廳她之所以會昏倒，為的是借大師的外套一用，從裡面偷取工作室的鑰匙，一等假扮成醫生的春明靠近，她再把鑰匙交給他。兩人從橫濱兜風回來後，之所以又在住家一樓的『咖啡藝術』見到他，是因為他要把已經拷貝好的鑰匙還給那個女的；來到工作室的門口，女的之所以一把抱住男的，還送給他一個香吻，為了是要把鑰匙偷偷放回他的口袋。大師是那麼清純可愛，哪是身經百戰的女人的對手？她隨便就可以將他玩弄在股掌間。」

「喔……」我忍不住同情起秦野來。

「石岡，你不用同情他。你自己應該也有經驗吧？正所謂『飲食男女，人之性也』。不過呢，女人不可能每次都用這一招，因為總有一天得在床上跟人家把帳算清楚。這世界就是這麼妙。」

御手洗又講一些我聽不懂的話了。

「可是，你也太厲害了。光憑那一點材料，你就把什麼都查出來了。」

「時間緊迫，這次我是真的有累到，但推理的部分還算簡單。只是，犯人家的電話號碼不好查就是了。所以，想想也沒那麼輕鬆。」

「咦？……對……對喔……那是一定的。所以你是從春明家的電話開始……」

「我本想冒充建設省㉑的人去調查電話號碼跟秦野工作室相同的東京人家，卻失敗了。於是我只好拜託在警視廳工作的朋友。接下來就靠著他們給我的資料和自己的腳，加上一點點演技，

㉑建設省為日本舊有的行政機關，在二〇〇一年和運輸省、國土廳等部門合併為國土交通省。

把內幕抽絲剝繭地查出來。不過，四個小時要跑那麼多地方，還真是累壞我了，所以，接下來我要好好欣賞華格納，放鬆一下。丹下先生，你都瞭解了吧？你可別讓那些傢伙看不起，把該問的全部問出來。本宮老弟，辛苦你了。下次再有這麼有趣的謎團要解，請你別客氣，儘管來找我。」

「等一下啦，御手洗先生，我還有一個地方沒搞清楚。為什麼他們不能在目黑的Ｓ動手呢？都已經費了那麼大功夫了，幹嘛非把現場改到川崎呢？」丹下問。

這應該也是本宮的疑問。只見六隻認真的眼睛再度死盯著御手洗。

「啊，那是因為目黑店的隔壁有個小公園，公園裡有杉樹的緣故。」御手洗似乎是怕到了，連忙說道。

「杉樹？關杉樹什麼事？」

「那幾位凶神惡煞，無一倖免地全是重度花粉症的患者。」

「你是說花粉過敏？」

「怎麼說呢？他們甚至派人先去把樹鋸掉，所以肯定很嚴重。可這件事被鄰居發現了，失敗了。沒辦法，他們只好把舞台換到川崎店了。」

「所以你才能用裝了沙子的塑膠袋威脅他們?!」

「丹下先生也可以用那招，如果偵訊不順利的話。看那樣子應該是很怕，肯定什麼都招了。」

說完後，御手洗笑了。

8

「可是那個叫ＩＧ什麼的到底是什麼東東？」

那天傍晚，只剩我和御手洗兩人的時候，我突然想到便問了。大名鼎鼎的音樂家秦野大造從那之後就再也沒有音訊。

「是ＩgＥ啦。」

「那個叫ＩgＥ的到底是何方神聖？」

「它是人體血液中的物質，又叫做免疫球蛋白Ｅ。」

「免疫球蛋白Ｅ？」

「嗯。現代醫療的最前線認為，ＩgＥ是引發人體過敏症狀的最大原因。」

「所以它就像細菌一樣？」

「不是，正好相反。它是人體為了對抗塵蟎、花粉、屋內灰塵等異物，或蛔蟲等寄生蟲，而建立的重要防禦機制，不過當它分泌過剩的時候，連自體組織都會遭受破壞，引發過敏。以上講的這些現階段都還只是假設。

舉例來說，最近光是花粉過敏一樣，就讓醫生傷透了腦筋。食物過敏、添加物過敏，它們的發病機制都還沒搞清楚呢。再加上氣喘的患者又是以前的三倍。一直以來認為，過敏體質是會遺傳的。會產生過量ＩgＥ的人便是擁有過敏體質的人，可最近過敏的人那麼多，已經不是單純的遺傳就可以解釋得通的。關於這個謎題，我已經找到了答案，可真要說起來，三天三夜也說不完，所以我就不說了。」

「那個ＩgＥ是怎麼引發過敏的？」

「憑你的智慧，跟你說了也不會明白……哎，簡單來說，只要異物一入侵到體內，巨噬細胞就會馬上抓住它，並把分析的資訊傳給Ｔ細胞，Ｔ細胞再命令Ｂ細胞分泌大量的ＩgＥ。經此過程產生的ＩgＥ會在血液中流動，附著於體內的黏膜組織或皮膚等肥大細胞的表面，命令它們產生化學物質。肥大細胞的化學物質會召集血液中的白血球等成分穿過血管壁，一起攻擊異物，或將它們排除掉。不過，一下子動員太多兵，連體內組織也遭到了破壞。此一過剩破壞的結果就是過敏。」

「完全聽不懂。」

「在以前，人類體內還有很多蛔蟲等寄生蟲的年代，講簡單一點，這個ＩgＥ的量和體內敵人的量是平衡的。可如今，日本都市裡的寄生蟲都滅絕了，專門對付異物的ＩgＥ失去了敵人，轉而攻擊起自己來。

到處都鋪上水泥，花粉沒辦法回到土裡，塞車造成的大量廢氣排放，睡眠時間減少、壓力，這些都市特有的條件都讓人類越來越容易發病。

說到這種過敏，乃大自然給一心追求都市文明發展的我們的一記警鐘。不只是醫學界，它也是人類文化學上的有趣課題。ＩgＥ啊ＩgＥ。最近我一直在想這個問題。然後，這次一連串不可思議的事件就端到了我的面前。相關場所分別為池田(Ikeda)、五本木(Gohongi)、遠藤町(Endomachi)。三個地名的第一個字母湊在一起就是ＩgＥ。這樣的巧合讓我嚇了一跳。也因為有這麼巧的巧合，我才能在極短的時間內把謎題解開。這下你知道，為什麼昨天中午我會那麼驚訝吧。」

「噢……」

雖然我不是很懂，卻還是很佩服。帶有巧妙暗示的醫學用語？這世上竟有這樣的東西。

「東京到底會變成什麼樣呢？在這完全被石頭和玻璃包覆的世界裡，一部分人開始發出適應不良的悲鳴。你也好，丹下先生也罷，似乎都把這場鬧劇定位為單純的殺人未遂案件，可對我來說，我剛說的還比較有趣。案件本身其實沒什麼難度，事實上，這次的事件主要是要告訴我們，人類的身體已經跟不上都市進步的速度。

對了，還要感謝花粉症，讓我們不必負起敲響時代警鐘的使命。就讓我們前往花粉飛舞的城市，一起散個步如何？」

這是一個很舒服的春天夜晚。我倆走出公寓，站在馬車道的柏油路上，像是植物的香甜氣味伴隨夜晚溫暖的空氣幽幽襲來。

「御手洗先生。」

突然有女人的聲音傳來。我停下正要邁出的腳步，回頭看，路邊的長椅上坐著一名女性，正緩緩起身。

「哎呀，真是稀客。謎樣的美女出現了。妳一個人嗎？秦野大師呢？」御手洗問。

啊，原來是她。我心想，忍不住偷看了一下。只見她站在那裡，在街燈映照下，身影顯得纖細窈窕。鼻子周圍有一條深棕色的手帕擋著，把半邊臉都遮住了。即使如此，還是可以清楚讓人感覺到她的美麗。

「昨天已經見過面了。我這輩子都不打算再見到他了。」

「好無情的話喔。我想他現在肯定非常沮喪。」

「老師您好像非常了解我。」

「因為妳胸前的那朵蘭花。」

「啊，這個？」

「那個從一九六〇年起，就一直是新加坡的國花，始於一九五〇年新加坡植物園把卓錦萬黛蘭鑲入金箔中。我在新加坡待過一陣子，少不得去那裡的貴賓蘭花園逛逛。對了，妳跟春明先生分手了嗎？」

「嗯，今晚徹底分了。我想獨自出國旅行一陣子，所以來跟老師說一聲，我一直是您的粉絲……」

「妳太客氣了。妳打算去哪裡？」

「還沒有決定，可能是新加坡、印度、埃及，或是迦納。」

「啊，也對，妳英文不錯，可以選擇那方面的工作。」

「您可以陪我走一下嗎？我要到那個轉角等計程車……我啊，做什麼都是半吊子，英文只會簡單的日常會話。曾經想要成為聲樂家，卻沒能堅持下去。學演戲也是不了了之。」

「可是，妳想要成為空姐的夢不是實現了嗎？」

「只有四年。而且我沒考上日本航空……」

「妳跑去了新加坡航空。」

「真是什麼都瞞不過您。您不把我交給警方嗎？」

「事情已經結束了。對了，妳的狗怎麼樣了？」

「死了。所以我才會搬家。這個城市，到處都是花粉。橫瀨本來就有花粉症，連秦野大師都說他從前年就開始發病了。」

「妳也是嗎？」

「嗯，我現在會哭就是花粉害的。初春時節，真不想待在日本。不知為什麼，最近得病的人好像突然變多了？」

「那是為了幫這無聊的世界，添加一點解謎的樂趣。妳和我，都是沒有謎題就活不下去的人。因為小小的傷心、小小的開心而活下去的人生，未免太乏味了。這個國家早已過了那種年代。」

「我旅行回來後，還能見到您嗎？」她唐突地問道。

「旅途中，妳如果碰到什麼解不開的難題，儘管來找我。」

「要是碰不到呢？」

「我和妳，都不可能碰不到。啊，計程車來了。」

御手洗舉起手。計程車放慢速度，緩緩地駛了過來。一陣白色的粉末揚起，是梅花的花瓣。

「那麼，祝妳一路順風囉。」

「我們一定會再見面的，御手洗先生，請您答應我！」

計程車的自動門開了，她大聲說道。

「這樣我才能安心去旅行。我是個軟弱的人，要是沒這個當目標，我肯定活不下去……」

她的聲音哽咽住了。御手洗沉默了一下，點了點頭。

「我答應妳。」

「謝謝您，御手洗先生。我會寫信回來。真的很謝謝您，再見。」

她坐進計程車，門關了起來。頻頻點頭後，她終於離開了。

「剛才那女的，活得很辛苦。」御手洗說。

「應該是。她是橫瀨春明的……？」

「情婦。看那樣子，他們是真的分手了。秦野大師此刻的心情肯定也跟她一樣，至於春明也好不到哪裡去。就像花粉症一樣，悲傷瀰漫了整個世界。走吧！海要往這邊，石岡老弟。」

御手洗說道，精神抖擻地邁開腳步。

SIVAD
SELIM

1

平成七年（一九九五年）的春天，從岡山縣臥龍亭回來的我，先在房間補了個眠，之後便前往伊勢佐木町的外科診所，專心接受治療。出門在外的時候精神難免緊張，一旦回到家後，整個人鬆懈了下來，反而顯得病懨懨的。即使手上的石膏已經拆掉一陣子了，孤獨生活的我依然無法恢復元氣，脖子痛、肩膀痛，有時連腰都會痛，好像動一下骨頭就會散掉似地，搞得我只能彎著腰、駝著背，學老人家搖搖晃晃地走路。再這樣下去，我怕會跳過中年，直接邁入老年，所以便開始努力復健。

你會說又沒有中風，復健會不會太小題大作了？因為想不到別的詞，只好這麼寫了。由於一整天都吊著很重的石膏，導致脖子和肩膀的肌肉十分僵硬，再加上左手完全不能用，所以真是什麼事也做不了。吃飯的時候也好，寫信的時候也罷，我會突然發現左手閒在那邊，手肘彎彎的，又回到了當時吊著繃帶的姿勢。

更離譜的是脖子會不自覺地往前傾，無法挺直，肩膀又硬到不行，再不想辦法的話，這個姿勢可能就要維持一輩子了，於是我在朋友的介紹下，一週一次接受指壓和針灸的治療。生平第一次做指壓，痛到令人想尖叫，每次做完後，我總是筋疲力竭，累到連回家的力氣都沒有。倒是針灸的治療還挺舒服的。我先把上衣脫掉，讓醫生在我的肩膀和脖子扎針，那個針是通電的，當電流通過的時候，肌肉會麻麻的，微微振動。在我的上方有個像是檯燈的小型加熱器，暖暖地照在背上，我每次都會舒服到睡著，直到醫生來叫醒我。

你不要以為我喜歡囉哩叭嗦地描寫這些，實在是因為這就是我的生活，一直到那年的秋天為止都是如此。我之所以提不起勁來，恐怕也是因為精神上連番遭受打擊的緣故。結果，復健的那段期間，我什麼像樣的工作都沒有做。當然啦，這跟在臥龍亭認識的人是有一些關係——寫到這裡，讀者肯定會猜：哎呀，你說的是里美吧？對此我無可奉告。最近收到很多類似的關心，可我已經打定主意，就算你寫信來問，我也不會說的。反正也不是什麼重要的事，有機會我自然會寫。

左手受傷的那段期間，當然就不能打字，之後即使拿掉了石膏，還是有一段時間無法使用左手。人類身體的活動機制真是奇妙，聽說只要在床上躺上一個禮拜，就會忘了如何走路，像我是一個月都沒使用左手，就把打字的方法忘得一乾二淨。不過呢，因為已經習慣了打字，要重新用手寫我也不樂意，於是那段日子，我索性悠悠哉哉地看書，或靠整理過去的資料來打發時間。

我手邊的資料，當然全跟御手洗在日本期間、我們兩個一起處理的那幾宗案子有關，不光是我個人的經歷。不過，裡面只有一件例外。那是一則小小的新聞報導，說的是在岡山縣貝繁村死掉的人。這則報導橫濱的報紙沒登，倒是中國地方的新聞登了。相關人士把它剪下來寄給了我。像這樣的東西，還有一些零零散散、尚未整理的舊資料，我想趁這次機會好好整理一番。

類似的檔案夾，我已經按照年代順序整理出好幾冊。每次做完，我總會翻著厚厚的檔案夾，欣賞自己的傑作，有一次我剛好翻到一張附有黑人男性照片的大幅剪報。繼續往下翻，是畫刊的剪報，中間則擺著同一人物的照片。畫刊的紙質比報紙好，看起來不怎麼和藹的老人表情十分鮮明。我都忘了！看著照片，讀著上面的報導，當時自己剪下它時的那份驚訝和感動瞬間甦醒了，同一時間我還想到，這個故事還沒有跟讀者講呢。時光飛逝，事發至今已經過了五年了。

我所做的檔案依照內容，大致可分成兩類。一類當然是跟案件有關的資料，這是最重要的部分，不用我說大家都知道。這些案子，借用一下律師講的話，還可分成刑事和民事兩種。不過，我沒有這樣分。在我的檔案夾裡，它們全都混在一起。兩者的比重嘛，怎麼說都是以逮捕作結的刑事案件比較多，可民事案件也不遑多讓，其實只要是能引起讀者興趣的奇聞怪談，我都會將它們的資料保留下來。

在讀者的殷殷敦促下，我其實也很想趕快把它們寫出來，不過，有很多案子只要一寫出來就會讓人聯想到：啊，說的是某某案子。在這種情況下，即使書裡用的是假名，仍免不了損害當事人的名譽。因此，還不到公開的時候。這些案子的資料現在就躺在我書桌的抽屜裡，像等待熟成的白蘭地一樣，等候時機的到來。以後我會找機會，從最沒爭議的開始寫起。

另外一大類，則是無法構成案件的小插曲。這裡面沒有人傷亡，好友的解謎能力也沒能派上用場，可我就是忘不了它，印象深刻。

懸疑的案子因為其不可思議，總讓我感到害怕，而御手洗所展現出的分析能力也每每讓我驚訝，可有些時候，一些不起眼的小事情也會像它們一樣，縈繞在我心頭，久久揮之不去。這則新聞報導和畫刊所記載、發生在一九九〇年十二月的這件事，正是那樣的東西。

2

自從和御手洗結交以來，似乎就頻頻被捲入真實的案件中，可不管多麼悲慘的案子，事後回想起來總帶著一股甜蜜。這過程就好像單純的醋變成了酒，不過，也可以說，因為是發生在別人身上的事，日子一久，自然也就無關緊要了。重大的案子總能引起人們的關心，不過，如果那是別人的不幸的話，我們根本不會花精神去想、去記，經過一段時間後，甚至會毫不忌諱地提及。就好像在下午茶的時間，輕鬆討論起羅馬帝國滅亡的悲劇一樣。現在就算我們把它當作茶餘飯後的話題，也不用害怕會傷到古羅馬人的感情。

然而，回憶的甜美還分作好多種，視案件會有不同的滋味。其中更有像真空料理包的案子，不管經過了多久，味道永不改變。對我而言，接下來要講的故事就是這樣的案子。那是在御手洗拚命想著別的事，對我提出的話題毫不關心的時候發生的。話雖如此，他一向是這種態度，我早已見怪不怪，只是那陣子的他似乎特別把我的話當作耳邊風。

一九九〇年已經接近尾聲，馬車道的商店街開始不間斷地響起〈Jingle Bell〉或〈White Christmas〉的旋律，所以時間應該是十二月中旬吧？像這樣，不管我再怎麼仔細回想，總覺得沒有真實感。沒想到在我住的橫濱小社區裡，竟然會發生與世界歷史相關的大事，那是我當時的感覺。一切要從上午我突然接到一通電話開始說起。聲音的主人還很年輕，十分青澀的樣子。他自我介紹說，是橫濱某高中的英語研究社的社員。大概是因為緊張吧？他講話結結巴巴的，聲音還有點發抖。

事情是這樣的，這個月的二十三號禮拜天，我們將在I町的市民會館，舉辦一場名為「DIY音樂會」的演奏會，為身障的外籍高中生表演。本來我們打算在平安夜那天辦的，可那時學校已經放假了不方便，所以只好提前一天。這個活動包括企劃、場地租借、門票販售、舞台佈景、評分板，全都是我們自己做的，現在正進入最後準備的階段。外籍身障生這個詞聽起來挺新鮮的，於是我問他在日本有這樣的人嗎？結果他說有很多。美國學校有替這樣的學生開的特殊班級，由於自己社團的人都很喜歡英文，所以他們會去當志工，幫忙照顧這些特殊班級的外籍學生，推推輪椅什麼的，順便學一下道地的英文。聽他這麼一說，英語不好的我，就更是佩服他了。

音樂會的表演者全是高中生組成的業餘樂團，有唱搖滾的，也有唱民謠的，目前已經有十一隊報名，當天我們打算讓身障生的學生代表幫忙評分，以比賽的方式進行。優勝者也會頒給獎狀。感覺就像是個小型的演唱會。

有十一個團體表演應該是夠了，時間也差不多，可大家畢竟都是業餘的，又還只是高中生，能耐有限。再加上大家只是一般的歌唱樂團，沒有那種專門玩爵士樂或混和樂的演奏實力派。我想美國學校的學生聽久了也會膩吧？所以如果能請到專業的音樂家來當貴賓那是最好不過的了。他說。

從頭到尾，我都很有耐性地聽他講。他講的內容，對音樂不是很了解的我也聽得懂，只是他到底要我幹嘛？這我就不懂了。他繼續講下去。可是，我們經費不夠，就算把專業人士請來了，也沒錢付給人家，正打算放棄的時候，同伴突然想到——說到這裡他突然閉嘴了。大概是不好意思再講下去吧？我靜靜地等著。

我們社團的人也很喜歡推理小說，石岡老師寫的書大家都讀過，他突然說道。所以，我們全都是御手洗老師的超級粉絲。此話一出，我連忙表示感謝。見我有了反應，他好像比較敢說下去了。所以，我們在想，不知道御手洗老師可不可以幫忙？我知道這樣非常冒昧，可我聽說御手洗老師的吉他技巧連專業的樂手都自嘆不如。因此，即使不抱任何希望，我還是鼓起勇氣打了這通電話。我們沒有錢，老師又那麼忙，我知道這根本是強人所難，可既然大家說了，總要有人試看看。當天來看表演的美國學校的學生裡，也有御手洗老師的粉絲。聽說讀得懂日文的同學，會把書的內容用英文講給他們聽。所以如果老師能來的話，大家一定會很高興。我在想，如果是御手洗老師或石岡先生的話，或許能體會我們的這份心意。

一時間，我不知該怎麼回答他。其實，感情用事的我早已被他說動。他的心意我當然能夠體會。身在語言不通的異國，身障的外籍生會有多麼辛苦，這點我非常能夠理解。於是，我這麼回答他。嗯，我了解，聽起來是個非常有意義的活動，我舉雙手贊成，我等一下就去跟御手洗說說看。他最近是很忙，可再怎麼忙一個晚上的時間總湊得出來吧？我一定會想辦法說服他的。我向他保證道。

結果他一聽，態度馬上有了一百八十度的轉變，再也不憂鬱了。真的嗎？他開心地問道，幾乎是用喊的。突然間，他講話不再結巴了。如果老師能來的話，大家不知會有多高興呢！這真是太榮幸了。於是他留下自家的電話號碼，對我說完生澀的社交辭令、千恩萬謝一番後，才掛上電話。

我馬上來到御手洗的房門口，敲了敲門。裡面傳來懶懶的聲音，我走了進去，發現他面朝上仰躺著，頭枕在兩隻手上，似乎正想著事情。他一直盯著天花板，看都不看我一眼。我也不跟他計較，只把剛才接到的那通電話內容一字不漏地說給他聽。可怪就怪在他竟然一點反應都沒有，害我不禁擔心了起來。

「這次你一定得出馬。雖然它不是什麼懸疑案件，但也是只有你才能辦到。我很清楚，你不是那種因為高中生出不起錢就拒絕人家的人。」

這時他總算回頭看我，用那呆滯的眼神。

「是啊，錢不是問題。」

他說，突然從床上坐起。

「問題是沒有時間，其他天的話我還可以想想辦法，偏偏平安夜的前一天不行。那天從美國有重要的客人要來。」

只見他兩腿掛在床沿，慢慢地把腳趾套進拖鞋裡。我以為他在跟我開玩笑，連忙追問：

「你說有重要的客人要來？」

御手洗走下床，站直，兩隻手伸到背後搔著頭髮，不耐煩地說道：

「是啊，我已經跟人家約好了。對方也是只有那天才有空，很抱歉。」

一邊說，御手洗一邊走出了房間。我也跟了出去。他從屏風旁邊通過，進入廚房，把裝了水的鍋子放在爐子上，打開瓦斯。我黏在他屁股後面，緊追不捨。

「御手洗，人家可是純真的高中生喔。」我說。

「純真的他們，用誠意辦了場義演活動。美國學校的身障者們，身在語言不通的異國，因為身體的不便，一直過著依賴輪椅的生活。純真的高中生們，為了撫慰他們的心靈，從無到有策劃了這場音樂會。這可是無私的奉獻喔。難道你都感受不到他們的誠意嗎？」

「我感受到了，借過一下，我要拿茶包。我又沒說我不願意，其他天的話我還可以考慮。看是要彈吉他，還是要聊天收門票，都沒有問題，偏偏二十三號的行程早早就排定了，已經無法改變。」

「我怎麼沒聽說？」

「是喔，你沒聽說？」

「我完全沒聽說。」

「不是所有的行程你都會聽說。」

「世上有些事是很重要的，對吧？」

「是啊。每個人心中，都有無可取代的寶貝。對你而言，應該是偶像歌手的ＣＤ吧？對我而言，就是一邊喝茶一邊思考的時間，所以可不可以請你不要打擾我？」

「是你說，我們要回應人的真心的。」

「我這樣說過？」

「這世上還有比這更真的真心嗎？十二月二十三號的晚上已經被訂走了，我怎麼完全沒聽說？」

「前天你跟森真理子小姐約會吃飯，我也沒聽說啊。這就是我們的命運，互相欺瞞對方，獨自堅強地活下去，像這樣茶也要自己泡，飯也是自己煮自己吃。」

「你別把話題岔開。所以，高中生音樂會的邀演你是打算拒絕囉？英語研究社的社員個個都讀過我們的書，是你的超級粉絲喔。這次又不是逼你去跟ＰＴＡ（家長教師協會）的大嬸見面。」

「可以的話我也想跟他們見面呀。」

「這樣的真心可是世間少有的喲。」

「不是真心不真心的問題，是時間排不出來的問題。請你別把問題複雜化好嗎？」

「這真不像你的作風。如果是對方捧了幾百萬來硬求你表演的話，我倒可以理解。」

「那是你好不好？有錢我才不會拒絕。世上有辦得到的事和辦不到的事，比方說，要你把……」

「我可以把偶像歌手的ＣＤ全部丟掉！」

我搶先說道。

「順便把女明星的寫真集也丟掉好了？還有我不只喜歡偶像歌手，也喜歡披頭四啊。可不管我怎麼拜託你，你就是不肯彈給我聽。這次我是真的感動到了。只要你答應高中生的邀請，要我丟什麼都可以。」

「好，那堆錄影帶也麻煩你。」御手洗不客氣地說。

「原來你一直看它們不順眼……算了，只要你願意出席音樂會，我就把它們全都處理掉。」

「還有那本占據書架的《戰勝自己》啦、《猶太人的經商智慧》啦，也順便一下。」

「你就這麼容不下我的興趣嗎？這次你撥不出時間參加高中生的活動，該不會也是因為你跟我的興趣不合吧？我不相信你對這樣的事一點都不感動。」

「話不是這樣說。」御手洗不耐煩地說道。

「那，你要怎樣才肯跟他們見面？」

「你怎麼像牛一樣都講不聽呢？只會橫衝直撞。你要不要喝杯茶冷靜一下？」

「隨你怎麼說，只要別讓我沒面子。對方雖然只是高中生，可情操的偉大是不分貴賤的。」

「音樂會的宗旨我非常了解，石岡。這跟邀請我的人是高中生或是小學生，完全沒有關係。」

「所以你是答應了？」

御手洗誇張地垂下頭。

「我不是說了已經有約了嗎？」

「我已經答應人家了。你要我沒面子嗎？」

「不好意思請你幫我回絕他們，世上有辦得到的事和辦不到的事。」

「到底有什麼事比這更重要？你不好好珍惜書迷，日後肯定會後悔。我們的書將一本也賣不出去，到時我倆只能一起去當乞丐，這樣也沒關係嗎？」

「乞丐在美國可是份正當的職業，還要有執照才能做呢！」

「這裡是日本，御手洗，我說的是日本的事！」

「我們一起去美國好了。花個一百元買輛破車，晚上就睡在裡面，白天就睡在公園的長椅上，多麼的悠哉愜意。我們還可以去自助洗衣店打工，收人家要洗的衣服，幫忙洗、幫忙摺，藉此賺些小費，這樣生活就沒問題了。」

「要去你自己去，我就不必了。」

「石岡，你不喝嗎？」

將煮好的開水沖入放了茶包的杯子裡，御手洗問道。由於開水很燙，他沖下去的時候發出嗤嗤的聲響，水沫子噴得到處都是。

「要喝我自己會泡，御手洗。這次你要是不答應，最好你以後都要有心理準備。我才不喝不近人情的人泡的茶。你也是，從今晚開始，你別想吃我煮的味噌鯖魚。請你自己煮麵，在房間裡吃。」

「你真的很盧欽。我要是把美國來的那個人放鴿子不也是不近人情嗎？」

「既然從美國大老遠跑來，肯定會多留幾天。你不要跟我說他二十三號從美國飛來，二十四號一大早就要回去？你們可以提前一天見面，也可以延後一天見面，總會有時間的。二十三號這天，不，就傍晚的一個小時離開一下，他不至於跟你絕交吧？高中生他們，只能在那天的那個時間舉辦音樂會。如果真的很忙的話，就算只是露個臉都好。八點左右去到Ｉ町市民會館的會場，彈一下吉他後便馬上離開，這樣也沒有關係。」

「我那朋友是個大忙人，他真的只有那天才有空。你要是知道他的情況的話，肯定也能諒解我。我們可是排除萬難，好不容易才約在那天見面的。這次的見面十分重要。」

「管他有多重要，我完全無法體諒。」

「還有啊石岡……」

他拿起茶杯走了起來。我當然也跟了上去。他坐到沙發上，我也坐了過去。

「你叫我去彈一下吉他，是彈電吉他？還是木吉他？木吉他的話，它的收音很麻煩，高中生弄得來嗎？如果是電吉他的話，那伴奏怎麼樣？電吉他，沒有人獨自表演的，必須請人跟你一起合奏。若是那樣的話就還得練習。我是可以請高中生陪我彈一段即興藍調啦，可事前總要合一下音吧？不可能完全沒合過音，只在八點時露個面，然後八點十分就走人的。所以這次真的是沒有辦法，請你諒解。」

「沒想到你是這麼不通情理的人。我看因為是高中生的邀請，所以你才不想去吧。今天如果是職業音樂家舉辦的演奏會，邀請你去當嘉賓的話，你就會去了。」

「那他是不是還要給我一百萬，讓我貼補家用？如果你能看穿我的心的話，就不會說那種話了，真希望你能理解我此刻的想法。」

「你以為我不理解嗎？」

我的語氣也變得冷冷的。

「你從前天開始就坐立難安，心煩意亂的。你那腦袋裡肯定又在計畫著什麼吧？」

「既然你可以理解，那就什麼都別說了，我最近是真的很忙。」

「所以美國有朋友要來什麼的，根本就是藉口。你只是想做自己的事，自然沒那個心情陪高中生辦家家酒。」

「這不是心情不心情的問題，而是物理上真的排不出時間。」

「你的美國朋友不可能只來這一次吧？更何況你跑遍了全世界，去美國對你來說根本不算什麼，為什麼你這次就不能通融一下？」

「正好相反，石岡。這次是唯一的一次，反倒是高中生的音樂會明年可能還有機會。若真是那樣，明年我一定參加。你可以現在就跟我約好，我先把時間空出來。我這個人只要答應了，就一定會做到。」

「好一個大演奏家，真是了不起。比起高中生真心舉辦的『ＤＩＹ音樂會』，還是和朋友見面比較重要吧？」

「很抱歉，石岡，我的答案是ＹＥＳ。」

「你怎麼可以那麼自私！」

「是我們看法不同。」

「『我乃大演奏家，每天忙得很，也不知道哪天才有空，所以請你先打電話給我的秘書，我想明年的行程應該都排滿了吧？不過，聖誕節那天，我會想辦法撥出時間來。』是這樣嗎？真有你的。打電話來的那個高中生說他已經三年級了，明年的春天就要畢業了，所以不會有明年了。」

「那真是太遺憾了。如果你說他有生命危險的話，我還可以考慮。可既然不是如此，很抱歉，結論還是一樣。這世上有辦得到的事和辦不到的事。時間不湊巧，我也沒辦法。」

「可是，御手洗……」

我還想再講下去，御手洗卻猛然舉起右手，制止了我。

「討論到此為止，再講下去還是同樣的話。辦不到就是辦不到，不論誰來講、講什麼都一樣。只是強人所難。請你幫我跟那名高中生說一聲，說我真的很抱歉。改天如果他們方便的話，我可以去拜訪他們，或是看他們要來我們家玩都可以。不過，只有二十三號的晚上不行。不好意思，我現在得出門了，可能很晚才會回來。這個杯子你如果不想洗的話就擺著，等我回來再洗。味噌煮鯖魚就不用留給我了。」

把茶一口氣喝完，御手洗匆匆站了起來。他要回房間拿外套，轉身背對著我。他是那種話說出口，就不會改變心意的男人。

「你知道現在的我有多麼失望嗎？」

看著他的背，我冷冷地說道。

御手洗什麼都沒說。我倆陷入短暫的沉默。

他打開門，進入自己的臥房，拿了外套又走了出來。他把圍巾的兩端繞到自己的脖子上，慢慢地穿上短外套。

「我原以為你為了弱勢者，可以拋頭顱、灑熱血，看來是我誤會了。我應該重新認識你。你是那種為了外國朋友，連真心都可以踐踏的男人。」

「你要不要把這句話寫起來貼在牆上？」御手洗說。

「身障者、坐輪椅，而且還是外國人。這世上有比他們更弱勢的人嗎？雖然我不想這樣說，但今天可能是我這輩子最失望的一天。」

「弱勢的人這世上很多，我只有一個人，能力有限。」

丟下這句話的御手洗，匆匆地朝玄關走去。

「我是不知道你那朋友有多重要啦，可你不覺得你墮落了嗎？」

我發起脾氣來，越說越狠。

「這就是現實，石岡。」

繼續拿背對著我，他說道。

「人總要長大的，不可能永遠當聖人。」

說完後他把門一關走了。

3

當時的我有多麼沒面子，要跟那個打電話來、叫佐久間的高中生回報說不行，有多麼痛苦，真是筆墨難以形容。我心想高中生的話，應該晚上七點就會在家吧？於是我晚上七點打電話過去，接電話的人應該是他母親，我一提到令郎，她馬上說，最近都在忙「ＤＩＹ音樂會」什麼的，還沒有回家，已經連續好幾天這樣了。她甚至還對我說，大考就快到了，她很擔心他的功課。

聽到這裡，我了解到他為這場音樂會花了多少精神，這讓我更加不敢把壞消息告訴他了。可是又不能不說，於是我跟她說，請他回來後，打電話給我，這才掛了電話。我跟她說我姓石岡，心想她可能聽說過我吧？可她好像什麼都不知道，還「石岡先生是嗎？」地又跟我確認了一遍，語氣頗為驚訝。

十一點左右，他回電給我。一回生，兩回熟，他的聲音聽起來很放鬆、很活潑，跟第一次打電話來時判若兩人。聽說您打電話給我？他說。我剛從市民會館回來，舞台佈置得差不多了，滿分十分的記分板也總算完成了，今天我們把評分時會在評審員座位亮起的白色燈泡裝了上去，把線牽好了。看到他那麼努力，我的無力感更重了。最近的高中生，吊兒郎當也就算了，素行不良的更不在話下。特別是橫濱有很多這樣的例子，可他卻出汙泥而不染，誠懇、實在地為夢想打拚。

你媽很擔心你的考試。我率先這麼說道。害怕澆熄他的滿腔熱情，我實在不想一開始就提御手洗拒絕的事，所以先說一些有的沒有的，避免衝擊太大。結果他馬上回答說，噢，我的在校成績還不錯，甄試應該不成問題，更何況我想唸跟英語相關的科系，所以這也算是一種學習，加上我一說御手洗先生要來，消息馬上在校園傳開了，跟我們社團無關的人也都跑來幫忙，大家都說就算不睡覺也要趕出來，所以我就更不能偷懶了。畢竟是我先提議的。今天大家分工合作，把自己家裡的盆栽都搬來了，把舞台裝飾得美輪美奐。

聽他這麼說，我更難以啟齒了。高中時代的我，從來沒有辦過這麼有意義的活動。不僅如此，要是我在他這個年紀，能多用點心在英文上，今天也就不會那麼自卑，那麼煩惱了。

見我都不答腔，他忍不住怯怯地問：御手洗先生他，答應要來吧？此時他的聲音聽起來依舊輕快，一副很信任我的模樣。他想說我都打包票了，御手洗斷然沒有拒絕的道理。進退兩難的我，忍不住深深埋怨起御手洗來。

真的很抱歉！我開口說道。心裡想說，就讓這種痛苦趕快結束吧！御手洗他說，要是提前或延後一天的話，他都可以參加。可只有十二月二十三號這天，他已經跟人有約了，是早就預定好的，所以實在沒有辦法。我也是臨時才知道這件事，雖然一直拜託他，請他無論如何都一定要來，可他就是說不行。真的很抱歉，我已經答應你了，可就算我說破了嘴，還是說服不了他。我小聲地一口氣把話講完。結果，電話那頭的反應是一陣沉默。我的心開始往下沉。

噢，是嗎？隔了一會兒，他語帶遺憾地說道。大家，肯定會覺得很失望。這句話像是自言自語。我都已經這副德行了，可以想見他在同儕面前會多麼沒有面子。真不知該怎麼安慰他。

不過，這也是沒辦法的事。誰教音樂會的日子都這麼近了，我們才邀請人家，御手洗先生有約那是一定的。他很有風度地說道。一開始，大家聽說御手洗先生要來，其實也是半信半疑的，所以這樣也好。聽他這麼說，我的心都快冷掉了。像我這樣的人本來就是為了他那樣的活動而存在的，可我竟然有負所託，沒有盡到該盡的責任。

啊，我真不知該怎麼表達我的歉意。我連忙說道。有什麼可以幫忙的，儘管說，只要我能做到的，一定不會推辭。只是我不但不會彈吉他，還是個音癡，如果要我表演的話，恐怕沒有辦法。

真的很感謝您。他有氣無力地說道。聽我這樣說，他似乎顯得有些困擾。因為就算我說要幫忙，他也不可能分派工作給我。人家辦的是音樂會，所以需要會彈吉他的御手洗，至於我，連譜都不會看，只會聽偶像歌手唱流行歌曲，這樣的人根本就派不上用場。

那，您可以來幫我們做開場致詞嗎？他若無其事地說道。咦？我整個人呆掉，心臟快要停了。說老實話，我這個人內向、嘴又笨，最怕的就是在人前講話，就連站在別人面前擋住別人的視線，我都覺得痛苦了，更何況是當著一大堆人的面發表演說什麼的。所以，只要有演講的邀約，我一定拒絕。以他的想法，可能是覺得我已經有點年紀了，又常被稱做老師，所以應該跟學校的老師差不多吧？在眾人面前講話應該是小事一樁。

可如今的我已是騎虎難下，沒有開口說不的資格。當、當然沒問題囉，可是我真的可以嗎？我對音樂一點都不了解，也從不參加志工服務，英語更是一句話也不會說，應該有其他比我更適合的人選吧？比方說貴校的老師什麼的。如果你是覺得對我不好意思的話，大可不必如此。我剛說的幫忙，是指搬搬東西啦、剪剪票什麼的。我汗流浹背地仍作困獸之鬥，卻一點效果也沒有。那些事我們早就已經分派好了，當天，學校也沒有老師會來。他一句話就把我駁了回去。結果毫無招架之力的我，不但答應要去做開場致詞，還應了一席評審委員的工作，不過，至少這樣我的心裡會好過一點。

他說，他也正要打電話問我。因為他得確認御手洗會來，才能印宣傳單和門票。此刻他的同伴都在自己家裡等著他的電話。因此，等一下跟我講完，他得馬上打電話告訴同伴，說改成石岡先生會來，請在傳單上這樣印。我雖然不是很樂意，卻也責無旁貸，因為我還沒有惡劣到連這個都拒絕人家。我在心裡打定主意，等那天上台，我就把自己怎樣不懂音樂、怎樣說服不了御手洗很抱歉的心路歷程，講給眾人聽好了。

他的語氣已經不復一開始的興奮。雖然嘴上說好，心裡卻很失落，這點連我都感覺到了，我真是太對不起他了。可他呢，卻強打起精神向心虛無力的我道謝，這才把電話掛了。

我和他的年紀相差很多，都可以當他爸了，可今天他卻給我上了寶貴的一課。也因為這樣，我對御手洗就更生氣、更不能諒解了。他的不近人情讓我不敢相信，同時我也覺得很傷心。御手洗變了。要是以前，他絕對不是這個樣子。

於是，從那晚開始我跟御手洗陷入冷戰。我無心再為他做晚餐，可自己煮給自己吃又太過麻煩，所以我的晚餐都在外面解決。其實，我有買魚回來，可那魚一直放在冰箱裡冷凍著。

當然就算御手洗在家，我也不想跟他講話。我一直窩在自己的房間裡，或看書，或戴上耳機聽披頭四的ＣＤ。那陣子，我反覆聽著披頭四，就這樣過了好幾天。記得跟御手洗剛認識的時候，是他比較喜歡披頭四，有關披頭四的一切，還是他教我的。他原本鍾愛的是爵士，披頭四算是個例外，他曾說過很多次，說他們中期以後的創造力令他驚豔。

我一邊聽著披頭四，一邊想到：對喔，這次高中生舉辦的「ＤＩＹ音樂會」，要是有團體表演披頭四的歌曲的話，那我來評分應該不成問題吧？誰說我只會聽偶像歌手唱流行歌曲！雖然沒有幾首，可我也會聽英文歌的。不過，說老實話，我是那種覺得純樂器演奏太無聊的人，所以如果有人唱歌的話，當然日語歌會比英文歌更讓我感動。這是事實。而同樣都是日語歌的話，年輕女孩的歌聲又會比男人的歌聲更吸引我。雖然很遺憾，可這部分還真教御手洗說中了。

不過，那個時候的御手洗，好像已經不再迷披頭四了。這陣子他只聽搖滾風的爵士，以前他還會自己編曲，把披頭四用吉他演奏出來，可最近不管我怎麼拜託他，他卻再也不彈披頭四給我聽了。瞧他的態度，好像看不起披頭四似的，這又犯了我的忌。披頭四對我來說是唯一聽得懂的英文歌曲，講白一點，對英語自卑感很重的我而言，聽得懂的音樂就屬這部分最有水準，可他竟然輕視它？這教我情何以堪？

大門開了，御手洗好像回來了。他先走到廁所洗了洗手（事實上，這洗手的行為已經變成御手洗的習慣，他一天要做好幾次。果真是人如其名。），然後便直接穿過客廳，進入自己的房間。看樣子他已經在外面吃過了，對廚房一點興趣都沒有。這讓我覺得有些失落，心裡五味雜陳的，接著他把門一關，之後便是一片死寂。以前，我還會常聽到從他房裡傳來沒接擴音器的電吉他的聲音，最近就都沒有了。如今他滿腦子想的肯定是別的事，再也不是音樂了。

我再度把耳道式耳機塞進耳朵裡，繼續聽我的《奇幻之旅》（Magical Mystery Tour）。那陣子我特別喜歡聽這張，還有除了第四面的〈Revolution 9〉這首歌以外的《白色專輯》（The White Album）。

然後，就在這個時候，鬼使神差的，我終於想到。這陣子只要有空我都在聽披頭四，可我竟然完全沒有想到，今年是一九九〇年，正好是約翰·藍儂被殺屆滿十週年。巧的是現在是十二月，藍儂被殺也是在十二月。我著實嚇了一跳，因為之前完全沒有注意到。

那天的事我還記得很清楚。一九八〇年的十二月八日，我跟御手洗認識已經快滿三個年頭，一起搬到馬車道這邊，也已經過了兩個年頭。這樣想來，我和他的交情也有十幾年了，不過，披頭四是我和他一起住後才開始接觸的。

十二月的這天，我幫御手洗買組裝音響要用的零件，一個人跑到了秋葉原，照著清單上所寫，在電器街逛了半天。黃昏時分，我回到馬車道的住處，一打開門就從御手洗那邊聽到藍儂的死訊。他似乎也很震驚，雙手抱胸，一個勁兒地沉思。在我看來，任誰都會這樣，一時間無法相信是很正常的事。話說當時的我並沒有像現在這麼了解披頭四，也沒有這麼迷，要說有多震驚也沒有那個資格，因此反而比較容易接受。跟別人比起來，那樣一場大悲劇似乎離我挺遙遠的。

對我而言，藍儂的死帶來的衝擊，反而是在經過若干年後，在我喜歡上披頭四之後，才逐漸深刻了起來。案件本身的確非常殘酷，但在我看來，八〇年前後本就是個殘酷的時代，雖說是我個人的感覺，但會發生這種事並不感到意外。那個年代，就算我也被人暗殺就那樣死了也不奇怪。因為八〇年代本就是個極端危險的時代。

反正，披頭四的死對我而言就是那樣。去到哪裡都是一片哀戚，跟同伴擁有共同的悲劇，一起流淚的機會已經失去了。第一次聽到時的狂熱，隨著唱片的發行不斷累積衍生的敬意，那些都已經遲了，甚至我連藍儂的死都來不及參與。我對披頭四的記憶，簡單來說就只有如此。而如今，八號也是一眨眼就過了。約翰・藍儂十週年逝世紀念日，就讓我在懵懂中度過了。

4

我和御手洗的冷戰，一直持續到二十三號當天。在那之前的前幾天，我和他一句話都沒說。這如果是夫妻的話，就叫做同住所內分居吧？同住在一個屋簷下，卻各過各的。話說回來了，會在意這種事的人，說不定就只有我而已。

那之後，我們連吵架都不曾。我大概都早上十點起床或開始活動，這時御手洗已經出去了，等他回來後，關在自己房間裡的我又該準備睡覺了，所以就算我想跟自私、冷血的同居人碰面，說幾句話酸他，也都沒有機會。

御手洗好像很忙的樣子，我心想他該不會在做什麼壞事，所以才刻意避著我吧？不過，仔細一想，他才沒有那麼多心眼呢。他這個人，一向只做自己愛做的事，應該是有很多事要做沒有做完。我跟他說什麼，對他有何評價，他早就忘了。

至於那名叫佐久間的高中生，在那之後，我們還通過幾次電話。因為總要把當日的行程敲定一下。他說，要不我們去接您好了？我說我又不是什麼名人，況且Ｉ町市民會館我知道，雖然有點距離，但我可以自己走路過去。於是他說，那音樂會從傍晚的五點開始，預計會花三個小時的時間，石岡老師您大約在四點半抵達小禮堂的接待處就可以了。我們借到的場地是小禮堂，他說道。

越說他的聲音越小，最後他囁囁地問道：御手洗先生現在在旁邊嗎？我可不可以跟他講幾句話？看來即使被無情地拒絕了，他心裡的最愛還是御手洗。這不能怪他天真，只能說因為沒有住在一起，所以他只看到他的優點。我回說，御手洗出去了。他一聽馬上說，喔，這樣啊。顯得頗為遺憾。但他也絕對不會說出「御手洗先生，真的不能來表演嗎？」這樣白目、傷人的話來。

他說因為是高中生舉辦的音樂會，所以會場有三分之一的來賓可能都是家長。也就是說，他們是來給演出者加油的。這樣，開場致詞不就不能亂講了？我自忖道。美國學校那邊也會有四組參加比賽，評審員除了石岡老師之外，其他都是外國人，家長中也有很多是外國人，所以致詞時穿插幾句英語也沒有關係。開、開什麼玩笑！我當場就回絕了。我要是會講英語，現在也不用這麼辛苦了。

就這樣，隨著音樂會的日子越來越近，我就越常一個人關在房間裡，叨叨地練習著開場白。我把稿子寫在報告用的紙上，一邊唸、一邊背，可只要一想到當天、排排坐在台下望著我的觀眾們，我就什麼都記不起來了。漸漸地，我連吃飯都沒胃口。這樣下去不行。我看當天還是別耍帥，照著稿子唸好了。

話說回來了，有件事我一直覺得很奇怪，那就是所謂的作家和專業人士，好像經常在「演講」喔。而且他們一講就是兩、三個小時。一般人似乎認為這也是作家的工作之一。可我實在無法理解。作家跟讀者一樣都是普通人，只因為他多寫了幾本書，就認為他有本事能在眾人面前侃侃而談？這樣的邏輯實在奇怪。就說我自己好了，光想到那個畫面就緊張得快要死掉，連短短三十秒的致詞都應付不了。

我這一生，大概永遠都做不來演講這種大事吧？所以說，我不算是作家囉？不，什麼不算是，根本就不是好嗎？我才沒有那麼了不起，我只是記錄朋友御手洗工作狀況的人，充其量不過是他推理理論的詮釋者罷了。可以當著眾人的面發表的思想什麼的，我並沒有。不是我自誇，這點我可以理直氣壯地講。

終於到了二十三號的早晨。因為太過緊張，前晚我幾乎沒睡。開場致詞就可以把我搞成這樣，那要是演講的話不知會怎樣？光想就覺得害怕。

那是早上十點鐘左右的事吧？因為睡眠不足，我還不想起床，可偏偏該起床的時間又已經到了，要我再回去睡也睡不著。於是，我用被子蒙住頭，在床上悶悶地躺著。不知為什麼我的小房間是沒有窗戶的（好像前屋主是攝影師的樣子，這個房間是他的暗房，所以他把窗戶封死了），想睡晚一點的時候，這樣當然很好，就算直接睡到明天早上也不會有干擾。可遇到必須早起的時候，可就是一種折磨了，因為不知道是白天還是晚上，很容易睡過頭，所以我都準備兩個鬧鐘。

就在我半夢半醒的時候，隱約好像聽到有人敲門的聲音。意識朦朧中，我也搞不清這聲音是夢還是現實？我慢慢地睜開眼睛，點亮床頭的檯燈，望著昏暗的天花板發呆，這時咚咚的聲音再度響起。是現實！我連忙從床上爬起。天氣很冷，我抄起放在邊桌的睡袍往身上一披，一邊大喊「來了」，一邊衝向玄關。

我慌張地開了門，發現一個瘦巴巴的黑人站在那邊。我嚇了一跳。心想該跟他講日文嗎？可轉而一想，這裡可是日本，既然都住在這裡了，不可能連一句日語都聽不懂吧？

那黑人戴著大大的墨鏡，身上穿著看起來很高級的皮夾克。就外國人來說，他的身材不算高大，大概跟我差不多吧。因為是外國人，所以我想說他該不會是今天音樂會的相關人員吧？可年齡好像差太多了，一個人來也很奇怪。黑人的年紀不容易看出來，可在我看來他已經是個老人了。

我驚呼一聲，緊張地向他鞠了個躬，結果他竟正經八百地，用非常沙啞的聲音對我說了聲「嗨」。接下來果然發生我最害怕的情況，從他口中吐出一長串的英文。我一句話都聽不懂，明明是十二月的寒冬，我卻全身直冒冷汗。讓我不懂的，不只是英文。他的聲音是那麼沙啞低沉，好像硬從喉嚨裡擠出來似的，破碎的音節好不容易才湊成一句話，因此即使他講的是日文，恐怕也要很勉強才聽得懂。

完全聽不懂他在講什麼的我，只能像個白癡傻傻地站在那邊。他大概也很驚訝吧，竟雙手一攤，笑了出來。那個樣子小小地刺傷了我的自尊心，讓我跌入自卑的谷底。通常這種時候，我都會失去理智，做出奇怪的事，所以我決定按兵不動，以不變應萬變。誰教我自己不懂英文，怨不得別人。

話說他突然伸手摸向我的腰際。我嚇了一跳，以為他要幹嘛，結果發現他只是要把門推開。接著他探出頭，朝裡面張望。此時從他身上飄來高級古龍水的味道。

然後，老人突然把手搭在我的肩上。臉上掛著淺淺微笑的他，慢慢地背轉身。他是要放棄、打算回去了嗎？緊張到極點的我這時終於想到，他應該是來找御手洗的。於是——

「請問，你要找、御手洗吧？」

我不管三七二十一地用日文說道。結果他好像聽懂了，說了聲「ＹＡ」，點了點頭。

「那，請你、等一下，我去他房間看看。」

我仍然用日語說道，一邊朝御手洗的房間跑去。為什麼這麼簡單的英語我都說不好呢？連我自己都覺得很不可思議。我敲了敲他的房門，沒有人應聲，於是我索性把門打開，他不在裡面。我汗如雨下地再度小跑步回玄關。不行了，這下要怎麼辦才好？我感覺自己就要瘋了。

「那個，沒看到他人，應該是出去了。他不在！不在！」

我用喊的反覆說著這幾句話，等我回過神來發現，自己的兩隻手正胡亂揮舞著，做著毫無意義的動作。就在這時——

「喂，嗨！」

爽朗的聲音在走廊響起，像是御手洗的腳步聲似乎正上樓來。黑人的他也應了聲什麼，往下走幾個階梯，迎了過去。御手洗回來了！我整個人頓時放鬆，腿一軟，差點就要跪在地板上。

御手洗和黑人搭著肩走進屋子裡。他倆的年齡都可以做父子了，卻一副哥倆好的樣子，似乎已有多年的交情。御手洗用英文介紹我。這時，黑人把太陽眼鏡摘了下來。沒想到隱藏在眼鏡底下的是宛如箭簇的銳利視線，我嚇得趕緊立正站好。這樣的眼神我還是第一次見到，好像印度的預言家喔。同時我還想到，這個老人應該是為了隱藏這不尋常的眼神，才會一直戴著墨鏡吧？

頂著泛紅出汗的臉，我再次向他鞠了個躬。結果，他竟伸出右手，好像要跟我握手的樣子。人家說面惡心善，沒想到他這人一點架子都沒有！我一邊握住他的手，一邊忐忑不安地想道。大概是看穿了我的心思，他竟莞爾一笑。就連他笑的時候，炯炯有神的眼睛給人的壓迫感絲毫沒變。然後，我也不知道是怎麼回事，完全不受控制地、反射性地又跟他鞠了個躬。而他則是再度拍了拍我的胳膊。我的卑躬屈膝連我自己都受不了。看樣子我永遠都上不了檯面。

御手洗請他到沙發坐著。黑人的腳有點瘸地走了過去，慢慢地坐下。這時御手洗用輕快的聲音喊道：

「石岡，熱紅茶拜託！」

一副理所當然的模樣。而我也不知道是不是因為太過緊張又突然放鬆的緣故，竟忘記自己正在跟他吵架，還興匆匆地奔向廚房，乖乖地泡起紅茶來。

當我端著托盤把茶送過去的時候，兩人正聊什麼聊得很入迷。然後，他們紅茶喝到一半，談話似乎也告一段落，竟同時站了起來。似乎是打算出去走走的樣子。老人朝我舉起了右手。結果我嚇了一跳，又朝他鞠了個躬。多年養成的習慣真是太可怕了，紅茶的事就是個最好的例子，我的腦袋已經被設定好了，除此之外再也做不出其他的反應。

碰地一聲門關上了，房子又回復到原來的死寂與平靜。全身虛脫的我，一屁股坐在沙發上。直到這時我才發現，自己從頭到尾都穿著睡衣。坐了一會兒之後，我好死不死地突然想到「請等一下」的英文是「Just moment.」。真是怪了，怎麼我剛才就像隻頭殼壞掉的鸚鵡，只會說「他不在、不在」呢？說「My friend is out now.」不就好了嗎？真正要用的時候，一句話都想不起來，可不需要的時候，腦袋反而靈光了。就這樣，我在心裡唸了上千遍的「Just moment.」和「My friend is out now.」，不斷地懊悔自責著，搞到自己頭暈眼花都快要吐了。（更正，應該是「Just a moment.」才對。）

御手洗說，二十三號有美國的朋友要來，看來這朋友就是剛才那位黑人了。他因為跟他老早就約定好了，所以沒辦法參加高中生舉辦的「ＤＩＹ音樂會」。接下來的一整天，他們會去橫濱和東京觀光吧？接下來不過就幾小時的時間，他們到底能觀光到什麼？雖然我對他一無所知，可他真的是那麼重要的人嗎？重要到讓御手洗無視於高中生的純真善良、深情呼喚，說什麼都要撥出時間陪他？那人看起來確實非等閒之輩，也意外地平易近人，可我還是不明白，他真的有那麼重要嗎？

隨著緊張慢慢散去，我對好友的憤怒也再度甦醒了。不過，此刻這憤怒交雜著對自己無能的憤怒，所以變得更加複雜了。一開始我先是驚恐到了極點，然後突然放鬆，放鬆後我馬上就得意忘形，竟像隻哈巴狗似的跟進跟出，任人予取予求。我氣的是這樣的自己。

不過冷靜下來後，我發現這憤怒有大半該對自己發才對。錯的人是我自己，關御手洗什麼事？御手洗他不可能爽約。他跟黑人有約在前。是我，是我叫他破壞跟別人的約定。見過御手洗約會的對象後，我內心開始產生這樣的想法。雖然我不知道他是誰，可他確實是位長輩，而且還是位令人肅然起敬的長輩。

既然如此的話，我現在能做的、該做的，就是想辦法讓今晚的音樂會圓滿成功。御手洗的行程已經排定了，他是不會來了。在此情況下，我應該連他的份一起努力，儘量彌補他沒辦法來的缺憾才是。

5

我來到Ｉ町市民會館小禮堂的服務台前，看到寫著「ＤＩＹ音樂會」幾個大字的看板底下，擺出鐵製的長桌。桌子後面坐了三名女生。桌上擺了一整疊的宣傳單。大家一副笨手笨腳、緊張兮兮的樣子，雖然穿著便服，可一看就知道是高中生。

坐著的女生背後還站著兩、三名男生，一看到我進來，他們全都抬起頭來，向我點頭問好。其中一名男生匆匆地從女生的背後跑了出來。他的五官白淨，身材瘦小，一張長臉稚氣未脫，怎麼看都不像高三的學生，感覺應該更小。

「請問是石岡老師嗎？」他說。

服務台前除了我之外，還有幾名年長的客人。他們把票交給女孩撕下，拿了宣傳單後便默默地走向觀眾席。他竟然在一堆人中認出了我。

「啊，我是。」

聽我這麼一說，他馬上自稱是佐久間，並把在場的人全都介紹一遍。這時大家全都起立，朝我深深地一鞠躬。搞得我像校長似的，害我尷尬不已。佐久間順手抄起桌上的宣傳單，拿了一張給我。我一看，上面寫著「評審委員、石岡和己（作家）」。一想到上午跟外國人的那場雞同鴨講，不知怎地冷汗又飆了出來。

Ｉ町的市民會館分作大禮堂和小禮堂，小禮堂的場地比較小，頂多只能容納三百人，不過，因為整潔、舒適，所以我還挺喜歡這裡的。我曾來過好幾次，可能是因為之前請到的演講人都不是那麼有名吧，所以會場的座位頂多坐到五成滿，十分安靜。

因此，在我的印象中，會在Ｉ町市民會館小禮堂舉辦的活動，頂多就是那樣的規模，特別這次是高中生樂團的業餘演出，會來聽的人應該就更少了吧？我在心裡這麼以為，這才有勇氣出門。沒想到當佐久間帶我從後面進入會場時，我看到滿滿的都是人，明明離開演還有幾分鐘啊！我真是失策了。而且在我們前後還陸續有人進來。照這樣下去，座位很快就會坐滿。聽佐久間說，還會有記者來採訪。我嚇到發抖，這下緊張的情緒再也克制不住，一下子全爆發了。

由於帷幕是降下來的，所以舞台上的佈置完全看不到。在我旁邊的佐久間邊走邊向我說明：舞台後方擺了像是展示架的檯子，上面擺了一排排的盆栽，弄成像花卉展覽的樣子。然而此刻的我只要一想到接下來即將站上舞台，面對一大群觀眾做開場致詞，就會覺得好像在作夢一般，根本無心回應他說的話。真的沒問題嗎？我試著在腦海裡把稿子背一遍，可不知怎地，我的腦袋竟然一片空白，什麼都背不出來。算了，到時就看著小抄唸吧，我不想再掙扎了。

佐久間跟我說話的態度始終很害羞。自見到我之後，他不知已經跟我敬過幾次禮了，我怎麼感覺好像看到剛才的自己，忍不住也害羞了起來。雖然他沒有說出口，但我可以感覺到他源源釋出的善意。看樣子即使只是請到我這樣子的人來演講，他都可以高興個老半天。

在佐久間的帶領下，我來到舞台下方的第一排座位。我的位子在面對舞台的最左邊，而從我的右手邊望去，一整排都是輪椅，大概有二十台吧？非常壯觀。輪椅前各有一張小桌子，椅子上各自擺了評分用的卡片。每張小桌子都接了白色燈泡，我的前面也有。評分卡就在卡片的正反兩面用墨汁寫上數字，真的全都是親手做的。

輪椅後方是志工或家人等陪伴者的座位，裡面外國人和日本人各占了一半，大部分人的手都放在輪椅後面的把手上。至於坐輪椅的人，就我看到的，幾乎全都是外國人。他們的頭大都挺不起來，不是向左偏就是向右倒。那種姿勢，就算睡著了也很難受吧？我的心不禁一陣刺痛。志工們的辛苦奉獻讓我深受感動，我一邊慶幸自己來對了，一邊暗自決定，以後要是有用到我的地方，我一定萬死不辭。

會場牆壁上的大鐘，指著下午五點。我回頭一看，座位已經都坐滿了。就要開始了！我心想，心裡的小鹿不受控制地開始亂撞。突然有人拍了拍我的左肩，我嚇得跳了起來。冷靜一看，原來是佐久間，他就站在旁邊的走道上。

「石岡老師，等一下我會先上台做引言，然後介紹老師您，到時再請您從這個樓梯上去，站到那支麥克風前。」

他若無其事地說道，十分鎮定的樣子。事後我問班上同學，才知道他本是學生會會長，已經很習慣在眾人面前說話。至於我呢？本來還很焦慮的，想說怎麼那麼快？一聽到他這麼說，魂都飛了，心臟就像鼓一樣咚咚亂響，連跟他點頭說好的力氣都沒有了。

交代完畢後，佐久間快步走上剛剛指給我看的那座樓梯。如雷的掌聲頓時在會場內響起，聽到那個聲音，我整個人就像消了氣的皮球，沮喪地只想趕快回家。

一等佐久間走到麥克風前，掌聲就停止了。只見他不疾不徐地開口說話，那樣子說有多自然就有多自然，簡直就像在跟我聊天一樣。是啊，真正的演講就要做到那樣。我深刻地感受到。

他從此次活動的宗旨開始說起。仔細一看，他手上沒有拿紙，完全是自由發揮來著！我深受打擊，一顆心就要從喉嚨裡跳了出來。他提到自己和這些人舉辦這場音樂會的心路歷程，為什麼想要辦？又克服了多少的困難，才走到今天這裡？——語氣平淡卻不失幽默。他的妙語如珠炒熱了全場的氣氛，更加讓我相形見絀。

特教班的學生平日有多辛苦，一般人根本無法理解，坐著輪椅在街上走會遇到多少障礙。他語氣誠懇地說著這些，絲毫沒有怯場的樣子，讓我打心裡感到佩服。他這樣講已經很好了，何必還要我再上去畫蛇添足？我上去只會搞破壞而已。可就在這個時候——

「今天，住在我們橫濱的知名作家，石岡和己老師特地以評審員的身分來到這裡。」

終於這段話從他的嘴裡說出，我聽在心裡，都快要嘔死了。我既不有名，也不是作家，更不是什麼老師。

「那麼，我們請老師說幾句話。石岡老師，拜託您了。」

接下來，如雷的掌聲毫不留情地痛擊我脆弱的心臟。我的腳已經抖到站不起來。為什麼？為什麼我會這麼沒膽？連自己都覺得很不可思議。而這樣的我又是為了什麼答應要來做這種事情？心中懊悔不已。沒義氣也好，不近人情也罷，辦不到的事就是辦不到。啊，真希望當初我沒有答應他。我心裡真是這麼想的。事到如今已不能拍拍屁股走人，於是我只好站起來，搖搖晃晃地走上前去，就在這個時候，我的腳被桌腳勾到，差點跌倒。瞬間，觀眾席傳來一陣小小的騷動。

這下我反而更加怯場了。想想我都活到這把年紀了，竟第一次經歷這種事，實在也有夠奇葩。我這個人說穿了就只有四個字可以形容，那就是庸庸碌碌。從小我便胸無大志，印象中，這樣的盛事跟我從來沒有關係。我樂器不行、唱歌不行，就連辯論比賽，也沒有人會派我參加。別說學生會長了，我連班長都沒做過，這樣站在一大群人的面前，真是生平第一次。

不過，差點被桌腳絆倒反而是件好事。因為我的腿恢復了知覺，好像可以走路了。要是沒有這一絆，我說不定會踩空樓梯，摔了下去。然後，開場致詞被迫中斷，眾目睽睽下，我被擔架抬著，一邊呻吟一邊離開會場，隔天，橫濱新聞的社會版肯定會多一條「作家石岡和己，從音樂會的舞台摔落，骨折入院」的新聞。

一站上舞台，熱烈的掌聲馬上將我包圍，我連自己的鞋踩在地板的聲音都聽不到，好像在雲上走似的，迷迷糊糊地我走到麥克風前。站在我身旁的佐久間，好像還在介紹我的樣子，可他說什麼我完全不記得了。不管三七二十一，我從上衣的口袋裡拿出小抄。現在已經顧不上好看不好看了，沒有小抄，要我在人前說話，根本就辦不到。

我一心只想趕快把話說完，卻不小心碰到了麥克風，轟地一聲，麥克風往坐輪椅的人的頭上倒去。佐久間見狀趕緊抓住麥克風，好不容易才把它扶正。觀眾大概是被嚇到了，掌聲頓時變小了。焦躁不安的我，用顫抖的手，把小抄拿到自己面前。其實，我一點都不需要安靜。我希望觀眾能越吵越好，最好能吵到蓋住我的聲音。反正我現在要講的也不是什麼重要的話。

終於，我的視線落在自己的小抄上。結果，我嚇到頭髮豎立，只差一點就要哭出來。怎麼會這樣！燈光全都打向喇叭那邊，我這邊全都是暗的，小抄的字又太小，我一個字都看不到！啊，我應該寫大字一點的！可現在後悔已經來不及了。我茫然地站在舞台中央，不知該怎麼辦。

突然我看向腳下。黑暗中，坐在位子上，一張張盯著我的臉、臉、臉，無數張臉孔映入我的眼簾。大家全都屏氣凝神地等我說話，全場鴉雀無聲。天啊，實在太恐怖了！

這一瞬間，真是我人生最悲慘的時刻。既然小抄已無法依靠，我只好努力回想，看可不可以把講稿的內容背出來。可是，果然不出所料，我一個字都想不起來。唉，我一開始就不該來。我剛才就這麼想了，我根本就不會演講，跟人家湊什麼熱鬧？啊，當初要是沒答應他就好了。我真是後悔死了。

我再一次看向小抄，做著無謂的努力和掙扎。我都已經把它拿到眼前一公分了，卻還是看不到。這時我忍不住喃喃自語道：

「哎呀不行，看不到。」

結果，意外的事發生了。觀眾席響起哄堂大笑。他們大概以為我在開玩笑吧？就在這時，禮堂的燈光一一亮了起來，連舞台在內，整個空間就像白晝一樣明亮。那感覺就好像印畫紙在顯影劑中浮現影像一般，我一下子全都看到了。

「啊，太感謝了，終於看到了！」

我因為太高興了，忍不住喊了出來。結果，觀眾又響起了爆笑聲。事實上，我不是故意講的，是真的情不自禁。當時，我對負責燈光的人有多麼感謝，實非筆墨可以形容。

「最近，我的老花眼好像越來越嚴重了，燈光太暗、字太小都看不到……」

我很誠實地把平日的困擾說了出來。結果，也不知道是怎麼回事，場內又是一陣爆笑。對我來說，我是早就已經嚇傻了，根本不知道自己在講什麼。別說開玩笑了，能認真就很不錯了。我是真的很認真，認真到連我自己都覺得有生以來，從來沒有這樣、如此認真過。所以，觀眾為什麼那麼興奮，我實在是搞不懂。

「我是石岡和己。」

我說道。正確的說法應該是我唸道。我好像連自己的名字都忘記了。

「今天能受邀來到這裡，我感到非常榮幸。我本來要帶我的好友御手洗一起來的，可不巧他今天必須陪美國來的朋友，帶他去東京和橫濱觀光，怎樣都抽不出時間來。」

明明已經唸過上百次了，我卻唸得很不順，一再停頓。真不知道那些練習的苦工都花費到哪裡去了。我真的是一句話都記不得。所以，簡直就跟在這裡第一次唸沒有兩樣。我就像是小學生在朗讀自己的作文，照著稿子一個字一個字地唸，可觀眾似乎覺得這樣的我很有趣，不時發出竊笑聲。

「下一次我一定會帶他來。所以我希望這樣有意義的公益活動，能夠一直辦下去。不過，我想下次就算找我來，也還是派不上用場。怎麼說呢？我這個人知道的吉他和絃，就只有C、Am、Dm和G7而已，聽的音樂就只有偶像歌手唱歌，至於歌唱的技巧，我完全不懂。說白了就是個音癡，前不久我第一次體驗那個叫卡拉OK的玩意兒，我聲嘶力竭地還在唱呢，伴奏卻已經停了。所以，下一次請讓我驗票、抬樂器就好，我什麼都願意幹，就是別叫我當評審了。」

我滿頭大汗，拚命地把稿子唸完，可唸到最後，我卻完全聽不到自己的聲音。也不知為什麼，場內充斥著觀眾的笑聲，一片熱鬧滾滾。

等我回過神來，我已經在如雷掌聲的歡送下，搖搖晃晃地穿過舞台，慢慢地步下階梯。掌聲不曾止歇，一直到我回到座位坐下，我還是搞不懂到底發生了什麼事。佐久間再度跑上舞台，匆匆地站到麥克風前。

「石岡老師，太感謝您了。哎呀，大師就是大師，我還是第一次聽到這麼幽默、風趣的演講。我今後也要努力練習，希望有一天能跟老師一樣。」

呀，這話真教我愧不敢當。

「接下來，表演要正式開始了。相信在石岡老師那麼棒的演講之後，我們的音樂會也會圓滿成功。」

說罷，幕慢慢地升了上去。我的演講很棒？哪裡棒來著？雖然我還是一頭霧水，不過，怎麼說呢？這感覺還不錯。

6

幕升上去後，就如佐久間所說，舞台後方出現了為數總共五層的展示架，每一層都擺滿了花或樹木的盆栽。展示架左右各有一座，因此中央的地方是空出來的，從這裡可以看到做為背景的藍色布簾。演出者上場時，會抱著樂器從那藍色布簾的中間鑽出來，接著他們會經過左右兩旁、擺了一堆盆栽的展示架，然後再來到舞台前面各自就定位。

就像佐久間所說的，確實有幾分花卉展的樣子。展示架的前方，排放著搖滾樂團會用到的擴音器和一整組的鼓，最右邊還立著一個三角形的大型看板。看板上寫著「ＤＩＹ音樂會」幾個大字，周圍再黏上白色和粉紅色的紙做成的紙花。這創意確實像是高中生會想出來的，雖然樸實，卻還不賴。我心中這麼想。

最先鑽出藍色布簾，通過展示架中間出場的是由兩名女生、一名男生組成的民歌樂團。樂器就只有吉他一把，由男生拿著。他們三人小心翼翼地走到麥克風前，男生先調了調吉他專用的麥克風的角度，把它拿前面一點，這才開始伴奏。可大概是太過緊張，前奏都已經彈完了，歌聲卻沒有出來，他們三人只好重來一遍。看到大家跟我一樣，我不禁鬆了口氣。這個禮堂再小，畢竟是正式的場地，高中生應該沒在上面表演過吧？

演出團體的實力，老實說，我不是很懂。或許是因為自己的心情還沒有從剛才致詞的驚嚇中平復過來，又或許是因為他們表演的曲目沒有一首是我熟悉的，總之，是好是壞，我實在分辨不出來。不過，碰到聲音太小，聽不清楚在唱什麼的團體，或是唱到一半突然停下來的那種，我就沒問題了，只要分數別打太高就行了。

高中生親手做的評分裝置，設計得還真不錯，每次只要一有團體表演完，擔任司儀的佐久間同學就會說：「那麼，請給分。」這時評審員桌上的白色燈泡會啪地亮起，我們亮出的牌子上的數字，觀眾可以看得一清二楚。

有那種歌唱到一半，伴奏突然停掉，然後又從頭再來一次的團體，但也有表現得很不錯的團體，其中美國學校的搖滾樂團最讓我驚豔。首先，他們的英文發音很標準。你會說這不是廢話嗎？不過，光這點就讓我很佩服了。日本高中生的樂團多以演唱民歌為主，伴奏不會有鼓，唱起歌來顯得扭扭捏捏的，相形之下，多了鼓的搖滾樂團，光音量就不一樣，唱起歌來也豪邁許多。所以，美國學校的表演比較合我的胃口。

日本高中生的樂團雖不夠專業，卻有很多很可愛的組合。清一色都是女生的組合也很多，這樣的組合大多只有一、兩把木吉他伴奏，用美妙的合聲唱出民謠的風花雪月。

不過，也有成員都是女生的搖滾樂團，其中有一組是來自美國學校，臉上化了好濃的妝，讓我嚇了一跳。由於她們給人的感覺實在是太專業了，專業到讓我忍不住擔心，高中生這樣會不會太超過了？不過呢，我給了這個樂團滿分的十分。一方面是因為她們真的唱得不錯，另一方面是因為她們個個都是小正妹。

我一邊評分，一邊看向右手邊，發現坐在輪椅上的人也是又笑又拍手的，似乎非常樂在其中。可我覺得很明顯地唱得比較好的美國學校的搖滾樂團，他們給的分數卻很低，出乎我意料之外。整體來說，他們對日本小女生組成的美聲合唱，給的分數都比較高。

差不多過了一個小時吧？進入中場休息時間。佐久間同學如此宣佈道，帷幕放了下來。我吁地大吐一口氣，把身體靠向椅背。由於挺舒服的，我想說就這樣休息一下，沒想到背後突然響起怯生生的一聲「請問」，害我嚇到整個人彈起。不知什麼時候，我的周圍聚滿了坐輪椅的人。剛剛那聲「請問」，是其中一名幫忙推輪椅的日本女士發出的。

「是、是，請說。」

我連忙回應，沒想到不是她要說話，而是由她推著、在她前面坐著輪椅的白人青年開始跟我聊天。由於他說話有困難，所以發音不是很清楚。可我還是可以感覺到，他正用英語努力地跟我說著什麼。

「我想您可能不太習慣他的發音……」

擔任志工的女士說道，可就算他的發音非常清楚，我也還是聽不懂。

「他想說的是，御手洗先生今晚真的不會來嗎？」

聽到這話，我大受打擊。坐輪椅的人陸續圍到我的身邊。我左右看了一下，應該是二十個都跑來了，搞得我前面的走道都塞車了。然後，口齒不清的他們竟異口同聲地說著同樣的話。大家都在問，御手洗會不會來？

我一時說不出話來，不知道該怎麼跟他們解釋才好。

「真的很抱歉，我已經盡力說服他了，可今天他有美國的朋友要來，好像是早就說好的，如果是昨天或明天的話就還有可能，可唯獨今晚，他說他是真的不能來。我已經想盡方法拜託他了，卻還是不行，看到大家這麼期待他來的樣子，我真的很抱歉，是我能力不夠。」

我低頭表示歉意。我不知道有這麼多年輕人想見御手洗。真是出乎我意料之外。只見站在輪椅後面的志工開始各自用英語幫我翻譯。坐輪椅的人聽了，終於緩緩地點了點頭。看到他們那個樣子，我內心無比激動。

另一個坐輪椅的人說話了。當然他說的我還是聽不懂，只好請他背後的年輕女性幫忙翻譯。

「他想問，前年的秋天，你們是不是去了柏林……」

「是，我們去了。」

我驚訝之餘，不假思索地回答道。他怎麼會知道我們去了柏林？又有別的人說話了。同樣也是志工幫忙翻譯。

「他問，日本是不是也開始出現，因藥物傷害而造成傷殘或死亡的案例？」

「是的，是有這樣的案例，雖然很少。」我答道。

結果，他又繼續說了什麼。

「他說，他從以前就很關心這個問題。針對這樣的病例，美國已經有相關的報告出來，沒想到日本也有，他嚇了一跳。」

我點了點頭。身體有殘缺的人，自然會對藥害或醫療的問題特別關心。不過，話說回來了，他們似乎對我和御手洗也非常了解，這是怎麼一回事？就這樣，中場休息時間，竟變成了向我發問的時間。

「石岡先生！」後頭有人用日語大聲喊道。

「我是橫濱新聞的記者。今晚御手洗先生不會來嗎？」

怎麼又是這種問題？饒了我行不行？看來如今連御手洗的動向也成為媒體關注的焦點了。

「喔，他說只有今天不行，因為有朋友從美國來……」

我再度解釋道。這快要變成我的記者說明會了。

「他那個朋友是誰？叫什麼名字？」

記者不愧是記者，問題一針見血。

「這，我就不知道了。」

「你們沒見過面嗎？」

「你說我嗎？見過。」

「是怎樣的人？是很有名的人嗎？」

「就瘦瘦的，有點年紀的黑人，不過，應該不怎麼有名吧？」我回答道。

「我們身邊要是也發生了什麼怪事，御手洗先生是否也願意過來幫我們解決？」推輪椅的女士向我問道。

「當然如果是御手洗有興趣的案件，他都會很樂意為大家服務。」我答。

「在橫濱，除了黑暗坡以外，是否還有其他離奇的事件？」另一名志工問道。

「有的。」我答道。「不過，現在還不到發表的時候。」我說。

「總有一天，我們一定能見到御手洗先生，對吧？」又一個女士問道。

不知她是幫自己問的，還是幫別人翻譯，總之我一口便答應了她。

「御手洗說過，如果你們願意的話，不管明天還是後天，他都可以出來跟你們見面，做為今天不能來的補償。」

「真的嗎？」她驚呼道，其他女士的臉上總算也露出了笑容。

「他們大家全都想見御手洗先生一面。」此話一出，坐輪椅的人紛紛點頭。

「當然，我們也是。」那名女士說道。

我正打算說什麼回應她的時候，開演的鈴聲響了。這下，三堂會審終於結束了。大家默默地向我一鞠躬後，由距離最遠的人開始，慢慢地把輪椅划回原來的位子。志工們背對著我，耐心地等著，一直等到自己前面都沒人了才跟了過去。

布幕升起，司儀佐久間同學現身了。在他的介紹下，陸續有其他樂團上台演出。又是民歌演唱，演唱民歌的還真是多。大概是因為聲音小，練習起來也比較方便吧？

評分評了快兩個小時，說老實話，連我都覺得有點乏味。一開始的緊張已經去掉一大半，終於我又有活過來的感覺。這讓我有餘力去想，剛剛休息時間發生的事。不想還好，一想我就有氣。這麼重要、難得的場合，御手洗他怎麼可以缺席？真是不可原諒。直到剛剛為止，我還沒有那麼生氣，可看到大家那個樣子，我現在是真的氣到快吐血了。大家是那麼想見御手洗一面，卻讓他毫不留情地拒絕了。

他知道，世上有他們這種人的存在嗎？我也真是自不量力，自以為可以代表他。我說要來，別人可能推託都來不及了，御手洗他不想來，偏偏想見他的人都排到天上去了。有這麼熱情的粉絲，他怎麼不懂得珍惜？如果我是御手洗，不管要我做任何犧牲都願意。人紅只能紅一時，不可能永遠都那麼紅。趁紅的時候，不好好展現自己的誠意，那種東西一下子就會消逝不見的。御手洗他怎麼就不明白這個道理？

此外，佐久間同學在電話裡跟我提到的問題完全正確。參賽的樂團都以唱歌為主。雖然有些會在間奏時附上吉他的獨奏，而美國學校的團體也確實表現得很不錯，不過，間奏畢竟太短了，實在看不出來有什麼驚人的技巧。至於演唱民歌的，有大半連間奏的表演都沒有，配合的樂器也只有吉他。搖滾樂團的話，清一色是吉他、貝斯和鼓的組合，沒有一團用到鍵盤的，缺乏變化。這時如果御手洗能來上一段沒有唱歌的純吉他演奏，不知該有多好。

不過呢，我怎麼想是一回事，演唱會倒是順暢地進行著，終於最後一團的搖滾也唱完了。滿分是十分，只打到個位數，沒有小數點，因此我有點擔心會不會同時有好幾個第一名、第二名。幸好評審人數眾多，總分加起來都不一樣，所以這種事並沒有發生。名次很快就產生了。現場並沒有「頒獎、奏樂」的儀式，就只有佐久間同學很陽春地把得獎團體的名稱和成員的名字唸了出來。第一名是兩名日本女生組成的民歌二重唱，第二名是美國學校的搖滾樂團，第三名仍是美國學校派出的團體。美國學校化濃妝的那組很可惜沒進入前三名。身為評審的我也有點扼腕，不過，改天如果她們要出唱片的話，我一定會買。

第一名、第二名、第三名的團體再度出場，從佐久間同學手中接過獎狀，以及綁了緞帶的獎品。他們面向觀眾席一鞠躬，這時佐久間說「請發表一下感言」，第一名的兩名女生只說了一句「謝謝」。第二名和第三名的高中生則說了幾句英語，當然我完全聽不懂。

演唱會結束了。觀眾席後面性子比較急的人，已經開始站起來，準備要回家了。會場變得有點吵，鬧烘烘的。不知為什麼，我一直有種意猶未盡的感覺。負責表演的全是高中生組成的素人樂團，當然不可能期待會有職業演出的水準和感動，不過，我總覺得缺少了什麼。

舞台上的佐久間同學開始做最後的致詞。

「今晚，真是太感謝大家了。各位親愛的家長，謝謝你們！我在想有些隊伍可能是練習不夠，以致有些怯場，不過，至少我們已經盡力了，這輩子都不會有遺憾了。最後，我還有一句話要說，我本來不想說的，卻覺得不吐不快。現在的我只有一件事感到遺憾，那就是不能聽到御手洗先生的吉他演奏。可那也是沒辦法的事，我們還年輕，將來還有很長的路要走，我想總有一天，總有一天我們會聽到他的吉他的。」

就在這個時候，吉他聲陡然響起。用的是把和絃拆開、各別彈奏每個音的指法。由於聲音大得嚇人，所以連已經站起來打算離開的人也停下腳步，轉身看向舞台。

發出這麼大聲音的好像是電吉他，因為從藍色布簾後面露出像是電吉他的琴頸。那應該是吉普森出產的 335，印象中我曾經看過。下一秒鐘，藍色布簾忽然被刷地掀起，御手洗帥氣地現身了。幾小節流利的獨奏從他指間流洩而出。他一邊彈，一邊慢慢地走過盆栽中間，來到舞台前面。在他身後，緊跟著今早我撞見的那名黑人。黑人手裡拿著紅色的小喇叭。

一路走到麥克風前方的御手洗，舉起拿著撥片的右手，充滿精神地用英語說道：

「Hello，my friends！」

我事前並不知情，原來會場一直有人負責錄音，把當時的景況全都錄了下來。我也是因為跟他們要了一份拷貝，才能把當時的景況正確無誤地呈現出來。御手洗說的都是英文。我可是不斷按暫停，把帶子聽了一遍又一遍，才有辦法寫出以下這段文字來。

「我遲到了嗎？幸好趕上了。」

人家說歡聲雷動，這時湧起的掌聲和歡呼聲真的讓禮堂搖了起來。其中，當然也混入了我的掌聲和歡呼聲。我胸口熱熱的。只見御手洗一邊笑，一邊伸出右手，跟台上的佐久間同學握手。佐久間同學有多感激、多感動，我全看在眼裡。

「這似乎是個非常棒的演唱會，我沒在台下聽真是可惜了。不過，我想我的好友一定已經幫我聽了。對了，明天就是平安夜了，就算再怎麼吝嗇的人也該送喜歡的人一個禮物吧？今晚的你們真的很幸運，有我的老朋友為你們演奏一曲。說到他可厲害了，是世界第一的小號手。先說好，就一曲喔，因為他可是個大忙人。演奏完這一曲，他就要回美國去了。不過我想一曲就夠了。今晚的經驗將讓你們畢生難忘、回味無窮。他的名字是Sivad Selim，美國人，謝謝他特地為了這場音樂會趕過來！」

御手洗將左手比向年老的黑人。只見他輕輕抬起紅色的小喇叭，揮了揮。掌聲響起。

下一秒，從御手洗的吉他流洩出和絃的聲音。慢慢地，就好像時鐘一樣，每個音正確無誤地跳出來。觀眾瞬間全安靜了下來。黑人身體稍微往前傾，把吹口對準自己的嘴巴。這時小喇叭的頭垂向地板。下一秒鐘，悅耳的旋律在地板上方響起。它先是小小聲的，彷彿在撫慰我這一整天的辛勞，把它們一點一滴地化掉。

突然，他的臉仰起。小喇叭的頭也跟著指向天花板。保持這個姿勢，他吹了一陣子，接著他又把小喇叭的頭對準觀眾的方向，吹出振奮人心的強烈高音。

在小喇叭吹奏的期間，御手洗一直用和絃快速彈奏的手法，也就是所謂的琵音支撐著它。兩人的合奏創造出非常神奇的音樂。裡面沒有打擊樂器，只有小喇叭和電吉他，可在我聽來，卻是非常重的重音樂。這種樂曲我以前不曾聽過。可不知為什麼，我一直有種似曾相識的感覺。明明應該是沒聽過的曲子，卻覺得很熟悉。這是怎麼回事？

啊！我叫出聲音來。就在老人再次彎下腰，吹出連綿的一整串旋律時，我突然想到。這是〈Strawberry Fields Forever〉的旋律。是披頭四的歌曲。難怪我覺得熟悉。而當小喇叭的聲音逐漸變小時，我突然感覺到，怎麼有這麼美妙的聲音？感覺整顆心都快被融化了。我彷彿嗅到了泥土的芬芳，綠草的香氣。一直以來積壓在心裡的疲倦，因為一再出醜而沮喪的心情，似乎都慢慢被治癒了。

瞧老人的舉止，簡直無視於觀眾的存在。他先是背對著觀眾吹奏，接著又乾脆一屁股坐在地板上。他可能是累了，沒辦法一直站著。老人穿著今早我見到他時的深灰色皮夾克，下半身則套著黑白格紋的花稍短褲，看上去挺瀟灑的。當他站起或坐下的時候，身上的黑白格紋也跟著輕輕晃動。

而就在這個時候，我終於明白，這老人可能本來就是吹小喇叭的。之前他們兩個去了哪裡我是不知道啦，可看樣子御手洗還是很在意這場音樂會，壓根就沒有忘記。正好老人又是音樂家，所以他乾脆邀他一起過來。

老人站了起來，稍稍把吹口拿離嘴邊。已經吹很久了，他需要休息一下。看到他那樣子，我們忍不住拍手給他鼓勵。如雷的掌聲響起。老人索性把紅色小喇叭放下，給御手洗打了個暗號。那動作清楚地告訴觀眾，他在舞台上已不是一天、兩天，他有很豐富的表演經驗。

緊接著，御手洗的獨奏開始了。之前一直很安靜的電吉他，突然發出好大的聲音，把會場的地板震得抖了起來。就好像又大又重的門正發出咯吱咯吱的巨響。我一開始先是被這聲音嚇到。

可慢慢地，卻覺得自己的門打開了。什麼樣的門我不知道，我只知道自己心裡的那幾扇門，被打開了。我的情緒非常激動，宛如波濤洶湧。不可思議地，我忽然覺得自己是可以改變的。我確信自己總有一天會越變越好。

正當我這麼想的時候，御手洗充滿魄力的獨奏又開始了。這次的感覺就好像雪崩一樣。為什麼光一把吉他就可以發出那樣的聲音呢？至今為止，我從未聽過那樣的聲音。也從未聽過御手洗那麼激烈地彈奏吉他。這是第一次。御手洗的吉他有如秋風掃落葉地颳向觀眾，我們的身體都直不起來了，紛紛往椅背靠去。

當時的震撼實在難以形容。從低音到連綿不絕的高音，御手洗的吉他彷彿天馬行空，是那麼的自由、奔放，聽著聽著讓人呼吸不禁急促了起來，眼睛不禁暈眩了起來。

拿小喇叭的老人，動也不動地站著。他肯定也覺得非常驚訝。連他也被折服了。御手洗他連一小節的〈Strawberry Fields Forever〉都沒有彈，完全是自由發揮。

御手洗的獨奏停了。仔細一看，他的手不再有動作。出現短暫的空檔。老人露出雪白的牙齒，感覺他正在苦笑。然後，他面向御手洗，豎起右手的大拇指。御手洗的手已經停了，可吉他的聲音卻不絕於耳，擴大器持續把餘音放了出來。

就在這時老人的小喇叭加入，只見他緩慢、流暢地吹出〈Strawberry Fields Forever〉的主旋律。那是有如寶石般的燦爛時光。觀眾全都屏住了呼吸。我感覺靈魂被解放了，正在宇宙間飄浮著。為什麼他們可以製造出這樣的聲音呢？我打心底覺得不可思議。明明大家都是人生父母養的，為什麼唯獨他們有那樣的才能呢？

忌妒也好，自卑感加重也罷，這些都已經無關緊要，現在的我只想思考音樂的意義。我從來不知道音樂竟然有那麼大的力量。太了不起了。太神奇了。此刻、這一瞬間，我能夠在這裡，我打從心底感謝老天爺。我實在是太幸福了。能活著真是太好了——即使是這麼一無是處的我。

等我回過神來，音樂已經停了。我們竟然連拍手都忘了。只見他倆相視而笑，御手洗的左手慢慢放在琴頸上，這時我們終於知道表演已經結束了。掌聲響起，一開始小小聲，到後來越來越大聲，似乎永遠也停不了。掌聲一直、一直地持續著。這樣下去怎麼得了？場面要怎麼收拾呢？我真的有點擔心。

只見老人慢慢地走到麥克風前。觀眾見狀，馬上把掌聲停了。老人將紅色的小喇叭抱在胸前，嘴唇貼近麥克風，用非常沙啞的聲音，說出以下這段英文：

「昨晚，我夢見自己變成鳥了。我夢見自己正飛過馬利布(Malibu)的海邊，盡情地嗅著海潮的香氣、水果的味道。那一刻實在是太幸福了。如果可以的話，我願意永遠當一隻鳥。我的朋友，世上不公平的事情何其多，但我們不要認輸，要盡力做到最好。希望有一天，我們能在天國相會！」

說完後一轉身，他快速地朝藍色布簾的後面走去，消失了身影。接著換御手洗湊近麥克風，用日文說道：

「好了，這下演唱會真的要結束了。希望你們聽得開心。還有石岡，我們趕快回家，泡熱紅茶來喝吧。」

7

那個對我來說是最棒的聖誕禮物。我不知道御手洗是不是事先計畫好的，可他卻用再也沒有比這更棒的形式，把我一直想聽的披頭四的歌曲獻給了我。接下來有好長一段時間，我都在回味那晚音樂會中度過。〈Strawberry Fields Forever〉本來就是我很喜歡的歌曲，這下子變成了我最愛的歌曲。我剛剛不假思索地寫說「再也沒有比這更棒的形式」，其實，早在更早之前，我就已經體會到這句話的真義。

音樂會之後的御手洗，怎麼說呢？跟平常沒有兩樣。受到他的影響，我的心情也逐漸平靜了下來。然後聖誕節過了，新的一年開始，春天走了，夏天來了。我在不知不覺中，漸漸忘了九〇年十二月發生的那件事。只因九一年也不是省事的一年，有很多事要處理。

我到現在還記憶猶新。那是九月三十日星期一的早報。當時御手洗好像去了哪個國家，長年不在家。報紙上寫著，美國知名的爵士樂手二十八日在洛杉磯去世了。該名樂手名叫邁爾士・戴維斯(Miles Davis)，死因是肺炎，併發呼吸困難、中風等症狀。他病逝於ＬＡ聖塔莫妮卡的聖約翰醫院的健康中心，享年六十五歲。

報紙上刊登的相片，很明顯是邁爾士・戴維斯晚年的照片。看到那張照片時的震撼，實在不是我這支枯筆可以形容的。我全身僵硬，屏住呼吸。忽然間，在Ｉ町市民會館小禮堂聽到的高亢喇叭聲在耳畔響起，我的神經瞬間又繃緊了。不過，同一時間，輕快、悠揚的低音，也在我心中跳躍著。照片中的黑人不就是那天坐著我正坐著的沙發，喝著我泡的紅茶的那位嗎？

那個時候，我對邁爾士・戴維斯這個名字多少聽說過，可我並不知道他的偉大，竟然是世界知名的樂手！報紙用「本世紀最後的巨擘」形容他。

我一時有點恍神。那麼了不起的人，竟然會出現在Ｉ町業餘樂團表演的場地上？若真是如此，那御手洗說的「世界最棒的小號手」，就不是虛言也不是玩笑話囉？他確實當之無愧，實至名歸。我有點不敢相信，卻想起他臨去前向觀眾說的話。他說：「世上不公平的事何其多，但我們不要認輸，要盡力做到最好。」本身是黑人又講英語的音樂巨擘，聽聞這是一場為身障者所舉辦的音樂會，覺得非常難得，因而願意無償出席演出。身障者和黑人一樣，經常受到排擠。想到這裡，我不禁為大師的偉大情操，深受感動。

接下來的幾天我在渾渾噩噩中度過，我跑到街上，把所有介紹邁爾士的雜誌和報導——他的死訊、他對音樂的貢獻等等，全都買了回來。因而對他多了幾分認識。他是難得一見的天才，卻也是非常嚴苛的人，對人從不假以辭色，這輩子沒跟人低頭過，是個超級難相處的人。「不可一世的國王」，書上甚至這樣形容他。可在我來看，並不是那樣。他曾很親切地鼓勵我，離開時，還跟我揮了揮手。如果他真是一個那麼臭屁的人，又怎麼會去參加高中生的陽春音樂會呢？他在我家所展現的平易近人，是我一輩子都忘不了的。

讀完一堆報導，我知道他生平最後一次來日本，是在一九九〇年的十二月。他有一點特別讓人不解，儘管個性很難相處，他卻非常喜歡日本。他晚年百病纏身，聲音之所以如此沙啞，也是因為切除喉嚨的息肉所致，為此從七六年開始的六年間，他沉寂了好一段時間。不過，進入八〇年代後，他又開始活躍了起來，經常來日本演出，最後一次是在九〇年的十二月二十一日和二十二日，參加在東京巨蛋舉辦的「約翰・藍儂紀念音樂會」。

就為了在這場音樂會上演奏一首披頭四的歌曲，邁爾士特地飛來了日本。而這次的來日，不管是對他還是對日本的樂迷而言，都是最後的一次。因為十個月後，他便在洛杉磯去世了。他家住在紐約，不過，聽說在洛杉磯的馬利布另有一棟別墅。他去世的聖塔莫妮卡的醫院，就在這棟別墅下去一點的地方。

於是我又明白了一件事。他說過，「昨晚我夢見自己變成了鳥。」還說他夢見「自己正飛過馬利布的海邊，盡情地嗅著海潮的香氣、水果的味道。」馬利布不就是他別墅所在的地方嗎？事後一想，那段話幾乎可以說是他留給日本樂迷的遺言了。假設那天是東京巨蛋演唱會的隔天，所以前晚他應該是在東京的飯店裡休息。他在東京夢到了自己變成了鳥。這也太奇妙了。他竟然在自己喜歡的東方城市裡，夢見了死後的自己。

御手洗為什麼非得跟他見面的理由，我現在也能了解了。御手洗他知道邁爾士的身體不好，想說這有可能是他倆最後一次見面。他自己是絕對不可能去戳破這點的，所以那天晚上他才會那麼拚命地彈吉他給他聽。雖然時間很短，可他卻是用盡所有的心力在彈，就當作是幫偉大的朋友做最後的餞行吧？

御手洗他現在人在何處？身在某個遙遠國度的他，應該也接到了這封訃聞了吧？像這樣的大師、大人物，不管你在世界的哪個角落都會聽到他的消息。我想御手洗的感慨肯定只會比我多，不會比我少。

話說回來了，御手洗為什麼能跟這麼有名的人交朋友？雖然是為身障同胞舉辦的活動，可要是沒有御手洗的勸說，他那種大人物有可能來那麼小的演唱會嗎？他可是世界頂尖的爵士樂手。別人捧著大把鈔票請他都常被拒絕了。可御手洗卻只花了半天的功夫，就有辦法把本世紀最後的巨擘請來橫濱最不起眼的業餘音樂會，讓他無償為大家演出？御手洗實在是太神了。他倆是怎麼認識的？過去是怎樣的交情？這些在事情過後，變成了我心中永遠的謎。

不管怎麼樣，反正約翰・藍儂的傑作〈Strawberry Fields Forever〉從我最喜歡的歌曲升格為我最愛的歌曲，再也沒有其他歌曲可以取代它。每次我只要在街上聽到這首歌的旋律，就會想到那晚在橫濱的小音樂會上瀟灑現身的世界巨擘邁爾士，以及我的朋友御手洗。當然，當我像這樣看著資料夾裡貼的邁爾士・戴維斯的照片時，也會想起那一幕。

照片底下，用英文寫著我終於認識的巨星的本名：「MILES DAVIS FOREVER」。於是在寫這篇文章的時候，我終於懂了御手洗在舞台上說的暗語。那天晚上，可能是礙於經紀約或唱片公司什麼的，巨星沒辦法報上自己的真實姓名。所以御手洗把他的名字反過來唸，說成了「SIVAD SELIM」，我記得他是這麼介紹他的。那晚好友的發音依舊在我耳畔迴響著。

波士頓幽靈畫圖事件

1

最近我經常收到讀者來信，要我多寫一些有關御手洗的事。御手洗從日本消失的傳言已經在讀者之間傳開了，既然如此，當然不可能有新的材料可寫，不過以前的事也可以，如果礙於關係者的名譽不方便發表的話，那大學時代的事，甚至是小時候的事都可以，反正只要是跟御手洗有關的就行。御手洗的粉絲竟然對御手洗的訊息那麼飢渴，實在超出我的想像，好像只要讓他們看見好友的名字出現在紙上就行了。御手洗這男人就像麻藥一樣，會讓人不自覺地上癮，做為他的朋友是與有榮焉啦，可知道他真面目的人就大惑不解了。

對於這樣的讀者，站在我的立場，有些事要先聲明。的確，在我的檔案夾裡，確實積存了很多基於關係人尚健在、尚未經過法庭審判等理由，而不可發表的案子，不過，我許久沒有動作的原因，絕對不是因為已經沒有話題可寫了。那些有意思、又驚悚的檔案紀錄，是至今為止我所發表的故事的兩倍之多。如果真要寫的話，要我把讀者書架上收藏的、記錄御手洗潔的文章變出一倍來都沒有問題。可是，那樣做的話，我跟出版社恐怕也都別想賺錢了。所有書籍和文章都會變成被提告的對象，版稅剛好拿來付毀損他人名譽的賠償金就夠了，更會引起社會的軒然大波。所以，今後，關於朋友的工作紀錄，我只能介紹發生在國外、或是事隔多年的。此外，提到關係人姓名的時候，在不影響案件結構的範圍內，我也必須加點工才行。我先在此說清楚以上情形，希望您可以體諒。

讀者喜歡看的不外是詭異懸疑，最好帶幾分驚悚的故事，其實在遇到御手洗之前，我也是那樣。我自己知道的事件大多發生在日本，不過，幸好從他那裡聽來很多那方面的海外經驗談，所以，我想這篇〈波士頓幽靈畫圖事件〉應該可以令讀者滿意吧。

正確的日期我沒記，不過我很確定是一九六〇年代發生的事。六〇年代，御手洗是大學生，住在波士頓。他本人並沒有說得很清楚，不過，從小學開始他就一直跳級，所以唸大學的時候，他不過才高中一年級的年紀。在不時興填鴨式教育的美國，跳級似乎不是什麼驚天動地的事。而且從中學時代開始，御手洗班上的數學老師就經常把課丟給他上，自己跟女朋友跑去看電影，所以在同儕之間，御手洗這號人物算是滿特殊的。美國的老師一向跟學生打成一片，態度本來就很開放，所以御手洗在他們看來，不過就是年紀比較小的老師，也拿他當同窗對待。如果您能理解這一點的話，應該就不難體會這個時期御手洗的立場了。

在美國的御手洗正是別人口中的天才兒童，從小學開始，他就覺得學校很無聊。所以他認為大學時代的自己確實很傲慢、很臭屁——曾有一次他這樣對我說。哪像我只有在幼稚園的時候，被美術老師稱讚過幾次有天分，不過，這頂多維持到上小學，隨著年紀漸長，就越顯得是個平凡人了。可御手洗頂著光環的日子，卻是一直持續到上大學。

是的，為了滿足讀者的願望，這裡我多少透露一下御手洗的基本資料。他小學的低年級時代是在日本度過的，但到了高年級他轉學去美國舊金山，大學又搬到了東岸。至於他高中是在哪裡唸的？我沒聽說，當然也猜不出來。不過，俗話說得好，天才都是孤獨的。這裡的孤獨不只是情感上的孤獨，更是現實上的、平淡乏味的孤獨。因為跳級的關係，周遭的朋友都不同齡，大家都比他年長很多。國中生的年紀唸的卻是高中，彼此話不投機是一定的，體格也差很多。可偏偏在那些不利的條件下，這孩子的腦袋卻比別人聰明許多，甚至還代替老師在台上講課！這夠孤獨了吧？而正是這孤獨塑造了他的奇怪人格。咦，我幹嘛寫得那麼含蓄？沒必要幫他掩飾。我很清楚他是什麼德行，讀者應該也很清楚。

總之，從還是大一新生時，御手洗便租了房子住在波士頓，讀的是美國數一數二的知名大學。那是天真無邪、為賦新詞強說愁的年紀——記得御手洗打啞謎似的對我說過。就在學校的噴水池前，御手洗跟當時很要好的一名同學，來自義大利的比利・西里歐正在聊天。比利手上拿著學生出版、編輯的報紙，跟御手洗聊起其中的一則趣聞。

「御手洗，你還在找稀奇古怪的事嗎？」比利向御手洗問道。

波士頓的查普曼大街上，有一家專門經營汽車拖吊業務的公司，這是發生在它身上的一樁小事。

公司的正式名稱叫做「ZAKAO TOWING SERVICE」，是象牙海岸出身、名叫柯威克・薩卡歐（Kweku Zakao）的人開的拖車兼修車工廠。這位薩卡歐是第二代，當年他的父親在這裡創業的時候，附近還是一片荒涼，可到了六〇年代，查普曼大街已經成為高級公寓和服飾店林立的鬧區。鬧區和沾滿油汙的拖車公司可說是格格不入，因此幾番有人欲收購他的土地，可薩卡歐說什麼都不肯答應。就在這個時候，某一天，工廠發生了槍擊事件。而大學報紙的新聞又把這件事報導了出來。

為了逼他搬走所以才恐嚇他吧？剛開始御手洗也是這麼想。不過，那可是學生編的報紙，一定是有特別之處才會被報導出來。

「有人死掉或受傷嗎？」十六、七歲的御手洗問道。

「完全沒有。歹徒好像一開始就是朝著頭頂上方的牆壁射擊。所以連工廠的員工都沒有發現。」比利・西里歐說。

「當時的薩卡歐拖車廠，只聽到一點點聲音。」

「那他們是怎麼知道被槍擊了？」御手洗問。

「有人跑到外面一看，發現招牌和牆壁上多了好幾個小洞。一看就知道那是彈孔。而且招牌的一個字還差點掉下來。」

「就招牌的一個字？」

御手洗追問道。

「其他的字呢？」

「完好無傷。」

「為什麼？」

「因為子彈全集中在某個字上。」

這時御手洗的好奇心被挑起了。

「哪個字？」

「聽說是最前面的Ｚ字。而且根據這則報導說，子彈全集中在Ｚ字的右肩附近。」

「Ｚ字的右肩？」

「是啊，所以不但員工沒事，就連工廠的機具、汽車、玻璃窗也都毫髮無傷。只有Ｚ字受到損毀。歹徒好像特地跟它過不去。你說他為什麼那麼做呢？」

「我不知道，不過，挺有意思的。對了，招牌的字都釘在哪裡？」

「釘在工廠的牆壁上。每個字都用螺絲釘固定住，就工廠入口的上方經常會看到的那種形式。」

「子彈是從哪裡、又是誰打進去的？」

「這些都不知道，警察也還沒有介入調查。」

「ＯＫ，比利，你現在有空嗎？」

「有啊，幹嘛？」
「我們去看看吧。」

2

就這樣兩人離開校園，坐上巴士前往現場。那一帶是新公寓比較多的鬧區，所以老舊、到處被機油弄得髒汙不堪的「ZAKAO TOWING SERVICE」的磚造建築，非常好找。出事的招牌也是一下就看到了。

工廠的建築就緊鄰著查普曼大街的柏油路，門開得很大，站在馬路上就可看到後面的中庭。從查普曼大街拖來的汽車，會從這裡直接進入中庭，等著被修理，所以它們會在裡面待上一陣子。出事的字母就懸在大門的正上方，橫的一排，由螺絲固定住。乍看之下，那些字沒有任何異狀，可說是完好無傷。因為建物本身已經老了、舊了，再加上又髒兮兮的，所以Z字附近的小洞根本就不起眼。

「看來洞已經被補好了，比利。」

一邊抬頭御手洗一邊說道。只見他站到受損的Z字底下，觀察了好一陣子，這時剛好有穿工作服、像是員工的人從旁邊經過，於是他便跟他聊了起來。那是一位大塊頭、鼻子底下蓄著鬍子的白人。

「不好意思，請問一下。你知道那個被槍打穿過吧？我不仔細看還真看不出來。」

「啊，你說那個啊，我們修理過了。怕萬一字掉下來會砸傷人。」他說。

「當時，你有聽到槍聲嗎？」

「我嗎？我沒聽到，丹迪倒是說他聽到了。你要不要親自問他？」
「啊，那樣最好，他是哪位？」
「就那邊正在搞別克（Buick）的那個黑人，喂，丹迪！」
於是御手洗和比利來到工廠的中庭，跟丹迪・托馬塞洛說話。
「沒到槍聲那麼誇張。」丹迪說。
「叩叩的，好像石頭滾動的聲音，又好像遠方有人在放鞭炮。你也看到了，這裡吵得很，一會兒打蠟，一會兒吸塵的。我們講話又都很大聲，所以根本沒人聽到槍響。我是下班後走到外面不小心抬頭看到招牌的字鬆了。嚇了一跳的我，隔天上班後，馬上去把Z字拆了下來，從後面把洞補上，再用新的螺絲拴緊。天底下真的有這麼無聊的人，吃飽沒事幹，波士頓的治安越來越壞了，都快跟紐約一樣了。」
「大概在幾點左右？」
「這個嘛……大概在下午四點左右，不，可能更早，應該在三點半左右？反正是下午比較晚的時候。」
「持續了多久？那聲音？」
「多久是什麼意思？」
「是從早上開始就斷斷續續呢，還是集中在四點的某個時間？」
「不可能從早上開始一整天，那種聲音持續個五分鐘就會被聽見了吧。」
「當時，外面還有其他人嗎？」
「沒有，有的話就慘了。」
「就是說啊，你猜他為什麼這樣做？」

「就惡作劇吧？這種事常有。」

「經理怎麼說？」

「經理也覺得是惡作劇。」

「你們沒有報警嗎？」

「報警？幹嘛報警？就招牌被射穿了幾個洞。為了這種事去報警會被警察唸的。總不能在損害申報書上寫說Ｚ字破了四個洞，總損害金額為十美分吧？」

「十美分嗎？」

「是啊，一根螺絲釘的錢，加上大爺我的工錢。」

「不過，說不定有人不肯善罷甘休呢。對了，為什麼這件事哈佛的學生會知道？」

「那邊拖車廠的人有人過來我們這邊。他們跟我們的交情不錯。你們也是那邊的學生嗎？看起來頭腦不錯。」

「那個梯子可以借我一下嗎？」

「可以啊。你要勘驗現場嗎？若有什麼新的發現別忘了告訴我。」

於是，御手洗把梯子靠在招牌字被射穿的那堵牆上，一邊從口袋裡拿出皮尺，一邊爬了上去。

「嘿，御手洗，你要不要去波士頓警局上班啊？」比利笑道。

「好啊！」

御手洗說，熱心地調查起來。比利則站在底下看著他。

「這是九釐米的子彈打的，比利，用的是手槍。也就是說，不可能是從很遠的地方打來的。用手槍且彈孔全集中在一個地方，就算技巧再好，頂多只能射個二、三十碼，所以依我看，這應該是對面公寓打來的。除此之外沒有其他可能。而且還是從比較上面的地方打來的。以俯角的角度，二樓，不，應該是三樓以上四樓以下。八成是三樓。也就是說，子彈是從三樓的某個窗戶打來的。那棟公寓總共有五樓，所以不可能是從屋頂發射的。我想三樓某個窗戶的窗框或窗簾，肯定還沾著火藥的粉末。

Z字總共中了四槍。其他字則毫髮無傷。因此，我們可以假設歹徒是故意朝Z字打的。為了什麼！因為他討厭Z字嗎？子彈的其中一發正好打中拴在Z字右肩的螺絲釘。這個字是藉由左上、右上各一根螺絲釘，才得以固定在牆壁上。

牆壁上還有其他八個彈孔。全都在Z字周圍。而且集中在Z的右邊。合計歹徒共擊發了十二顆子彈，所以我在想他拿的應該是自動手槍。在美國最常買到的手槍如果是轉輪式的，就不會有九釐米的。左輪手槍子彈多限制在六發左右。如果是自動手槍的話，說不定彈殼會掉在路上……唔，不過已經事隔五天了，應該找不到了。」

接著，御手洗慢慢地爬下梯子。

「名偵探大人，你對槍很瞭解嘛。」

「這是身為美國人的常識。這附近白天的車子有夠吵的，卡車、公車加摩托車，這就是我們致力發展的大城市。比利，有人用手槍連續打了十二發子彈，竟然沒有半個人發現！我們彷彿置身叢林，殺個人輕而易舉。行了，我們把梯子還回去，一起去那棟公寓底下的馬路看看吧！」

於是，御手洗帶著比利穿過查普曼大街，在公寓底下的馬路上走過來走過去。

「找不到，彈殼果然沒有掉在這裡。那就沒辦法了……不過，子彈是從這棟公寓、三樓的地方射出去的這點，應該是確定的。比利，該我們去探一下這棟公寓囉。」

御手洗快步地往公寓的玄關走去。他推開玻璃門走了進去，先遇到一個狹小的門廳，一整排全是信箱。看來這是給郵差投信用的。不過，郵差只能進到這裡，再往前又有玻璃門擋住。那片玻璃門是鎖住的，也就是說門共有兩道。

第二道門後面才是寬闊、正式的大廳。裡面擺了沙發和大型的盆花，電梯有兩座。電梯旁一名身穿制服的高大警衛默默地站著，四面牆全是大理石打造，天花板上吊著漂亮的水晶燈，地上鋪著色彩鮮豔的地毯，一看就知道是棟高級公寓。

「是有錢人住的公寓呢，比利，不知哪天我們才住得起。三樓、四樓的住戶總共有多少人呢？哦，這個很好用欸，剛好有四格。」

就這樣，御手洗把筆記本拿了出來，把四個人的名字寫了上去。

「這樣就可以了。不好意思，請問——」

御手洗把嘴對準玻璃門的縫隙，向裡面的警衛輕快地喊道。

「什麼事？」對方愛理不理的。

「我想進去找人，該怎麼辦才好？」

「你先打對講機給你要找的人。然後由他從屋裡把那道門的門鎖解除。」

「你沒辦法幫忙解除嗎？」

「我沒在幫人家開門。」

「那要是我們把門撞破呢？」

「那玻璃是強化玻璃，子彈都射不破。」

御手洗輕笑了起來。

「那你不就英雄無用武之地了。對了，這棟公寓最近可有人死掉或是受傷的嗎？」

「我無可奉告。」

「那有人失蹤嗎？」

「無可奉告。」

「房東住哪裡？」

「還是無可奉告。」

「你一直在那裡嗎？」

「沒錯。」

「晚上呢？」

「會有人來換班。」

「總共有幾人輪班？」

「四人。」

「都不能睡覺嗎？」

「可以在那邊的警衛室打個盹，不過還是要保持警戒。」

「只有這裡有警衛駐守嗎？」

「沒錯。」

「住戶會不會趁你不注意的時候偷跑出去？」

「沒必要那麼做吧？不過，不可能。」

「ＯＫ，謝謝你。好了，比利，這個案子你怎麼看？」

御手洗面向同學問道。

「什麼怎麼看？這已經是案子了嗎？」

御手洗往大馬路走去。比利趕緊跟上。

「嗯，是有可能。」御手洗說。

「警方都還沒開始查呢！」

「警方是近視眼的象，不把屍體丟到他們的面前，他們不會知道有人死了。」

「所以，現在我們要去找屍體是嗎？」

「說得好，比利！很正確的方向。總之這裡不是山裡面，就算再怎麼無聊，也沒有人會用手槍一下子連續擊發十二顆子彈。就讓我們進去那家咖啡店，一邊喝咖啡一邊想一下他的動機吧！」

3

那間取名「蚯蚓」的咖啡店採取的是半自助的服務方式，得先在櫃檯買了咖啡，然後再自己端著咖啡找位子坐。幸運的是他們找到的位子正好靠窗，可以看到查普曼大街和那棟公寓，於是兩人相對而坐。

「來動動腦吧！比利。」

御手洗很有精神地說道，頻頻用拳頭敲打自己的門牙，這是他心情不錯的證明。比利・西里歐有點不知所措。

「你好像很喜歡動腦喔？」比利半佩服半吃驚地說道。

「好說！好說！」

御手洗一連說了兩次「好說」。

大概是這句話形容得太貼切了，深得他的心。

「快，說說你的看法，比利。」

「Well……」

比利想了一下才開始說道。

「我的看法和你有些不同。我並不覺得這是多麼了不起的社會案件。我的想法和丹迪一樣。你也知道，大學生裡面，做出比這更蠢的惡作劇的大有人在。如果硬要說裡面有什麼反社會性的話，那就是他使用的是手槍。手槍的話不僅能把字打掉，要是打在人身上，可能連命都沒了。」

「行，比利，這也是一種可能，我們暫時保留它。不過，在我看來，那樣的可能性非常低。」

御手洗說。

「何以見得？」

「等一下我再告訴你。我想多聽聽你的意見。你說那個人為什麼朝對面拖車場的招牌開槍？」

「哪有為什麼，就好玩吧。」

「那為什麼別的字不打，只打Z呢？」

「因為它是第一個字嘛。」

「所以你認為他沒有刻意挑字囉？」

「沒錯。」

「那為什麼只打右邊呢？」

這問題讓比利想了一下。

「這個嘛。」

「你可不要告訴我因為他技術不好，所以打偏了哦。」

被這樣一講，比利似乎有點被激到了，只見他說道：

「OK，哈佛的學生應該更有創意一點。那這樣假設如何？住在那棟公寓三樓的人對這家工廠挾怨報復。因為……因為他的車被修壞了。」

「那干Z什麼事？」

御手洗說道。比利被問到說不出話來，只能苦笑。

「這假設很有趣，但沒有依據。」御手洗毫不留情地指出。

「OK，那你說說看，為什麼你不認為它是惡作劇？」

「子彈的數目，歹徒總共打了十二發子彈。」

「十二發又怎麼了？」

「太多了。」

這次換比利哈哈大笑地嘲笑御手洗。

「你是說兩、三發就沒有問題嗎？御手洗。」

沒想到御手洗一臉認真地點了點頭。

「沒錯。如果是兩、三發的話，惡作劇的可能性就高了。在波士頓的鬧區，大白天的，一打就是十二發，不被鄰居發現才怪。就算波士頓的治安再怎麼壞，這裡又不是貧民區，不可能聽到隔壁有十二聲槍響還不叫警察來吧？」

「可警察確實沒來啊。」

「那是結果。我現在說的是開槍者的心態。我們可以假設，這名開槍者打一開始就不打算避人耳目。那麼，這樣的行為就稱不上是惡作劇了。他想被人發現，卻好死不死地沒有人發現。」

「是嗎？也有可能他一天射個一、兩發，一個禮拜加起來總共十二發，所以才沒人發現吧？」

「老問題，比利，要真是那樣的話，惡作劇的可能性反而高了。不過，這點已經被丹迪推翻了。他說槍聲集中在某個時間。叩叩叩好像什麼在跳的聲音持續了五分鐘之久。這是我的理由之一。」

比利默默地聽著，點了點頭。

「第二個理由是，十二這個數字頗耐人尋味。比利，你應該也練過射擊吧？在這個國家，最通行的九釐米口徑的自動手槍是 Smith & Wesson 製造的，對吧？」

「沒錯。」

「S&W的九釐米手槍款式很多，其中賣得最好的是彈匣可以裝十二發子彈的。若硬塞的話，甚至可以塞進十三顆。不過，通常大家都只裝十二顆。今天若是你來射的話，你會把裡面的子彈全部射完嗎？這樣的可能性高不高？」

「左輪手槍可裝六發。也許他是分兩次射的。全部裝滿後六發，再裝一次後又六發。」比利說。

「比利，前提是，左輪手槍沒有九釐米的。」

比利說不出話了。

「OK，御手洗，也許是那樣，也許你說得對。所以，你的結論到底是什麼？」

「假設現在某人手上握有裝滿十二顆子彈的自動手槍。他拿著它，抱著好玩的心態，朝馬路對面的招牌射擊，時間還是大白天。正常人不會做這種事，就算做了，也不會把彈匣裡的子彈全部射光，這就是我的結論。這裡不是貧民區，是精華地段的高級公寓，只要射個幾發就會把警察叫來。如果不想惹禍上身的話，打個兩、三發就該停了。」

「可御手洗，就有人那樣做了。」

「對啊，所以我才說演變成命案的可能性非常高。」

「我不太懂，警方畢竟沒有來不是嗎？」

「沒錯，他大概也沒想到會是那樣吧？換句話說，那個人其實是想要把警察叫來。這樣推論比較合理吧？」

御手洗說，比利再度保持沉默。

「嗯，可是什麼事都沒有發生啊。」比利說。

「沒錯。」御手洗說。

「警察並沒有來，住在同棟公寓的人、薩卡歐拖車廠的員工，沒有半個人打電話報警。」

「對啊，唯一驚動的只有哈佛大學的校刊。」御手洗說。

「可是，御手洗，如果真像你所說的，那他，不，也有可能是她，不就應該一直打下去，直到把警察叫來為止？」

「打個一、兩百發嗎？」

「是啊。」

「不可能。如果他有那個力氣的話，自己打電話報警不就得了。」

御手洗說道，比利瞪大了眼睛。

「你說什麼？御手洗，這話是什麼意思？」

「比利，你就當我們在玩辯論遊戲，沒事辯著玩。射殺是最省事的殺人方法，你不覺得嗎？」

「唔，是可以這樣說啦。」

「坐在沙發上，扣下扳機就可以了。子彈飛了出去，對方中彈身亡。開槍這種行為，本身來說還滿輕鬆的。」

「你是說他是想殺人才開的槍嗎？可子彈都打在二樓牆壁上，並沒有人被殺啊。」

「這次的子彈不同。我說開槍很輕鬆是指在正常的情況下。比起把彈匣拔出來，再一次裝滿十二個子彈，再把彈匣推回去然後再射擊的動作，單純的開槍要輕鬆多了。」

「什麼意思？」

「我的意思是，這種事就算身體虛弱的人也可以辦到。如果是這樣的人，只要還有一口氣在，就會把彈匣裡的子彈全部射光吧？不過，也僅止於此了。因為他只有十二顆子彈，沒有十三顆。」

比利再度露出苦笑。

「御手洗，我們的日常生活可不是愛倫坡的小說，通常都是無趣、乏味的。」

「我知道，比利，我非常清楚。所以，我才會對這個現象這麼興奮呀。你別急著否認嘛。不要一下子就把人家打入乏味、無聊的死牢裡。」

「依我看，它就是惡作劇。」

御手洗一邊把背靠向椅子一邊說道：「果真如此的話，那打兩、三發也該停了，除非是在治安最壞的地方。」

「那是在合理的情況下。我們先不管合不合理，事實上，美國就是有人這麼無聊。比方說嗑藥的人、吸食海洛因吸到頭殼壞掉的傢伙。」

「那種人不會住這麼高級的公寓。就算住了，也會馬上引來鄰居的抗議，演變成社會事件。」

「ＯＫ，就算他不是吸毒者好了，會在家裡開槍打著玩的笨蛋仍大有人在。比方說我們的福爾摩斯大師好了，他就會在家裡開槍，把暖爐上方的牆壁打出一個Ｖ字。」

「他是吸毒者。而且他是在晚上，朝自己房間的牆壁打。這次的不一樣，是在下午三點半到四點之間，隔著人來人往的大街，朝三十碼外的磚牆打。那時可是大白天喔。要在那種時候開這麼惡劣的玩笑，我們肯定會裝消音器吧？」

「也許他裝了呢？」

「可丹迪說他聽到好像遠方在放鞭炮的聲音。」

「你簡直強詞奪理，御手洗。你所說的，只不過是一種假設。聽起來確實很有趣，卻完全沒有根據。把現有的材料加以活用，並重新組合，你這樣寫愛倫坡的小說還可以，放在現實生活中就不行了。」

「比利，我還沒有把找到的材料全部拿出來呢。我還保留了幾手。比方說，你看那邊。」

御手洗豎起右手的食指，慢慢地往外劃，停在出事的那棟高級公寓的隔壁大樓。比利也跟著他的手指往那個方向看去。

「那邊有一排有趣的字。就在有錢人住的公寓隔壁。」

隔壁那棟建築物的牆邊，釘了很長一塊招牌，上面寫了租用辦公室的公司行號的名稱。

「從上數來第三、第四欄的位置，寫了一排文字，你唸唸看那是什麼。」

上面寫著「ACKERMAN BULLET OF ART SCHOOL」（阿卡曼子彈美術學校）。

「然後是這個。」

御手洗把自己的筆記本放到桌上，翻到某一頁。那是剛剛他在公寓的信箱抄來的四個名字。御手洗用手指著其中一個名字，上面寫著「佛雷德・阿卡曼」。是三樓的住戶。

「這是？」比利問。

「佛雷德・阿卡曼。我想他應該是阿卡曼子彈美術學校的校長或老闆，就住在隔壁的高級公寓。」御手洗說。

比利笑了。

「這又是你的假設？」

「不過可能性非常高，對吧？關於這點，我可是有根據的。我在波士頓時報的社會評論版上，經常看到他的漫畫。你應該也看過吧？」

「阿卡曼，啊，是他啊！所以你認識他囉？」

「見都沒見過！我對他的了解就只有這樣。不過，我敢說美術學校的老闆肯定是他。因為出現同名同姓者的機率反而更低。怎樣，比利，你同意吧？」

「隨便啦。」

「那好，你說說看這裡的『BULLET』是什麼意思？」

比利沉默不語。接著他露出賊兮兮的笑容。

「不會吧，御手洗，你是說……」

「啊，沒錯。這絕對不是穿鑿附會。當然，這個學校的名稱，可能有把人才像子彈般送入全美藝術界，或是把像子彈般的人才送進去的意思。不過，既然我們知道阿卡曼是個前衛的社會評論家，那他平日的創作態度或是發表的作品本身，就是向政客射去的子彈，也有這樣的可能。」

「到這裡我可以接受，御手洗，很正常的推論。然後呢？」

「如果這位阿卡曼先生，剛好又對射擊很有興趣的話，那會怎麼樣？而且，他還對自己的技術非常有自信。若真是如此，那會把『子彈』放進自己學校的名稱裡也就不足為奇了。他可能樹敵很多，所以宣揚自己槍法很準，也可收威嚇的作用。」

「你好像扯太遠了，御手洗，這樣又變成沒有根據的假設了。」

「可子彈是從三樓射出去的，這你不能否認。而且三樓的住戶有百分之五十的機率是阿卡曼先生。」

「我知道。我的問題是，阿卡曼的槍法準不準我們根本就不知道。」

「從對面三十碼的地方用手槍打，還可以讓子彈那麼集中的話，照理說，他的槍法應該很準。」

「算你有理。不過，還是不能確定那個人就是阿卡曼。假設就像你所說的，子彈真是從那棟公寓的三樓打出來的，可三樓又不只住阿卡曼，還有另一戶人家，不是嗎？」

「誰會把即將開張的補習班取名為『子彈』什麼的？除了阿卡曼以外，應該沒有別人。」

比利忍不住自言自語了起來：「即將開張？你怎麼知道？」

「招生中，歡迎入內參觀。開課日九月二十號，上面是這麼寫的。今天幾號？九月十九？嗯，那還有十一天。招牌被槍打到是五天前的事，所以是九月十四號。這個日期可能是破案的關鍵。」

「你的意思是，地位崇高的佛雷德・阿卡曼先生，大白天的，拿著手槍朝對面大街建築物的招牌猛射？是這樣嗎？」

比利發出的聲音竟顯得有些沉痛。

「兩個禮拜後即將成為美術學校校長的大人物，在十四號下午的三點半到四點，在波士頓鬧區的精華地段，用手槍連續打了十二發子彈。這不可能是惡作劇吧？比利你不這麼認為嗎？」御手洗若無其事地說道。

比利先是嘴巴張得大大的，終於，他找到了自己的舌頭。

「好啦。就算你的假設是正確的好了，那你說佛雷德・阿卡曼現在人在哪裡？」

「他是在五天前開的槍。可報紙什麼的卻都沒有報導。」

「就是說啊。像他這麼有名的人要是死掉的話，肯定會引起騷動的。可媒體卻完全沒有報導，我也沒聽說。」

「沒錯。所謂的命案，要看到屍體才叫做命案。」

「哦？怎麼說？」比利問。

御手洗答道：「我想阿卡曼他八成是失蹤了。」

4

比利‧西里歐望著天花板沉思了半晌，接著把視線轉回御手洗的臉上說道：

「你該不是想說，被謀殺、快要死掉的阿卡曼，硬撐著最後一口氣，做出上述的行為吧？」

這次換御手洗低頭思考。之後他慎重地說道：

「我只能說，到目前為止，這樣的假設是成立的。」

「你傻了？你比愛倫坡還會胡思亂想。槍法那麼準的阿卡曼，幹嘛不拿槍對付想要殺自己的敵人？」

「可能有什麼原因讓他沒辦法那樣做。比方說這樣好了。不管是射殺還是毒殺，敵人一下子就扳倒了他。他沒防備，被暗算了。然後，犯人看到阿卡曼開始發出痛苦呻吟後，便離開了房間。因為太痛苦了，阿卡曼動彈不得。可他還是可以爬到屋裡放手槍的地方。就這樣，他拿起手槍，爬到窗邊。使出最後的力氣，扣下扳機。」

「那他幹嘛打拖車廠的牆壁？」

「為什麼偏偏是那裡？就是這點讓人想不通。自手槍發明以來，地球上發生過無數起類似的案件，跟它們相比，這次的特別與眾不同。」

「你覺得呢？」

「你剛才不也說了？因為它就在那裡呀。」

比利笑了，「所以，如果對面是葬儀社的話，他就打葬儀社？」

「若條件允許的話。」

「那波士頓警局的話又如何？他照打不誤？」

「照打不誤吧。我想。如果這是場辯論比賽的話，我找不到理由可以反駁回去。不過，比利，這點太重要了。在討論出這最重要的一點之前，我們還有幾個問題要釐清。它是最後一道菜，我們等一下再來料理。假設我們剛才想的方向是正確的，那犯人有可能是跟阿卡曼很熟的人。」

「這樣才能暗算他？」

「沒錯，不過如果下毒的話，就算不熟也沒有關係。可都已經下午三點了，阿卡曼會在那時候吃飯嗎？」

「下在咖啡裡不就好了。」

「下在飲料裡太冒險了。毒這種東西，通常都有個怪味道。」

「所以，毒殺的可能性就降低了？」比利問。

「這還有待查證。話說一樓大廳一直有警衛看守著，比利。所以我們眼前的那個箱子，就好比是個大密室。一樓有兩戶，五樓的話總共就有十戶住在裡面。九月十四號下午三點半過後，除了這十戶人家以外，有沒有人從一樓警衛的面前經過？如果有，他就是犯人。」

「所以要從犯人逃跑的時間去查？」

「沒錯。」

「可是這有可能嗎？」

「啊，說得好，比利，確實有可能。除非這是臨時發生的命案……」

「嘿嘿，御手洗，你怎麼一口咬定它是命案了？」

「比利，我不是說辯著玩嗎？如果你沒辦法反駁我，就讓我繼續說下去。犯人在這箱子裡殺了阿卡曼後，在第一時間逃跑，這意味著他一定會碰到警衛。這是謀殺，如果犯人跟警衛彼此不認識的話，為了排除這料想得到的不利條件，他肯定得想辦法。可能事先就勘查好地形什麼的。」

「你不要把焦點全擺在大廳嘛，那樣的大樓肯定有逃生梯，他也可以透過逃生梯逃出去啊。」

「你說得沒錯。不過，那樣的話還要警衛幹嘛？你說的是警衛並非二十四小時駐守的那種。警衛之所以只守在大廳，那是因為所有出入的人都一定得經過大廳才能進到屋子裡。」

「那要是偷跑出去呢？」

「那是重點，不過，剛才他已經說不可能了。這還有待查證，不過，現在我們先相信沒有人能偷跑出去。」

比利點了點頭。

「在這樣的條件下，比利，假設這真是命案好了。你說會有哪幾種可能？」御手洗問。

「辯著玩的？」

「嗯，辯著玩。」

「你問的是犯人會怎麼做嗎？」

「我都問。不過，你可以先針對那點說說看。」

比利花了時間想了很久。總算開口說道：

「在這樣的條件下，我想首先出入那棟大樓的人警衛大都認識。」

「不錯，我也是那麼想。」御手洗說。

「剛剛那位警衛說，總共有四個人在輪班。可他們要服務的住家卻只有十戶。這意味著，警衛應該對每一位住戶都很熟。」

「我同意。」御手洗說。

「接著是訪客。如果是經常來的訪客，警衛應該也會很熟。」

「很好，我也是那麼想。」御手洗開心地說道。

「反過來說，第一次來的訪客，肯定會引起警衛的注意。」

「說得好。我也是那麼想。」

「如果，我是說假設，不管是進或出阿卡曼的屋子，都一定要經過警衛的話。」

「嗯。」

「如果此事絕無例外的話，那犯人打算殺阿卡曼的時候，肯定會先想到這一點。」

「沒錯。」

「所以，如果他不是經常出入阿卡曼公寓的人，一開始就不會選在房間裡殺死阿卡曼。」

「太棒了，我的想法完全跟你一樣。換句話說，警衛應該認識犯人。」

御手洗說，卻又補上了一句。

「可是，還有一個條件。」

「什麼？」

「阿卡曼的屍體。這樣屍體不也別想運出去了？事實上，阿卡曼被殺後，這件事之所以沒爆出來，就是因為沒有出現屍體。也就是說，犯人肯定用了什麼辦法，把阿卡曼的屍體運了出去。」

「沒錯，御手洗，在進、出都得經過警衛面前的條件下，這個屍體肯定會被警衛看到，是這樣沒錯吧？」比利問。

「沒錯，可就事件還沒有爆發的這一點看來，犯人肯定把屍體處理得很好。兩個禮拜後就要在波士頓鬧區開新補習班的知名人物，變成了屍體，倒臥在自己房裡卻沒有人發現，這是不可能的事。學校就在隔壁，肯定會有相關人員進出他的家裡。而且離開學只剩兩個禮拜。到現在都還未引起騷動，代表著屍體根本就不在他住的三樓。殺了人之後，犯人巧妙地把屍體運了出去……」

「說不定壓根就不是什麼命案呢？御手洗。」

「哦？」

這時連御手洗也忍不住笑了。

「阿卡曼還好端端地活著，現在正在打算開補習班的那棟大樓裡，專心一志地準備上課講義。」

「很合理的推論，比利。不過，很可惜，那樣的可能性非常低。」

御手洗一口斷定，比利驚訝地雙手一攤。

「你還真是充滿自信哪，御手洗。」

「我說的是可能性非常低，比利，如果我真的那麼有自信，就會說完全不可能了。不過呢，這不是重點，重點是這明擺著就是個命案。」

「要打賭嗎？御手洗。」

御手洗露出苦笑。

「好啊，如果你想送錢給我的話，請便。」

「這好辦。只要去問那位警衛就行了。就問他，九月十四號的傍晚，有沒有人把佛雷德·阿卡曼的屍體運出去。」

「比利——」

「好啦，我知道啦。」

比利舉雙手投降。

「不可能大剌剌地把屍體抬出去，所以會用棺材？也不行？那用體積比棺材大的箱子如何？衣櫥、餐櫃、超大行李箱什麼的，還是底部挖空的沙發？總之就是那樣的東西。我想警衛的回答肯定是NO，這世上沒那麼多新鮮事，賭一百塊如何？」

「別逞強，比利，你這個月不是沒錢了嗎？」

「就是因為缺錢，所以才要賭。我本來要跟你賭一千塊的，不過看你可憐就算了。好了，你咖啡喝完了嗎？喝完了我們還得回公寓的大廳，朝一百塊錢邁進。」

「你們義大利人怎麼說到賭錢，精神就來了？」

「嗯，從凱薩老祖宗時就是那樣。」

「不急，比利，我們先把剛剛說到一半的話講完。如果阿卡曼的屍體很順利地被運出去，就代表命案並沒有被揭發，我這樣講你同意嗎？比利。」

「同意。」

已經站起來的比利說道。

「也就是說，在那樣的情況下，犯人不一定要是警衛認識的人。既然它沒有變成案件，引來波士頓警方的關切，那些就不是問題了。不認識的人拿了大廳玻璃門的鑰匙，匆匆地走進公寓，或是他從大廳打對講機給阿卡曼，請阿卡曼開門後，再搭電梯上了三樓，那樣的事就算警衛記得了一時好了，只要沒有被當作命案爆發出來，幾個禮拜後，他肯定也不記得了。」

「啊，我了解，御手洗，這些我都了解，我們可以走了嗎？」比利心急地催促道。

「我還真不想賺朋友的一百塊呢。」

御手洗說道，站起身來。

5

這次換比利・西里歐走在前頭。過了查普曼大街，推開公寓的玻璃門，進入裡面，他把鼻子湊近後面那道玻璃門的縫隙。大廳還站著剛才那名警衛。

「失禮了，老兄！」比利爽快地向對方搭訕。

門房一看又是御手洗和他，露出有點不耐煩的表情。

「是的，我們又回來了，剛剛就是我們兩個。不好意思，有很重要的事要請教你。你可不可以告訴我，九月十四號下午三點半以後到晚上的這段時間，有沒有大箱子、衣櫃、超大行李箱、沙發之類的東西從電梯運出去？」

「九月十四號？」警衛反問。

「嗯，上禮拜四。」

「沒有。」他搖了搖頭。

「沒有任何東西運出去？」

「沒有。」

「不一定要十四號。」

一旁的御手洗說道。

「不光是十四號，十四號下午三點半以後，到今天為止。十五、十六、十七、十八，還有今天，有沒有什麼東西被運出去？」

「啥都沒有。因為根本沒有人搬家。」

比利稍稍回頭看向御手洗，眨了眨眼睛。

「謝謝。那我可不可以再請問一下，有沒有被擔架扛著的病人，或是裝了屍體的棺材出去什麼的？」

「屍體？」

這時警衛難得地露出了笑容。看得出來他平常不怎麼笑。

「完全沒有，你問這幹嘛？」

「啊，我跟朋友打了賭，那逃生梯呢？」

「逃生梯又怎麼了？」

「這裡有逃生梯吧？」

「有啊，在後面。」

「有可能從逃生梯出去嗎？」

「不可能。」

「為什麼？」

「你看了就知道。逃生梯只到二樓。以防大街上任何人都可以偷跑進來。」

「竟有這種事？那火災時怎麼辦？這樣住戶不也不能逃跑了嗎？」

「平常逃生梯都收起來，那是滑道式的。從上面下來的人，只要把鎖打開，順著它的通道往下滑，就可以安全降落在地上。」

「原來如此，那裡面的人有可能趁你不注意的時候，偷偷滑下去嗎？」

「那不可能。只要有人使用逃生梯，警衛室的警鈴聲會馬上響起，警示燈會亮。接著我們便會從這道門出去，繞到後面去查看個究竟。」

「那大廳不就無人看守了？」一旁的御手洗說道。

「話是沒錯啦，可十四號以後，警示燈一次也沒亮。」警衛回答道。

「嘿，御手洗。」

比利一邊說，一邊伸出右手的手掌。

「幹嘛？」

「喂，你不可以賴皮喲。一百塊拿來。」

「比利，我又沒說屍體一定會從這裡運出去。我說的是三樓阿卡曼的房裡，肯定發生了命案。」

「你認命吧！御手洗。阿卡曼被殺後，如果屍體沒有從這裡出去，就代表命案會被人發現。這是合理的推論。你剛才不也說了嗎？」

「是啦，你說的那種機率確實很高。」

「機率你個頭啦，御手洗，你不要捨不得那一百塊喔。警衛他什麼都沒看到，所以根本就沒有什麼命案。阿卡曼被殺了，是嗎？如果你堅持一定要有命案的話，那被害者會不會是其他人，不是阿卡曼？」

「不可能。」

「ＯＫ，就算犧牲者是阿卡曼好了。他可是個名人，十天後就要在隔壁大樓開補習班了，這麼重要的人物在屋裡被殺了，屍體不但沒被搬出去，還沒被人發現，你說這有可能嗎？」

「是有可能。」

「哪裡可能？」

御手洗哼地一聲冷笑道：

「比方說，屍體還留在房子裡面。」

比利終於忍不住，哈哈大笑了起來。接著，他轉向警衛說道：

「喂，老兄，請問大名？」

「傑特。」

「傑特，這裡有位超愛幻想的人，可不可以請你幫忙點醒他。三樓的阿卡曼先生是隔壁美術補習班的老闆是吧？」

「是的。」

「他的房子，十四號以後，還有跟補習班相關的人在此出入嗎？」

「有的。」傑特回答道。

「出入可頻繁了，剛剛才又有人進去。」

比利轉頭看向御手洗，兩手一攤，好像在說「你看吧」。一副一百塊就要到手的模樣。

「那，他們會很吵嗎？」

「我不知道欸。」

「警察有來嗎？」

「警察？沒有。」

「夠了吧？御手洗，三樓啥事都沒有發生。你所期待的事一件都沒有發生。這個世界有多麼無聊，我想傑特可以再三向你證實。」

可御手洗還是嘻皮笑臉的。只見他對著傑特，如此問道：

「傑特，十四號以後，你還有見到阿卡曼先生嗎？」

結果傑特的回答是：「沒有。」

「一次都沒有？」

「一次都沒有。」

這次換御手洗轉身看向比利，兩手一攤。

「怎麼樣，比利，勝負尚未分曉。兩個禮拜後補習班就要開張的人，卻一次都沒有經過自己住家的大廳。」

這下連比利也笑不出來了，陷入沉思。之後他說道：

「你說你們總共有四個人在輪班？」

「是的。不過，上禮拜四是我值的班。」

「那不重要。重要的是，其他三個人是否也都沒看到阿卡曼先生？」

「嗯，大家都說沒看到。關於這點，我們有稍微討論了一下。不過，我能說的就只有這樣。如果有需要的話，請你們去問補習班的人。」

「可是，傑特，若大家真的都沒看到的話……」

「比利，人家傑特都說請你去問補習班了。我們就照辦吧！」一旁的御手洗說道。

「那他有可能這幾天都睡在補習班嗎？」

「家就在十碼之外欸？這個我們再問補習班就好了。」

「對，麻煩你們了。我只是成天站在這裡而已。什麼都不知道。阿卡曼先生的秘書應該比我更清楚。」傑特說。

「好主意，傑特。只要你告訴我她的姓名和電話，我保證我們馬上消失。」御手洗說。

「她好像叫做蘿拉，蘿拉•史文。電話的話，外面的招牌應該有吧？我不知道。」

傑特不耐煩地說道。

「她大概幾歲？」

「她戴眼鏡。白人，感覺冷冷的。還年輕，大概三十歲左右。」

「單身嗎？」

「據說是。」

「ＯＫ，謝謝你，傑特。走了！比利，一百塊先準備好。」御手洗說。

「秘書單不單身跟案件有什麼關係？」

「所有事都有關係。你很快就會知道了，走吧。」

話說兩人並沒有直接前往補習班，先在公寓附近繞了一下。

「真是棟精緻的公寓，白瓦紅牆，五樓的牆壁還特地塗上象牙色。窗子開得很大，裡面的採光應該很好。」

御手洗一邊走一邊說道。

「嗯。查普曼大街的商店，從薩卡歐拖車廠開始，全都一覽無遺。」

「就是說啊。到了晚上，如果窗簾沒拉上，從對面的薩卡歐工廠看過來，活生生的就是個五層樓高的舞台。」

「沒錯，公寓這邊有任何動靜，都會被發現。畢竟這裡是鬧區。」比利附和道。

「還有很多耐人尋味的地方。從薩卡歐這邊往公寓看過去，公寓右側的牆壁開了一堆窗，視野應該很好吧？可它竟然跟隔壁二樓住家的院子挨得這麼近，連一吋的空隙都沒有。那戶人家還在房子四周圍起了高高的欄杆。萬一真有火災什麼的，從這邊的窗戶往下跳，肯定會跳進鄰居的院子裡，引得那隻德國牧羊犬汪汪大叫。」

「就是說啊。」

比利也表示同意。

「然後最大的特徵在這裡。另一邊，西邊，跟阿卡曼子彈美術學校所在的大樓相鄰的牆壁，竟一扇窗戶都沒有。」

「真的嗎？」

比利說，兩人正好走到兩棟大樓的交界處。就像御手洗所說，靠美術學校大樓那邊的牆壁是沒有開窗的，只有一面巨大的磚牆。

「可能美術學校所在的大樓比較老吧？公寓是後來才蓋的，加上中間的空隙又這麼小，開窗應該很麻煩吧？只要架個板子就可以從窗戶入侵鄰居家，就算開了窗看到的也只有鄰居的室內。風啊陽光的都進不來。」

而且中間還做了一排柵欄，上面還纏著鐵絲網。換句話說，不管是公寓的左邊還是右邊，都沒有出路。

「這樣要繞到大樓的後面就太麻煩了，要繞一大圈呢。」

御手洗說，先站起身來邁開腳步。美術學校所在的大樓前面還有一棟大樓，先繞過它後往右，走過一個大街廓後再往右。結果出現了一條連會車都有困難的小巷子，巷子的右邊是一整排大樓的斑駁背面。左邊則好像都是倉庫。這條巷子名叫胡拉街，每棟大樓都各擺了一個大垃圾桶在路邊。

「胡拉是嗎？看起來挺危險的小巷子。」比利說。

「是啊，這很難出現目擊者欸。就算在這裡殺了人，也沒有人會在法官面前指證你。所以我們最好也小心一點。」御手洗說。

「御手洗，你現在若殺了我，就可以省下那一百塊了。」

比利說。御手洗當它是無聊的玩笑話，不予理會。

兩人來到阿卡曼住所公寓的後面。的確，頭上確實有金屬樓梯，到二樓就沒有了。不過，仔細看的話會發現，二樓和三樓間的樓梯有兩層。為逃生而設的滑道梯被收了起來。

御手洗兩手插在口袋，來回巡視了一圈，說道：

「一個人都沒有。從這裡，應該可以神不知鬼不覺地偷偷降落到地面。只要不被傑特發現。」

「唔，這個門應該只有傑特會出入吧？」

「沒錯，這裡是大樓後面的小巷子，本來就沒有什麼人，偷偷地從這裡下去，順著那條巷子跑出去，就可以順利逃出公寓啦。」

北邊還有一條小巷子，正對著阿卡曼住的公寓。

「不過，從前面的查普曼大街繞到這裡，還挺花時間的，因為公寓兩邊是不通的，公寓的西邊有兩棟大樓，東邊也有兩戶民宅，不管從右繞還是左繞，都很花時間。」

「沒錯。所以說，御手洗，你得到了什麼結論？」

「阿卡曼公寓的前面和後面，通往兩個截然不同的世界。互相沒有交集。想要偷偷逃出去，只能從後面。」

「啊，可是會被傑特發現。」

就在此時，御手洗陷入了沉思。

「不能一概而論。」他指著金屬製的樓梯說道。

「只要下到那邊，再用繩索垂降到地面就可以了。」

「言之有理。可繩子會留下把柄。」

「先捲好，到下面再把結打開，處理掉就好了。」

「是喔。」

「屍體，也可以用同樣的方法運下去，不過，得選在晚上。」

「嗯嗯，對喔。」

「這就是阿卡曼九月十四號，在自家三樓被殺後卻沒有引發騷動的第二個可能原因。」御手洗說。

「好了，這裡可以了。接下來換補習班的人了。」

6

御手洗和比利來到阿卡曼子彈美術學校預備開張的大樓前，御手洗先把招牌上秀出的電話號碼抄在筆記本裡。接著，他往大廳玄關的方向走去，比利緊跟在後。

這裡的大廳也很寬敞。不過，擺放的兩張長椅是木頭做的，也沒有警衛看守，門牌三樓和四樓的部分，寫著阿卡曼子彈美術學校的名稱。

「來，我們上三樓吧！」

「三樓？為何？」

比利問，御手洗翻了個白眼。

「因為在這裡什麼都不會知道。也看不到史文小姐。」

「你以什麼名義上去？我們又不是警察。」

只見御手洗厚臉皮地笑了笑。繼續往電梯走去。

「比利，假設今天你是子彈美術學校的老闆，你最想要的是什麼？」

「這個嘛，錢吧？」

電梯下到一樓，門很快打開了。

「賓果。那誰會送錢來？」

「學生嗎？」

「沒錯。他們現在正忐忑不安，想說能不能順利招到學生，更何況老闆又被殺了。這時我們要是上門來索取簡介，他肯定舉雙手歡迎。」

比利閉嘴了。話說三樓的歡迎，根本不像御手洗所說的那樣。像是教室的大房間裡有個男的，聽到御手洗說對課程有興趣想要看一下簡介，竟回答說簡介已經沒了，招生也早就截止了，現在不可能有新生加入。

「哎呀，情況不妙。」

御手洗說。

「看來得改變作戰計畫了。」

「名人開的學校，沒有你想的那麼窩囊。」

連比利也偷偷說道。

「我可以打擾一下阿卡曼先生嗎？」御手洗向那個男的問道。

「阿卡曼先生如今誰都不見。你是他的朋友嗎？」

「嗯，那秘書的史文小姐呢？她現在人在何處？」

「蘿拉在四樓的秘書室。」

「謝謝老師。比利，上樓了。」

於是，他又匆匆忙忙地往電梯走去。

「御手洗，你要去見蘿拉・史文嗎？」

「廢話，我就是為了這個才來的。」

「人家已經截止招生了，這次你要用什麼藉口？」

「我見到她後再想。」

「你自己搞定喔，我可不管。」

「沒問題。到時你在旁邊當啞巴就行了。」

聽到這話，比利產生不好的預感，直直地盯著御手洗的眼睛看。

四樓給人的感覺很像走廊，寫著秘書室三個字的門很快就找到了。毫不猶豫地，御手洗敲了敲那扇門。

裡面有了回應。就像傑特所講的，聲音聽起來冷冷的。御手洗開門走了進去。狹小的房間裡，桌子後面，戴著眼鏡的白色臉孔正朝這邊看。頭髮是棕色的。

「嗨，史文小姐，今天是多麼美好的一天，竟然可以見到您！我叫御手洗，一直是阿卡曼先生的頭號粉絲。容我向您介紹，這位是我的朋友比利・西里歐。他不只是阿卡曼先生的粉絲，更是秘書小姐您的粉絲。此刻我的朋友激動到一句話都講不出來。」

「哎呀，不敢當。」

女秘書簡短應道。

「難怪都是你在替他發言。」

「嗯，我其實也很激動。是費了九牛二虎之力，才有辦法說出這番話來。」

「還真看不出來。」

「我可是十幾年的老粉絲了。」

「我當阿卡曼先生的秘書不過也才兩年。」

「啊，那是當然！當您的粉絲只有兩年。我剛說的是當阿卡曼先生的粉絲。」

秘書壓低聲音輕笑道：「ＯＫ，請問您有何貴幹？您也知道，開學前，我可是很忙的。」

「是，我想您肯定忙壞了。」

御手洗說。接著——

「最好能開學啦。」他向比利咬耳朵。

秘書的笑容消失了。

「你什麼意思？」

「我是說怎麼沒看到阿卡曼先生？老闆不在，秘書的工作肯定加重了。」

「阿卡曼先生去旅行了。」

御手洗仔細觀察她的表情。

「去旅行？」

「沒錯。」

「在開學的十天前？」

「他去的是歐洲。如果你有事找他……」

「是，如果有事找他？」

「我可以幫你轉達。」

「這恐怕不好轉達，因為內容有點長。」

「我該下班了。時間有限。還是我請人帶你們參觀？御……」

「我叫御手洗。」

「御手洗先生，請您長話短說。」

「史文小姐，妳說阿卡曼先生，從十四號開始去旅行了？」

此話一出，女秘書的神色顯得有些緊張。

「那有什麼問題嗎？」

「事先完全沒有聯絡身為秘書的妳，等十五號來上班了，才突然告訴妳老闆旅行去了，是這樣嗎？」

「是的。」

「妳覺得他真的是去旅行嗎？」

「御手洗先生，你到底有什麼事？」

「開學十天前突然跑去歐洲，妳不覺得奇怪嗎？」

「御手洗先生，請說你有什麼事。不然，我要叫人來了。」

「知道了啦，史文小姐，可這也是妳的問題喔。在我看來，阿卡曼先生再也不會回來了。到時妳也好、補習班也好，都會陷入非常尷尬的處境。事情沒有那麼好解決，必須小心應付才行。在一切水落石出之前，妳若心裡有底，處理起來也會比較順手。阿卡曼先生的交友情形，還有他十四號的作息，妳可不可以都告訴我？」

秘書默然不語，似乎在觀察兩名學生的樣子。

「告訴你嗎？」

「總比告訴警方好吧？」

「你看起來很年輕，是做什麼的？」

「目前為止，還只是學生。這裡的警察我不認識，不過，舊金山那邊，我曾受警方的邀請協助他們辦案。」

「你大概知道多少？」

「雖然不是什麼了不起的發現，不過，妳不知道的我倒是知道一些。妳要下班了嗎？如果可以的話，我們在阿卡曼先生公寓前的蚯蚓咖啡等妳。如果妳可以陪我們喝一杯咖啡的話，我的朋友會很高興的。」

只見秘書緩緩地搖了搖頭。

「站在我的立場，是不可以把公司內部的事透露給外人知道的。你了解吧？很遺憾，我不能陪你們喝咖啡。」

「喔這樣啊，那真是太遺憾了。」

御手洗擺出一副大失所望的樣子，肩膀往下垂，整個人靠在牆上，嘆了口氣。

「這樣的話，阿卡曼子彈美術學校很快就會經營不下去，欠了一屁股債，離廢校只差一步。警方會以調查命案的名義介入，補習班會被封鎖，一天到晚會有人來問妳問題。不光是三樓還有這裡，連妳家都會被刑警的鞋子踩平，從上到下展開地毯式的搜索。周邊各縣市的媒體也都會殺到，到時這裡將無立足之地，老師也好學生也罷，全都逃之夭夭，妳也得另覓新的職場。」

秘書一雙藍色的眼睛隔著鏡片，凝視著御手洗。

「你到底是誰？」

「我只是學生。」

「這我聽說了，我是問你的學校？」

「哈佛。」

「喔，所以是菁英了。」

「那樣，妳也無所謂嗎？」

「所以，我要是不去蚯蚓咖啡的話，你就要引起那樣的騷動了？」

「怎麼會！我是說早晚會變成那樣。補習班現在是最重要的時刻，我說得沒錯吧？」

「沒錯。所以呢，你可以幫我什麼？」

「全部。」

「全部？全部是指？」

「佛雷德·阿卡曼先生怎麼了？什麼時候、誰、在哪裡對他做了什麼？目的又是什麼？不久的將來這裡會發生什麼事？蘿拉·史文小姐到底該留還是該走？怎樣對妳來說才是最有利的？這些我全部會教妳，告訴妳該怎麼做。」

秘書一句話也沒說，倒是隔壁的比利瞪大眼睛看著御手洗。沉默了半晌後，秘書呵呵地輕笑起來。

「有趣的傢伙，你是從舊金山來的吧？」

「我是在那裡長大的。」

「西岸像你這樣的人好像挺多的？」

御手洗哈哈笑道，兩手一攤。

「誰叫那裡天氣好嘛。」

「你要多少報酬？」

「我嗎？我不要報酬，啊，就給我這位朋友一百塊好了。」

「你說這是宗謀殺案？」

「沒錯。妳應該也心知肚明，就算再怎麼樂觀的老闆，也不會挑這個時候去旅行。對了，是誰告訴妳他去旅行的？」

「這我不能說，事關公司機密。」

「是妳說他去旅行的，怎麼這個就可以說？」

「那個也不能說。這種事我要是輕易就洩漏出去，可是會被開除的。」

「我不是妳的敵人。妳要是不說出來，丟工作是遲早的事。」

「因為補習班會被封鎖？」

「都說了不是馬上。我到底要怎麼做妳才肯說？」

「你要是我你會說嗎？」

「當然。」

「你知道些什麼？」

「幾乎全部吧。不過，我想確認一下背景，把剩下的拼圖全部逗上去。我的目的就只有這樣。」

「你是阿卡曼先生的朋友嗎？」

「不是。」

「那，你是補習班員工的誰嗎？」

「是的。」

「那人叫什麼名字？」

「請允許我也保留一點秘密嘛。」

「不行，你要告訴我那人的名字。」

「蘿拉•史文。」

秘書再度輕笑了起來。

「那我就不能相信你了。你這教知道了幾乎全部？」

「有時旁觀者清呀。」

「那你也太『旁』了吧？」

御手洗被堵得啞口無言。

「我老闆是什麼時候被殺的？」

「九月十四日，下午三點半。」

「在這裡嗎？」

「在隔壁公寓，他自己的房間。」

「何以見得？」

「我到蚯蚓咖啡再說。」

「要說在這裡說。」

「不行。妳別一口就回絕我嘛，先聽聽看我說得對不對。」

「哦？那你說說看。」

「比方說，十四號晚上，妳跟阿卡曼先生在約會。」

「我不會跟他約會，那是雪莉的事。」

「雪莉？雪莉是阿卡曼先生的女朋友？」

「是啊，這不是什麼新聞。雪莉•古德曼，雜誌上經常看到。怎麼，你連這個都不知道？」

「那種事我怎麼會知道，又不是我的專長。所以，才要請妳告訴我呀。」

「八卦雜誌上的小道消息，我倒是可以告訴你，不過，那種事不用問我，全波士頓的家庭主婦都知道。」

「我又不認識家庭主婦。總之，十四號中午以後，妳再也沒看到阿卡曼先生，是吧？」

「是。」

「其他人呢？」

「他們也都沒看到。」

「那妳們沒有報失蹤人口？」

「這我無可奉告。」

「大事不妙了。」

「咦？」

「這不是八卦雜誌最喜歡的材料嗎？佛雷德‧阿卡曼，在自家補習班開課之前，離奇失蹤。據他的小女友古德曼小姐透露，秘書蘿拉嫌疑重大！」

「古德曼小姐已經四十六歲了。」

「啊……」

御手洗一時說不出話來。

「OK，時間到了，我下班後還有事要做。我要不要拜託你幫忙，等古德曼小姐的說法登上八卦雜誌後再說。現在請你們離開。」

「妳會後悔的。」

「誰叫你什麼都不知道，我沒有去蚯蚓咖啡的理由。」

「妳剛剛透露的，也只有阿卡曼先生的女朋友的姓名和年齡而已。哪有人第一次見面就把知道的全告訴對方？」

「你如果告訴我凶手的名字，我就跟你去，否則就謝謝再聯絡。很高興見到你，御手洗先生。」

「妳承認這是宗謀殺案對吧？」

「我沒那麼說。我只說不能否認有那樣的可能性。但並不代表我贊成你的看法。」

「算了，要我告訴妳凶手的名字也可以，不過，我有一個條件。」

御手洗說，比利瞪大眼睛，女秘書的嘴角歪了。

「哎呀，你有立場跟我談條件嗎？」

「我可以挽救補習班。」御手洗說道。

「OK，你先說說看，要多少？」

「喝完咖啡後，我想要妳陪我們一起進去阿卡曼先生的屋子。那裡和這裡不同，有一個叫傑特的大個兒在一樓顧著。沒有妳的話我們進不去。」

「就這樣？」

「咖啡錢也讓妳出好了，反正妳可以報公帳。」

「OK，沒問題。說吧，是誰？」

「這個人是個日本人。」

此話一出，女秘書臉上的笑容瞬間消失了。取而代之的是不安，甚至是驚恐的表情。

「他的名字，應該是中尾什麼的吧。」

當時蘿拉•史文的臉可精采了。她的嘴半開，整整十秒的時間，全身僵住，動也不動。接著，她壓低聲音，好不容易吐出這幾個字來：

「蚯蚓咖啡是嗎？」

「是的。我在那裡等妳。好了，比利，可以走了。」

只見比利也像個木頭人似的，僵在那邊。

7

「御手洗，我長這麼大，沒見過像你這麼會吹牛的人！」

兩人端著咖啡來到蚯蚓咖啡的窗邊坐下。一坐下來，比利馬上大聲嚷嚷著。白皙的臉因為激動而泛紅。

「你的演技不輸好萊塢的明星，你們日本人都這樣嗎？」

「什麼意思？」

「你自己說的，說截至剛才為止，你對這起案件的了解，僅止於佛雷德·阿卡曼替波士頓時報畫的社會諷刺漫畫。」

「是啊，那個你也知道不是嗎？」

「可我就只知道那個！怎麼又會扯出中尾什麼的?!他到底是誰？難道你連補習班裡面的人都認識？」

「比利，那是推理的結果。剛剛是你在噴水池前告訴我有關這起事件的報導，在那之前，我什麼都不知道。我知道的，只有阿卡曼在報紙上畫的漫畫。他住在哪裡，擅長射擊，住家附近就要開新補習班的事，這些我一概不知。」

「真的是那樣嗎？你該不會又在糊弄我吧？」

「你別破壞我的名譽。還有什麼叫『又在』？我何時糊弄過你了？」

「靠推理，就可以知道犯人是誰嗎？」

「當然，要不還有什麼方法？」

「只有推理嗎？明明你知道的跟我一樣。」

「啊，這樣說有點不對。」

「哪裡不對？」

「我知道的比你少。」

比利沉默了幾秒，瞪著御手洗。

「光憑那一點材料，是不可能知道犯人是誰的！你別開玩笑了！」

「比利，是你不瞭解推理這東西的威力。百分之百冷靜的邏輯思考，可以凌駕一切。我發誓我什麼都不知道。秘書的名字、全波士頓婦女都知道的他的女友的名字，我壓根就不知道。你剛剛不也看到了嗎？」

「可至少你知道犯人的名字，所以你才會自信滿滿地說這是起凶殺案，對吧？」

「是那樣沒錯。所以我才說不想跟你賭那一百塊啊。」

「你確定這是起凶殺案？」

「我有信心。不過，蘿拉半信半疑。恐怕補習班的員工、雪莉・古德曼，也都半信半疑。會同意我看法的人就只有凶手。如果無法舉證，案件就不存在。所謂的刑事案件，就是那麼回事。」

「那你要怎麼舉證？靠兇手的告白？」

「那種東西，一點用都沒有。」

「那要靠什麼？」

「阿卡曼的屍體。」

「所以，你是為了要找出它，所以才要進入阿卡曼的房子？」

「誰教我不是警察，比利，這是你和我的遊戲。當然，也順便伸張正義。不過，一旦無法證明它是命案，遊戲也將結束。」

「你會跟我要一百塊嗎？」

「就剛剛我們去逃生梯調查的結果看來，會在屋裡找到阿卡曼屍體的機率非常低。那種設計，連我都可以把屍體運下去。然後，再往波士頓灣一丟。那棟公寓的隱密性，沒有傑特想得那麼高。所以呢，我要跟你收一百塊恐怕有所困難。反正我會負責把遊戲玩到最後，最好還不用跟犯人碰面。至於雪莉還是蘿拉會怎樣，就交給八卦雜誌去傷腦筋了。噓，蘿拉來了。」

蘿拉把白色皮包夾在腋下，快速地走了進來。皮包上印有細緻的鱷魚皮壓紋，她身穿長百褶裙，肩上披著羊毛衫。

「等很久了嗎？紳士們。」她問，順手把包包往他倆隔壁的椅子上一放。「咦，你們已經點了咖啡了？」她說道，接著便往櫃台買自己的咖啡。

「史文小姐，我想了解阿卡曼先生的性格。他是容易樹敵的人嗎？」

不等蘿拉坐下來，御手洗已開口問道。

「接下來我要講的事，你保證不會向其他人透露？」

「我掛一百個保證，史文小姐。」

「我現在可是有違秘書職守，你懂嗎？必須要比警方早一步清楚案情，而且只告訴我一人的條件下，我才能告訴你。」

「怎樣的條件我都接受，妳並非有違職守。妳現在做的是妳當秘書以來最、最重要的工作。」

「他不是那種為了避免樹敵而小心謹慎的人。」

「不過，我想你要問的是他跟誰結了怨？有誰會殺他吧？」

蘿拉斬釘截鐵地說道，啜了口咖啡。

御手洗點點頭說：「沒錯。」

「我想應該沒有，包括中尾在內。雖然我聽到那個名字很驚訝，可應該不至於吧？」

「請妳告訴我阿卡曼先生跟人交往的情形。」

「跟人交往的情形，哪一方面的？」

「比方說，從妳最清楚的那方面開始說起。」

「我最清楚的方面？」

「當然是異性關係囉，他有過幾段婚姻？」

蘿拉一聽似乎有點生氣，不過，接著她調整心情後說道：

「他的第一任妻子就叫做凱西・中尾。聽說在一起四年就分手了。第二任妻子名叫梅蘭妮・蘿培茲，這段婚姻則維持了七年。兩段婚姻都有孩子，跟凱西生的是兒子，跟梅蘭妮生的則是女兒，分別取名為克里斯多福和史黛芬妮。我想阿卡曼先生一直都有付贍養費照顧他們。」

「這也是全波士頓主婦都知道的事？」

「應該是整個東岸吧？人家可是名人。阿卡曼先生是個非常有責任感的人，覺得對孩子有責任，甚至費心幫他們找工作。克里斯多福今年應該有三十了，可史黛芬妮也不過才十六。所以後來他幫克里斯多福在阿卡曼子彈美術學校，安插了一個班主任的位子。」

「班主任？」

「本來想讓他當老師，擔任更重要的職位的，可克里斯多福不具備那樣的資格。說到畫畫的才能，他完全沒有，連大學都沒上過。聽說他不喜歡讀書，年輕時還曾經混過。臨時代課什麼的，應該還可以應付吧？可我也不知道他要教什麼。」

「克里斯多福跟妳熟嗎？」

「不只跟我，他跟阿卡曼先生也很熟。他們父子的關係很好。至少我是這麼認為的。可阿卡曼先生並不欣賞這個兒子，嫌他好吃懶做。因為是自己的兒子，所以才關照他。」

「那他母親凱西呢？」

「聽說最近因為癌症去世了。是乳癌。」

「那克里斯多福有很悲傷嗎？」

「看起來還好。」

「史黛芬妮呢？」

「聽阿卡曼先生說，送她去英國讀高中。她母親也跟著去了。」

「是喔，那目前誰跟阿卡曼先生最親？」

「雪莉•古德曼。」

「她是怎樣的人？我是說她的性格。」

「如有需要的話，你可以親自去拜訪她，我實在不想講。年輕時她住在紐約，本來是舞者，後來成了演員，就是這樣的人，你大概了解了吧？」

「她和妳的關係呢？」

「和我嗎？呵呵，就像美國和蘇聯吧？本來就沒有什麼交情，不過也沒有打起來就是了。」

「很耐人尋味喔，史文小姐。那她跟阿卡曼先生呢？」

「我唯一確定的一點，雪莉絕對不會殺阿卡曼先生。太划不來了，他們就要結婚了。」

「那繼古德曼女士之後，誰跟他最親？是妳嗎？」

「這我可不敢當，是經紀人羅賓・庫克。他倆是二十年的老朋友。不過，阿卡曼先生已經開始疏遠他了。他本來就有點奸詐，隨著年紀愈大，越像隻老狐狸。嘴巴甜、身段軟，背後卻會算計你。所以這次阿卡曼先生開補習班就沒有找他。」

「庫克先生的反應是？」

「他當然不肯囉，照樣頻繁進出補習班。照他的說法，那樣他才可以管理阿卡曼先生的作品。那可是很大的好處。」

「哦？所以說，他最想要阿卡曼先生死掉，是這樣嗎？」

「講白一點是。除非阿卡曼先生在生前就跟別人簽下合約，否則他盡可以從中撈到好處。」

「也就是說，他現在可以大撈特撈了？」

「沒錯。」

「阿卡曼先生生前，可有考慮要跟其他人簽約？」

「有的。」

「跟誰？」

「這我不能告訴你。」

「阿卡曼先生打算自己做補習班的校長嗎？」

「沒有，他打算推別人當校長。他自己的工作都忙不完了。」

「也對，因為還有結婚這件大事要辦。那校長是誰？」

「他說會在十五號的茶會上公佈。」

「茶會？」

「嗯，他決定仿效波士頓茶葉事件的精神，在自家客廳舉辦茶會。他還說，到時會有精采的拖船表演。所以，我們大家沒有人知道校長是誰。」

「在茶會上拖船？那是什麼東東？」

御手洗問，蘿拉瞪大雙眼，將手一攤。

「我哪知。茶會前一天，導演就失蹤了。」

「他經常那樣嗎？」

「你是說失蹤嗎？」

「不，我是說他經常講出莫名其妙的話嗎？」

「偶爾吧。因為他喜歡讓人驚喜，他就是那樣的人。」

「在自家的客廳……」

「那個他早就計畫好了。因為補習班很窄，所以在規模擴大之前，自家客廳就暫時充作教職員的休息室。他是這麼說的。因此我們經常往他家跑。一個人的話我不會想去，可一大票人就不一樣了。你肯定也想進去看看。有吧檯，吧檯裡面擺了紅酒、各式酒精飲料和咖啡。高腳椅、沙發，一應俱全。待在裡面可舒服了。那麼放鬆的地方，補習班裡可沒有。」

「那他家的鑰匙呢？」

「學校的幹部每個人都有一副。」

「妳也有？」

「我當然也有。」

「中尾也有？」

「肯定有。」

「所以十五日會在那裡舉辦茶會，並當場公佈校長是誰，對吧？」

「嗯。不過，已經沒有機會知道了。若真如你所言，他已經死掉了，校長先生的名字也跟著上天堂了。」

「所以拖船表演是為了炒熱氣氛？」

「應該是吧。」

「阿卡曼先生家的客廳有船嗎？」

蘿拉笑道：「沒有，怎麼可能。」

「船的模型呢？」

蘿拉緩緩地搖了搖頭。

「也沒有。」

「他喜歡船嗎？」

「這我沒聽他說過。」

「他祖先是坐船過來的？」

「應該不是吧。」

「那他沒事幹嘛搞什麼拖船表演？連妳都猜不出嗎？」

「猜不出！」蘿拉回答得十分爽快。

「那有誰猜得出？我是說學校的幹部。」

「沒有。大家討論過無數遍了。沒有人知道他葫蘆裡賣什麼藥。」

御手洗沉默了，稍微想了一下。

「比利，你可以說話了。」

「喔。」比利終於出聲了。

「波士頓茶葉事件，你知道嗎？」

「嗯，那個高中入學考時考過。當美國還是殖民地的時候，英國為了挽救東印度公司的財政危機，不斷提高茶葉的稅金，於是想要爭取自主權的美國人，喬裝成印第安人，潛入停在波士頓灣的英國商船，把價值不菲的茶葉全部倒入海中。這起事件後來成為引發美國獨立革命的直接導火線。」

「對了，那個時候，肯定是大家一起用繩索把船拉到了岸邊。阿卡曼先生應該是從這段歷史得來的靈感吧？」

「從三樓的房間把船拉上來嗎？」

「因為海在二哩外。」比利應道。

「史文小姐，阿卡曼先生若死了，克里斯多福可以得到多少好處？」

「什麼都沒有。我剛說了，其實我們私底下也都在猜阿卡曼先生可能出事了。如果他被殺了，凶手肯定是羅賓，這是幹部們一致的意見。羅賓是最大的受益者。」

「哦？那你們一致認為他會指名誰當校長？該不會是妳吧？」

蘿拉誇張地聳了聳肩。

「哈，最好是啦。」

她說這話的感覺不像是在開玩笑。

「不過，他如果那樣做的話，可能現在還活著。因為我就沒有理由殺他了。」

「呀，妳的頭腦真好。」比利佩服地說道。

「不過，很可惜他沒有點我當校長。他要點也會點湯瑪斯・葛瑞。他最得意的左右手。湯瑪斯原本是律師，頭腦好，人面廣，做事幹練有魅力，對經營也很有一套。之前在職場遇到了點問題，是阿卡曼先生幫助了他。他跟阿卡曼先生是同窗校友。大家都認為校長應該是他。」

「原來如此，背景我大致清楚了。我們不是警察，不需要作筆錄。所以這樣就可以了，史文小姐。接下來，我們是不是該朝阿卡曼先生的公寓出發了？」

聽到御手洗這麼說，蘿拉面有難色。

「要去鬼屋喔。」

「妳說什麼？」

「那裡陰氣很重。能不去最好不去，除非你堅持。」

「我很堅持，史文小姐。」

「那你答應我的事呢？」

「那個等進到屋子再講。」御手洗說。

8

「嗨，傑特，我們終於進來了。」

進入一樓大廳，一邊往電梯走去，御手洗一邊向見過兩次面的警衛打招呼。傑特也稍稍舉起右手回應他。

「傑特，有個問題要請教你。上禮拜十四號下午三點半到四點左右，克里斯多福・中尾是否曾一個人坐電梯下來？」

警衛想了一下。

「進出阿卡曼先生家的人實在太多了，我沒辦法保證。不過，印象中應該是有。每天都有人進進出出的，尤其是中午過後。」

「你跟中尾先生的關係好嗎？」

「何止中尾先生，我跟大家的關係都很好。」

「傑特，那假設中尾先生十四號下午三點半到四點左右，確實搭這部電梯下了樓，可以嗎？」

「可以啊。」

「那在他之後，有誰上去過三樓嗎？又有誰下來過？」

「你說補習班的人嗎？」

「沒錯，補習班的人。」

「應該沒有吧？」傑特說。

「是啊，應該沒有，御手洗。」連蘿拉也這麼說。

「怎麼說？」

「因為我們被規定，下午四點過後就不能再進去了。如果是在裡面加班也就算了，可要是去休息的話，規定只到下午四點為止。四點過後，是阿卡曼私人的會客時間。」

「這樣啊，所以那十二發子彈都是在四點前打的。傑特，當時你有聽到槍聲嗎？」

「沒。」警衛搖了搖頭。

「ＯＫ，謝啦。」

接著御手洗按下電梯旁的按鈕。

門的上方有個像壁鐘的骨董，上面的指針指著１，哐噹一聲後，電梯門打開了。電梯內貼著很漂亮的木皮，可照明卻很昏暗。馬達的聲音從地板底下傳了上來，讓人不禁產生通往地獄的聯想。

「這可是屍體搜查之旅欸，好歹也放點活潑的音樂來聽聽嘛。」比利說。

「很舊的骨董了。」御手洗說。

「就是說啊。」蘿拉附和道。

一路不停地抖動，伴隨著誇張的噪音，電梯終於來到了三樓。本來眾人還以為要坐到天荒地老呢。

走出電梯，大家都覺得冷颼颼的，明明現在是九月天。電梯門外的空間頗為詭異。地上沒有鋪地毯，清一色的磨石子磚。牆壁釘著木板，看得出經常有人去擦拭它，透著光澤，可四周卻很昏暗。壁上是有蠟燭造型的照明燈啦，可偏偏光線又黃又小，不僅如此，沒有走廊，也沒有開窗。從電梯出來的地板幾乎是正方形的。

御手洗出聲喊道：「比利，沒開窗耶！」

「是啊。」早就知道的蘿拉冷靜回應道。

「而且，也沒有走廊。」

「嗯，這不是走廊。這棟公寓，在住家外面是沒有走廊的。」

感覺很有壓迫感。

「那，這一樓的窗戶呢？」

「窗戶啊，在自己家裡面。查普曼街那邊的和胡拉街那邊的，各有各的窗戶。走廊也都在各自的家中，這裡沒有。這裡只是兩家大門前的一塊空地而已。」

說著蘿拉往阿卡曼家的大門走去。那樣的門有兩個，三樓總共住了兩戶。

「可以等一下嗎？蘿拉。妳說查普曼街那邊和胡拉街那邊，意思是這樓的兩戶人家，一戶臨查普曼街，一戶臨胡拉街？也就是說，一戶在北，一戶在南，不是分東西兩戶？」

「對啊，就這邊和這邊。」

蘿拉用兩隻手一比。

「所以，這棟公寓的三樓，臨查普曼街的窗戶，全是阿卡曼先生家的窗戶？」

「沒錯，然後臨胡拉街的全是葛里芬家的。」

「呀，比利，真不敢相信！這樣一來，會拿槍射擊拖車廠招牌的人就只有阿卡曼先生了，不過，我們得從頭來過。蘿拉，這棟公寓從一樓到五樓都是那樣的格局嗎？」

「沒錯。」

「這就奇怪了，蘿拉，萬一發生火災，靠查普曼街那邊的人，要如何使用逃生梯呢？」

「他必須借道隔壁人家。」

「半夜也是嗎？不會吧。怎麼有人那樣蓋房子的？也太危險了吧？」

「你跟我說沒用。這可是品味不凡的建築師特地設計的。」

「我真是敗給那傢伙了，比利，這樣的話，傑特說得就沒錯了。十四號以後，除非是把裝了屍體的箱子從三樓送到一樓大廳，否則，幾乎沒有其他方法可以避開警衛，把屍體弄出去。公寓的西邊，靠美術補習班那邊是沒有窗戶的。如果從東邊下來的話，會直接跳進隔壁人家的院子裡。想要使用逃生梯的話，得叫醒對面的葛里芬先生，從他家裡面通過。所以從窗戶拉繩索下來的說法，根本就不可能！查普曼街可是條熱鬧的大街。總不能把人群驅散，說：不好意思各位，讓一讓，我現在要把屍體放下去了！」

講完後，御手洗竟哈哈大笑了起來。

「所以呢，御手洗你怎麼想？」

「這個案子比我想像的要複雜許多。附有拖船表演的茶會？簡直莫名其妙！」

「連你也看不懂嗎？」

「看得懂才怪！不過，這些事實告訴我一件事。那就是阿卡曼先生的屍體，恐怕還在這屋子裡，那是唯一的結論。來吧，各位，我們進去囉！」

御手洗說。蘿拉把鑰匙插進去，然後一轉。門很厚，看起來很重的樣子。一推，馬上發出吱嘎嘎的聲音。

門後面還是有點昏暗。是窗簾拉上的關係嗎？還是外面太陽就快下山了？

「這裡是沙發，我們的臨時休息室。不過我很少來就是了。」

蘿拉一邊說，一邊按下牆壁上的電燈開關。結果，有點昏暗的室內馬上亮了起來，歐洲貴族風格的寬廣客廳呈現在眼前。拼貼的木地板、挑高的天花板，上方垂掛著中型吊燈，整面牆是白色的，裝飾著金邊。

從大門口往裡面看，除了左邊的牆壁以外，每面牆的前面都擺了大型沙發。右手邊的窗子再往右，離大門比較近的角落，有一座用原木打造的吧檯，旁邊放了四、五張高腳椅。後面的架子上，擺了一整排看起來很貴的白蘭地和威士忌，吧檯旁邊有音響、放唱片的櫃子，前面則有洛可可風的餐桌附上六張餐椅。看起來很舒服的一個客廳，不過那是在白天，到了晚上說不定會覺得很恐怖。

「聽說這棟公寓，南北戰爭時代的沙頓還是柯頓將軍曾經住過。他死後陰魂不散，到半夜還會出來走動。所以，我一直不太愛來。」

「十四號以後呢？」

吧。」

「好，現在大家開始搜索屍體。已經案發五天了，屍體肯定發臭了。我們先從浴室開始找起

「嗯，當然。」

「其他人呢，十四號後還是照來？」

「我沒來過，這是第一次。」

比利說，御手洗回說在舊金山的時候做多了。

「御手洗，你好像很熟練哦？」

御手洗說，蘿拉的臉皺了起來。

「童子軍是嗎？」

蘿拉首先推開客廳牆面的某一道門，讓他們進去。

「這是客用浴室。」

可這間浴室一點異狀都沒有，裡面的浴缸是乾的，淋浴的設備也很正常，眼前的馬桶也好、隔開浴缸的浴簾也好，都透著清潔劑的味道，乾淨得很。御手洗踩進浴缸裡，把附近的牆壁全都敲了敲。

「除了這間，還有一間是阿卡曼先生專用的浴室，要看嗎？」

「當然要看。」

那間浴室要從別的門進去，進去後是一條走道，它就位在走道的盡頭。右邊則是分別通往書房、客房的門。不過，在主人用的浴室裡，御手洗還是沒有發現任何異常。

於是他回過頭，往書房兼工作室、寢室還有廚房查看。這些地方，御手洗每個角落都仔細觀察，他甚至趴在地上聞地毯的味道，依然沒有任何發現。這樣的搜查御手洗大概持續了一個小時

以上吧，卻毫無所獲。

這個時候，原本已經被御手洗說服的比利，在看了這一片祥和的景象後，忍不住又質疑起他來。

「啥都沒有，御手洗，這裡真的有命案嗎？別說屍體了，連一滴血都看不到。他不會真的只是去旅行吧？」

「不可能。」

御手洗立刻自信滿滿地應道。

「咦，這是什麼？」

那是面對走道的大型置物間。御手洗打開門往裡面窺探。置物間像是間小間的傭人房，前方地板上掃除工具一應俱全。室內的三面牆全釘了棚架，上面擺了油漆罐、電線、備用燈泡、壁紙、亮光漆、磨地板的砂紙，還有水桶、各式工具和繩索等，其中夾雜著抹牆用的刮刀。地上則隨意擺了幾個大紙袋，裡面裝了抹牆用的泥土。

「原來如此，是那麼回事。」御手洗自言自語道。

「我大致懂了。走，我們回客廳吧。」

回到客廳，御手洗馬上走向面對窗戶的那道牆，仔細地檢查。不但食指撫過牆壁的每一吋，還把鼻子湊上去猛嗅，接著更把椅子搬過來墊腳。

「福爾摩斯，要借你放大鏡嗎？」

「好啊，拜託了。」

御手洗說，認真地看著下方友人的臉。結果對方竟毫無反應，害他忍不住咂了個舌。

「去，這一點都不好笑！我現在是真的很需要那樣東西，如果你沒有，就不要來亂。」

說完，他繼續來回撫摸著牆壁，連牆壁和天花板的接縫處都不放過。接著他又跳下椅子，這回是整個人趴在地上，觀察牆壁和地板的接縫處。蘿拉和比利面面相覷。

「你的朋友，不太正常呢。」

「我沒想到他會這麼誇張。」比利也說出自己的感想。

「咦，這裡有個拉環欸。是幹嘛用的？」

離地板幾吋的牆上釘了個小拉環，御手洗把它捏起來把玩，說道：

「原來如此，這就是拖船啊。」

接著，他站起身來，用力拍了拍褲子和衣服上的灰塵。

「你經常幹那種事嗎？你媽肯定很辛苦。」蘿拉說。

「才不會呢，蘿拉，這地板乾淨得很。有人特地打掃過了。」

「哦，是誰呢？」

「犯人呀。」

御手洗笑道，接著他穿過客廳，走到窗戶旁邊。其他兩人繼續閉上嘴巴。到了這裡，御手洗整個人又趴在地上。他在窗簾下面，從左邊爬到右邊，說道：

「真的沒有彈殼嗎？」

接著他爬向左手邊的牆角，拉動繩子，把窗簾拉開。頓時，四扇窗戶緩緩地現身了。

「比利和蘿拉，你們兩個最好都不要碰那窗簾和窗框，我已經找到答案了。如果把它們送去化驗的話，肯定能驗出大量的火藥成分。說不定，還有血跡反應呢。咦，下雨了嗎？波士頓的天氣還真是多變！」

只見他把兩手插在口袋裡，站在窗前，看著黃昏時下著雨的查普曼大街。雨把往來車輛的車頂打溼了，連薩卡歐拖車廠的房子也溼了。

「薩卡歐拖車廠就在眼前。他應該是從這裡把子彈打出去的。如果槍法不錯的話，是可以從這扇窗打到那邊的字。蘿拉，阿卡曼先生很喜歡射擊吧？」

「是啊。他常說跟漫畫比起來，這個他更有自信。」

「嗯，這樣就對了。一切果然如我所料。比利，你也看到了，書房的地毯上一點血跡都沒有。由此我們可以判斷，至少書房不會是現場。因為地毯沾了血就擦不掉了。至於廚房、浴室的可能性都很低。書房書桌的抽屜裡面放了一把手槍，裡面裝有子彈。所以應該不是那把。蘿拉，客廳這裡，阿卡曼先生會不會也放了手槍？」

「他是有說過。可我不知道他放在哪裡。」

「八成在這吧檯的下面，或是餐桌的抽屜裡面吧？用布包著，隱密地藏在抽屜的角落。以備不時之需。」

「以備不時之需？」蘿拉問。

「沒錯，像這次這樣。不過，還是沒有派上用場。應該是太突然了。阿卡曼先生和兒子克里斯多福・中尾在這裡談判。時間是十四號的下午四點以前。做兒子的以為，母親的死父親多少要負點責任。因為乳癌早期發現就能早期治療，這樣母親就不會死了。只因生活拮据，害她沒有錢去醫院，這才喪了命。還有父親竟然不把補習班交給他。這些新仇舊恨加在一起，讓做兒子的認為父親是個不負責任的父親，對他心生不滿。衝動之下，他殺了父親。事發突然，所以連對射擊很有自信的阿卡曼先生都來不及防備。」

依照往例，御手洗說得好像他親眼所見似的。

「我想那支手槍應該有裝消音器。所以，誰都沒有聽到任何聲音。太晚出去的話可能會引人起疑，所以做兒子的立刻閃人。好讓一樓的警衛認為他已經回家了。」

「回家？就把屍體擺著？」

蘿拉吃驚地說道。

「沒錯。下午四點以後，已經沒有人會進出這裡。所以他選在四點以前犯案。問題是雪莉・古德曼，做兒子的應該……」

「那天她人在紐約。」

蘿拉說道，御手洗露出滿意的表情。

「這就對了。所以，沒有人會再進到這間屋子。直到明天早上。所以他暫時離開，跟一樓的警衛打個照面後，回家。可壞就壞在阿卡曼先生並沒有死絕。他用盡最後一口力氣，拿出抽屜裡的S&W手槍，爬到窗戶旁邊，朝對面薩卡歐拖車廠的招牌射擊。」

「什麼跟什麼啊？！」

「他幹嘛要那樣做？！」

蘿拉和比利同時發出類似吶喊的聲音問道。

「那個什麼就是我們找來這裡的理由，蘿拉。至於比利，你的問題我待會兒再跟你解釋，不過，你可不可以先看看這客廳，有電話沒有？沒有。阿卡曼先生可是一直打，把彈匣裡的子彈都打完了。無奈往來車輛的聲音實在是太大了，儘管是大白天，還是沒有人發現有任何的異狀。連隔壁的葛里芬先生都像死人一樣……」

「他們是一對老夫妻。」蘿拉補充道。

「所以他們也是什麼都沒聽到，自然沒有打電話幫他報警。於是，做兒子的趁著深夜一樓的警衛在打瞌睡的時候，偷偷地溜回這裡。手裡還提了個大旅行袋。」

「大旅行袋？為什麼？」

「因為要裝抹牆的壁土。」

「壁土？！」兩人異口同聲。

「嗯，屍體最難處理了。地板的血跡可以擦掉，屍體卻藏不住。如果有幾個禮拜的時間可以考慮的話，自然想得出方法，可只有一個晚上就不能有半點的猶豫。加上一樓的警衛又是二十四小時的。雖說深夜他們可能會小睡片刻，可也不保證一定會睡。這樣就得冒著被他們撞見的風險。隔天早上一到，補習班的員工就會過來休息。所以，克里斯多福・中尾必須在那之前，盡快把屍體處理掉。」

「也就是說？」比利問。

「那堵牆裡面。」御手洗說。

「啥？」

比利驚叫，蘿拉的臉整個扭曲。

「做兒子的把父親的屍體，封在了那堵牆裡面。」

蘿拉和比利，這一男一女嘴巴張得大大的，半天說不出話來。雨越下越大，連在室內都聽得一清二楚。窗外整個暗了下來，客廳裡點著昏黃的燈光。

「那堵牆是新的。而且只有它的牆面沒有裝飾金邊。比利，你湊近一點看，就知道它是新抹的。還透著新鮮壁土的味道。然後，在走道的置物間裡，有壁土和抹刀。抹刀上的壁土也是新的。還有，只有面對窗戶的這堵牆，前面沒擺沙發。我在想，他肯定是把左下角的牆壁敲掉，把阿卡曼先生塞進去後，再在上面抹上壁土。所以只有那一塊的顏色，稍微有點不同。」

雨下得更大了。聲音也越來越大。

「雨變大了。這可能是暴風雨喔，我們得趕快回家去。遊戲已經結束了，比利，不好意思我贏了。不過，我沒打算證明它，所以你的一百塊是安全的。我只是想確定自己剛剛的推理是正確的，這樣就夠了。走，回家吧！」

「等一下，御手洗，你夠了我還沒夠。那是真的嗎？那，我要怎麼辦？」

「妳？」御手洗想也不想地反問道。

「對啊。剛剛是你說要告訴我該怎麼做才會最有利的，你說你會教我。」

「我說了嗎？比利？」

「你是說了。」

連比利都幫蘿拉說話。

「ＯＫ，蘿拉，身為阿卡曼先生的秘書，妳希望親自把犯人扭送警局嗎？」

「我不希望。如果真像你所說的，其實他也滿可憐的。我希望他可以去自首，接受司法的審判。」

「那，這樣好了。妳從今晚開始去住飯店，然後從飯店打電話給克里斯多福・中尾，告訴他說，妳已經全都知道了。雖然妳還沒有跟任何人講，不過，阿卡曼先生就在客廳的牆壁裡面。」

此話一出，蘿拉大聲哀嚎。

「那種事怎麼講！萬一他想說我是唯一知道秘密的人，想要殺我滅口怎麼辦？」

「所以我才要妳去住飯店呀，蘿拉。在電話裡，沒必要跟他說妳住在哪裡。」

御手洗一本正經地說道。

「不要，好恐怖。」

「蘿拉，那是秘書的工作。妳的老闆被殺了。命案的處理很麻煩的。人家可是賭上了性命，我犯不著也賭上性命吧？」

「不行，你得教我別的方法。」

御手洗嘆了口氣，哀怨地盯著外面的雨看。就在這時，打雷了。

「哎呀呀，竟然打雷了。今天肯定要當落湯雞了。ＯＫ，那妳就這樣說好了。剛剛我去了阿卡曼先生的家，竟然看到阿卡曼先生的鬼魂從牆壁裡跑出來，他拿了鑿子在牆上雕刻你的肖像。還對我說，我不怪自己的兒子，不過請他一定要去自首。請你幫我轉告他。這樣一來，他肯定會去自首的。該走了，比利。」

「等一下啦。那樣還是不行。」

「那妳發電報好了。發信人寫，對了……就寫凱西‧中尾好了。」

「等等，我還不是很懂，你說清楚再走。」

「妳不是急著回家嗎？史文小姐。我叫比利拿一張名片給妳，喂，比利，趕快拿出來！等事件結束我們再見面。萬一有什麼急事，請打上面的電話找我。」

說罷，御手洗匆匆地離開阿卡曼家的陰森客廳。

9

不過，事情並沒有御手洗想的那麼順利。這樣說好像也不對。這件事確實還有令人料想不到的後續發展，不過，就說了也沒有人相信、超乎常理的這部分而言，御手洗還真是猜得神準。波士頓拖車廠遭槍擊事件，有別於表面的平凡無奇，背地裡竟隱藏著驚人的要素。

話說我正在傷腦筋，不知該怎麼描寫後續的發展和最後的結局——這樣吧，就以波士頓消防署的年輕隊員向警方還有媒體供稱的說詞為主，把故事交代清楚好了。這名隊員名叫藍迪·格拉頓。所以，接下來我將透過他的眼光，把十九號晚上到二十號黎明發生的事講出來。

十九號晚上開始，整個波士頓，果然如御手洗向蘿拉·史文還有比利·西里歐所預告的，下起了雷聲大作的暴雨。不久風也開始吹了，整個城市就像被颱風掃過一般。路上行人不見了，計程車也不出來跑了，車子的數量大減。於是，平常就像是間巨大鬼屋的阿卡曼家的公寓，到了半夜就更像是墳場一座。在三樓聽著打在地上的驟雨聲，還有好像從很遠的地方傳來的雷鳴聲，更感覺磚造的公寓像是默默承受風雨摧殘的巨大墓碑。外面每當閃電一閃，像是納骨堂的電梯間，其牆壁上的照明就像建築的呼吸一般，慢慢地轉暗，然後又慢慢地變亮。

深夜零點時分，從三樓的葛里芬家傳出嗶嗶剝剝好像什麼在燒的聲音。緊接著門底下開始冒出白煙。瞬間火災警報系統啟動了。聽到尖銳警鈴聲的警衛馬上跑到三樓，用力不停地拍打葛里芬家的門。然而，沒有回應，煙持續竄了出來，大門似乎是深鎖的，於是警衛又跑回一樓，打電話聯絡消防署。

由於警衛說明得當，所以波士頓消防署的雲梯車和救護車，毫不遲疑地，馬上在胡拉街（不是查普曼街）這邊擺好了陣勢。到這裡為止，離警報系統啟動也不過才五分鐘的時間。扛著重裝備的消防隊員，有幾位馬上爬上公寓外的逃生梯，剩下的一隊則使用電梯，來到玄關前的空間。那個時候已經到處都是濃煙，他們同樣一邊大喊，一邊狂拍葛里芬家的門，在無人回應的情況下，他們宣佈要破門而入。

頓時，身體撞門的聲音，斧頭劈開堅固木門的聲音響起，蓋過了深夜的大雨聲。這個時候，一名叫藍迪·格拉頓的消防隊員並沒有參與這項工作，他暫時離開葛里芬家，跑去敲阿卡曼家的門。他對著阿卡曼家大喊：開門！卻無人回應，考慮到再這樣下去連隔壁也會有危險，於是他宣佈道：我要破門進去了喔。於是，這邊的門同樣也難逃被斧頭劈開的命運，加上葛里芬家那邊隊友的和他自己的吆喝聲，三樓這下可熱鬧了。

不久，阿卡曼家的門被劈開了，藍迪獨自進入屋內。裡面鴉雀無聲，其中一扇窗戶似乎沒有關緊，中間有點拉開的窗簾被夾著雨的風吹得微微擺動。順著玻璃窗流下的雨，讓不知哪來的慘白燈光一照，在拼貼木地板上印下斑駁的影子。

可整個空間裡最妙的地方，在於屁股坐在地板上、背靠著沙發的奇怪人影。他一動也不動，門外都快要吵翻天了，他卻一副沒事人的模樣。藍迪忍不住用喊的跟他說話。此刻他的心情對照這寂靜的空間，真是有天壤之別啊。

「這裡很危險。葛里芬家發生火災了。那對老夫婦好像出事了。趁現在電梯還可以用，您趕快往一樓逃生！」

藍迪的聲音在宛如墳場的空間裡迴盪著，可人影還是一動也不動。藍迪嚇了一跳，慢慢地走向他。看得出來那是個男的，可接下來讓他感到奇怪的是他的服裝。一開始他以為他全身都是白的，可好像並非如此。褲子應該是黑的。也就是說，褲子原本是黑布，卻因為沾了白粉的緣故看起來像是白的。

不只是褲子。連他的襯衫、鞋子，還有臉都是。臉啦頭髮啦、雙手啦脖子啦，就好像在白粉裡泡過一般，全身雪白。順著他伸直的腿看去，靠近腳尖的地板上，放著鑿子和鐵鍬等工具。附近，剛被敲下來的壁土堆得像座小山。

於是，藍迪把客廳的四面牆巡了一遍，發現左邊牆壁的下方，開了一個大洞。雖然他不知道這個洞是幹嘛用的，不過，很明顯地，就是這個地方的牆被敲了下來。除了這個大洞以外，其他壁面都是很正常的白色。

「Hello，Sir，你怎麼了？身體不舒服嗎？」

就在藍迪想要再靠近他的時候，隔壁突然發出爆炸聲，激烈到連地板都在晃動。他連忙往外面跑去。

「我馬上回來，你先逃生！」他不忘回過頭向後面喊道。

藍迪飛奔而至，發現葛里芬家已是一片火海。火勢十分猛烈，隊友正用擔架抬著老人，從逃生梯把他垂降下去。雲梯雖然升到了三樓，位置卻沒有擺好。

「瓦斯爆炸了！」

名叫狄克、手拿滅火器猛噴的男子，衝著藍迪喊。完全迥異於隔壁的客廳，這裡熱鬧得像在地獄一樣。

「還好嗎？」

「嗯，就廚房著火，這裡沒事！」

接著，他用下巴指了指擔架那邊。

「他突然心臟病發。」

「他太太呢？」藍迪也用喊的。

「不在家，家裡就老公一人。隔壁怎樣？」

「有個男的坐在地板上。怪怪的！」

「怪？不會是佛雷德・阿卡曼吧？」

「佛雷德？那是誰？」

藍迪不認識佛雷德・阿卡曼。

「知名漫畫家，怎麼個怪法？」

「一動也不動。」

就在這個時候，強力水柱沖破玻璃窗，開始朝室內噴水了。水柱所到之處，小茶几還有上面的花瓶全被掃向後方的牆壁，鏘哩哐啷的聲音響起，依稀可見窗外斜斜落下的滂沱大雨。

「YA！」消方隊員齊聲歡呼。水量夠大，起居室的火總算是控制住了。

「這邊沒在怕的啦！」夥伴喊道。

「小意思！」

可惜事與願違。不過，至少葛里芬家的救火行動像他們所說的那樣。不到一個小時的時間，搏鬥就結束了。通報得早、指令正確幫了大忙。受損的只有起居室和廚房，還有門和窗戶，樓上樓下全都安然無恙，接下來只要把水清掉，應該花不了多少錢就可以修復。還有，因為急救得當，葛里芬老先生也保住了性命。

然而，就在這個時候，隔壁阿卡曼家傳出有什麼燒起來的聲音。藍迪和狄克急得跳腳。因為事情實在是太突然了。這麼堅固的磚造房子，還隔著一堵厚牆，照理說，火不會延燒過去才對。跑過電梯前，兩人衝進隔壁家，發現客廳已經著火了，隊員們亂成一團。

「怎麼會！」

兩座沙發、椅子、部分的窗簾燃燒著。由於水管一時移不過來，天花板有部分也著火了。不過，一旦開始噴水，火勢也就控制住了。火很快就被撲滅了。

然而，事情還沒結束。真正的案子現在才要開始。藍迪也好，狄克也罷，手上握著已經不再噴水的水管，站在滿是積水的地板中間，整個人都愣住了。在高溫溼熱、令人窒息的空間裡，他們看到無比詭異的景象。

火滅了之後，周圍頓時變暗。不過，因為窗簾已經被燒光的關係，外面的光線透了進來，所以大致可以看出什麼是什麼。不尋常的地方很多，不過，最先注意到的是火入侵的路線。跟隔壁相鄰的那堵牆下面被敲掉了，破了個大洞。剛剛看不出來這個洞可以通到隔壁，如今牆壁整個被燻黑了，就可以看到隔壁燒焦的、像是壁材的東西，有一部分從牆壁的下方露了出來，形成一個通透的小洞。火就是透過那裡，延燒到這邊的客廳。

接下來令他們嚇破膽的是，靠窗的地方，坐在單人沙發上的老兄。他正是剛才藍迪看見的那個男的。都跟他說要趕快逃生了，怎麼還坐在那裡？不過，當時他是坐在地板上，現在卻移到靠窗的沙發。吧檯前的椅子大都東倒西歪，只有重心低的沙發還穩如泰山。坐在上面的他，身體有一半快要往下滑的樣子。

他全身依舊是白的，不過，如今衣服有一部分燒焦了，顯得灰灰花花的。藍迪和狄克往前走，卻在某個地方突然停下腳步。他的臉已經變成骷髏，變黑的牙齒大半露了出來。沒有鼻子，沒有頭髮，頭蓋骨清晰可見。可以確定他早就已經死了。剛剛藍迪跟他說話的人是個死人。

藍迪接著又把正面的牆巡了一遍。就是左下角缺了一塊、估計隔壁的火是從那裡延燒過來的那堵牆。不看還好，一看藍迪的心跳都快停了。因為他看到了不可思議的東西。

整個被燻黑的那面牆，竟浮現好大一張人臉。有人剛剛才把它刻了上去。地上，鑿子和鐵鍬都在，被敲下來的壁土散落一地。看起來就像是有人用它們，在牆上刻了這張臉。臉的主人是個男的，東方臉孔。

「這是，佛雷德·阿卡曼的畫耶。」

狄克轉頭向藍迪說道。他說得輕鬆，藍迪卻渾身起雞皮疙瘩。

「你看，藍迪。報紙上經常出現類似的畫吧？比如說甘迺迪或艾森豪的肖像什麼的。這肯定是阿卡曼的作品。他竟然連自家牆壁都不放過，還刻了這種東西。不過，這人是誰？中國人嗎？」

「狄克，喂，狄克。」

藍迪趕緊出聲打斷他，聲音卻像小貓叫似的。他實在發不出比這更大的聲音。

「那，這個是誰？」

藍迪偷偷地指向坐在單人沙發上的老兄。狄克朝屍體瞥了一眼，卻馬上把視線轉開，皺起眉頭，搖了搖頭。他沉默了半晌，終於說道：「看起來像是阿卡曼先生。」

「牆上的畫，就是他刻出來的。」狄克以非常鎮定的語氣說道。

「狄克。」

藍迪再度呼喊同伴的名字。聲音顫抖著。因為他越想越恐怖，再也無法保持沉默。

「你確定，這幅畫是阿卡曼先生畫的？」

結果同伴竟不客氣地笑了出來。

「嗯，我確定。這十年來，我每天都會看波士頓時報的社論版。你不是也看嗎？這個線條絕對是他的作品。這幅畫是大了點，但特徵也比較明顯。你可別叫我解釋，藍迪，我無法解釋，但就是看得出來。這確實是出自阿卡曼先生之手。」

「確定？」

「嗯，確定。怎麼了？」狄克看著藍迪的臉。

「然後這個人是阿卡曼先生？」

藍迪再指了一次。指尖微微抖動。自己竟然碰上了這種怪事！

「體型很像，應該沒錯吧？喂喂，藍迪，你到底是怎麼了？臉色那麼蒼白。」

「狄克，剛剛我進來的時候，牆上並沒有畫。」

藍迪小聲地說。因為他也一頭霧水。

「現在有畫，剛才並沒有。而且，阿卡曼先生成了這副德行，可以肯定的，他剛才就已經死了。」

「喂喂！」

狄克噗哧笑了出來。

「莫非是你眼花了？藍迪。」

「我才沒有眼花！」藍迪大聲地、斬釘截鐵地說道。

「我看得一清二楚。這面牆是白的，根本沒有畫。然後，當時阿卡曼先生已經死了。」

「他就坐在這張沙發上？」

狄克問，藍迪無法馬上回答他的問題。

「藍迪，是這張沙發嗎？」

狄克又問了一次。藍迪正經八百地板起臉孔，然後才說道：

「不是，是這邊的地板。他一屁股坐在地板上。」

「藍迪，所以你的意思是，已經變成骷髏的阿卡曼先生，趁剛剛我們在隔壁滅火的時候，從地板上跳了起來，在牆上刻了這幅畫？」

「除此之外還能怎麼解釋？」

藍迪再也藏不住聲音的顫抖。

「首先，阿卡曼先生為什麼會變成這麼可怕的屍體坐在這裡？這是第一件不解的事。還有為什麼，至今都沒有人發覺這件事？為什麼他的身體會沾滿白粉？你不覺得很奇怪嗎？你別跟我說，他是因為火災才跑出來的喲。」藍迪說。

「我也不懂，藍迪，我只能說，那不是我們的工作。就交給警方吧！還有，如果真如你所說，那這個人就不是阿卡曼先生了。」

可屍體確實是阿卡曼本人，這點波士頓警方當天就確認了。

10

二十日早上，比利十萬火急地打了通電話到御手洗住的地方。

「御手洗，阿卡曼先生家的客廳牆壁上，出現了克里斯多福・中尾的畫像！」比利一等電話接通，便劈頭嚷嚷道。

「克里斯多福？那是誰啊？」

御手洗問。他還在睡覺。加上昨晚開始又有別的問題要思考，所以他根本沒聽懂比利的話。

「克里斯多福・中尾啊。我剛剛才被蘿拉吵醒，現在輪到你了。今早誰都別想睡覺。」

「中尾？中尾……啊，那個中尾呀。他怎麼樣了？」

「他的臉，出現在阿卡曼家的客廳牆壁上。克里斯多福・中尾的臉被人刻了上去。阿卡曼先生用他擅長的漫畫，告訴別人是誰殺死了他。現在電台正在播報這則新聞，都快吵翻天了。」

「喔，牆壁上有中尾的畫像……」

御手洗若無其事地說道。語尾模糊不清，好像是因為他正在打哈欠。

「可昨晚我們進去客廳的時候，沒有一面牆是有畫的。昨晚，阿卡曼先生的鬼魂爬起來作畫了！」比利叫道。

「為什麼是鬼魂呢？」

「在客廳，發現了阿卡曼先生的屍體。」

「你說什麼？」

這下似乎連御手洗也感到驚訝了。

「是怎麼發現的？」

「打火弟兄發現的。」比利說。

「打火弟兄？」

「昨晚那棟公寓的三樓發生了火災。」

「三樓？你是說葛里芬家？」

「沒錯。所以他們就出動了。然後，打火弟兄不只葛里芬家，連阿卡曼家也進去了。然後就發現了。客廳沙發上，坐著變成骷髏的阿卡曼的屍體。打火兄弟的膽都快嚇破了，可更讓他們驚訝的是，牆壁上竟然刻了克里斯多福・中尾的肖像。很明顯地，阿卡曼先生早就已經死了，可牆壁上的畫是昨晚才出現的。那幅畫是阿卡曼先生的作品無疑。所有熟悉他的專家都異口同聲地說道。」

「嗯，我也同意。那是他的作品。」御手洗說。

「所以不是他的鬼魂畫的，還會是誰畫的？這是唯一的解釋。」

「事情會變成那樣，我還真沒想到。」

御手洗又恢復了原本吊兒郎當的調調。接著他問道：

「雨呢？」

「還在下。不過就快停了。剛剛氣象預報是這麼說的。不過，那不重要啦！蘿拉凶巴巴地要我跟她講清楚。她現在正要殺來我的公寓，應該就快到了。」

「你跟她講了嗎？」

「公寓嗎？我講了，要不還能怎麼辦？」

「要是我的話，會說我們自己滾過去。對了，有中尾的消息嗎？」

「中尾的？沒有。要幹嘛？」

「蘿拉有沒有說她打電話給克里斯多福了？」

「她說她打了電報。」

「打、電報……是嗎？」

御手洗想了一下。

「不是電話是電報，而且昨夜下豪雨。還雷聲大作。是了！原來是這樣！」

「原來怎樣我是不知道啦，倒是你打算怎麼樣？是你起頭的哦。你要是再躲著不解釋清楚，蘿拉可是會告我們的。」

「我知道啦。那你幫我跟她說，一個小時之後約在蚯蚓咖啡見面。蚯蚓咖啡喔。不是我家也不是你家，而是蚯蚓咖啡。聽清楚了嗎？還有，如果她想知道真相的話，務必帶一把十字型的螺絲起子來。」

「十字型的螺絲起子？要那東西幹嘛？」

「那是一切的鑰匙。我之後再解釋。話說比利，破案的線索你也全部拿到了。見到我之前，希望你自己先思考一下。我這提議不錯吧？」御手洗說。

在此，我也想給讀者同樣的提議。材料已經全擺出來了，希望您能正確破解本案的機關。

御手洗繼續說道：「螺絲起子別忘了，比利。一個小時後見！」

比利和蘿拉一坐到蚯蚓咖啡的窗邊，就看到一輛巴士緩緩地停靠在路旁，御手洗正好從上面下來。雨已經變成毛毛雨了卻還在下，走在柏油路上的御手洗手忙腳亂地撐起黑傘。

不久他走進店內，朝兩人略揚起手後，便走到櫃檯去買自己的咖啡。端著它，慢條斯理地走到他們的座位旁。等待的過程中，蘿拉顯得十分焦慮。

「哪，十字型的螺絲起子，現在你可以說明了吧？」

比利嚷嚷道，把螺絲起子放在桌上。

「怎麼連你也？欲速則不達。先喝杯咖啡，等雨停。要做的事一大堆，急什麼？早啊，蘿拉。」

「早，御手洗。今早我特別想見你。」

「啊，我也是呢，蘿拉。可有克里斯多福‧中尾的後續消息？」

「有啊。剛剛我先去了辦公室，聽說他的車子在斷崖的下方被找到了。」

「斷崖的下方？」御手洗的表情顯得有些驚恐。

「嗯，車子翻落斷崖。應該是昨晚的大雨，導致視線不良吧？」

「也有可能是自殺。那克里斯多福人呢？」

「他在車子裡面，已經變成屍體了。」

「喔。」

御手洗不再說話，一邊啜飲著咖啡，一邊看著窗外的雨。眼前阿卡曼家的公寓，就像昨天一樣，彷彿什麼事都沒有發生似地矗立在那裡。不過，如今公寓的門口停了幾台像是採訪車的車子，所以看不到一樓的窗戶。至於三樓那邊，白色的窗簾全沒了，隱約可見幾條人影在裡面晃動。

「那樣的話，至少讓我們焦慮的理由消失了。」御手洗說。

「你看起來一副氣定神閒的樣子，哪來的焦慮？」蘿拉說。

「只是看起來罷了。」

「只有你讓我們感到焦慮。拜託你趕快說吧！」比利說。

「比利，你自己想過了嗎？」

「想過了，可還是不瞭。」

「請你幫我倆釋疑。」蘿拉客氣地說道。

御手洗兩手一攤，「好啊。你們想知道什麼？」

「什麼都想知道，一切的一切。」

「昨天，第一次見面時妳就這麼說的話，我也不用那麼辛苦了。」御手洗挖苦道。

「我想知道牆壁上的畫！」比利催促道。

「那是誰刻的？」

「阿卡曼先生呀。」御手洗說。

「可他六天前就死了。不是嗎？」

「沒錯。那幅畫六天前就已經刻好了，只是被藏了起來。」

「怎麼說？」

「我先講昨晚發生的事。如今中尾已經死了，現階段能夠把來龍去脈交代清楚的人，應該只有我吧？」

御手洗說道，兩人點了點頭後重新坐正，順便把椅子往前拉一點。

「比利，你認為統一場理論㉒是信仰的產物嗎？」

㉒統一場理論就是物理學中的強作用力、弱作用力、萬有引力、電磁力四力的統一。由愛因斯坦在晚年時提出。

「什麼？」比利的聲音透著不耐煩。

「那種事不應該找波爾㉓商量，而是找羅馬教皇才對。」

「御手洗，你到底在說什麼？」

「現在對我而言，那個比較重要。對早就結束的案子不厭其煩地說明，到底有什麼好處？人生苦短，我們應該把精力花在更有創造性的事物上頭。」

「昨晚，在那裡，到底發生了什麼事？御手洗！」

比利指著窗外，口氣十分強硬。

「好啦、好啦，我說到了哪裡？啊，我想起來了，我說十四號父子倆在客廳談判，克里斯多福突然把老爸殺死。」

「嗯，你說了。」

「然後，做兒子的在十五號凌晨，把老爸的屍體封進了牆壁裡。」

「那你也說了。」比利趕緊說道。

「可我沒有說明理由。做兒子的之所以那麼做，是因為老爸也做了同樣的事。」

「同樣的事？」

「同樣的事？」

兩人異口同聲。

「沒錯，阿卡曼先生也把東西藏在牆裡面。他用了抹刀。為什麼呢？那個連克里斯多福也不知道，阿卡曼把兒子的肖像畫在牆上。」

「等一下，御手洗。我完全聽不懂。你說慢一點！」

蘿拉似乎也是如此，附和地點了點頭。

「我已經講得很慢了，比利，就是字面上的意思，沒什麼艱深的比喻。阿卡曼先生在客廳的牆壁上，畫了大幅的兒子肖像。然後，他用細長的繩子讓繩子沿著肖像走，再在上面抹上壁土。如此一來，沿著肖像輪廓線走的細繩，就被封進了牆裡面。」

「把繩子封進牆裡面。然後，繩子在克里斯多福的畫像上面……」

「是畫像的輪廓線上面啦，比利。」

比利和蘿拉暫時無語，思考了一下。

「線的上面是嗎？上面啊，那我懂了。可阿卡曼先生幹嘛要那樣做？」

「為了表演『拖船』秀啊。」

「為了拖船秀？」蘿拉說。

「沒錯，蘿拉。所謂的拖船，就是參加茶會的來賓大家一起拉那條繩子。阿卡曼先生是這麼計畫的。」

「大家一起拉繩子，那不就……」

「繩子所到之處的牆面會一一剝落。然後，克里斯多福·中尾的肖像就會出現了。」

「啊！」兩人終於懂了。

「原本什麼都沒有的白色牆壁，突然出現克里斯多福·中尾的臉，原來如此！是那麼回事。」比利說。

「就是那麼回事。所以靠近地板的牆壁上裝了拉環。他把繩子綁在上面，這樣大家拉起來才方便。為了弄那個，阿卡曼先生買了壁土還有抹刀，偷偷做著抹牆的工作。如果讓補習班的人知

㉓波爾（Niles Bohr，一八八五年至一九六二年），物理學家，曾獲得一九二二年的諾貝爾物理學獎。

道就沒意思了，所以他秘密地一個人進行。可偏偏他的兒子發現了他的異狀，給了他把父親的屍體封進牆壁裡的想法。反正工具是現成的。也沒有其他方法可以把屍體運出去，於是，他決定就這麼辦。只是，做兒子的並不知道自己的畫像就藏在那堵牆裡面。」

「原來如此。」蘿拉說。

「計畫進行得很順利。阿卡曼先生失蹤了，沒人知道他去了哪裡。可這時殺出了我們兩個程咬金，把知道的全部告訴了史文小姐。於是，史文小姐發了封電報給克里斯多福。你父親被殺死了，如今長眠於客廳的牆壁中。諸如此類的。照理說，這封電報一發，他應該就會去自首了。可昨晚好死不死的，又是打雷又是下雨。」

兩人都聽傻了。

「想要避開警衛和鄰居的耳目，把阿卡曼的屍體運出去，唯一的方法就是使用繩子，從查普曼大街那邊垂降下去。如果使用胡拉街那邊的逃生梯，一定會被鄰居和住戶發現。至於東邊，跳下去是隔壁人家的庭院，西邊則都沒有開窗。話說一樓有警衛二十四小時看守。就算趁他打瞌睡時偷溜出去，自己一人還有辦法，搬屍體的話就不可能了。萬一被他發現，那不是什麼都完了？所以這招險棋萬萬是行不通的。偏偏查普曼街是條熱鬧的大街，即使到了半夜車流量依舊很大，人來人往的。在所有出路都被堵死的情況下，只有昨晚是個千載難逢的機會。一場豪雨，趕跑了路上的行人和車輛。雷聲和打在地上的雨聲剛好蓋過了噪音。冒險一試的話，說不定能把屍體垂降到查普曼街的馬路上。於是，克里斯多福不管三七二十一，決定死馬當活馬醫。把屍體運出去後，再往海裡一丟。現在也只有這條路可走了。

深夜，他等警衛睡著了偷偷溜進客廳，盡可能不發出聲音地把牆鑿開，把父親的屍骸挖出來。可偏偏他運氣不好，這時隔壁發生了火災，消防隊員們衝上了三樓。其中一人還打破了門，進入客廳裡面。那個時候，他應該是跑到別的房間躲起來了。

隔壁葛里芬家亂成一片，又不能坐電梯逃出去，該怎麼辦才好呢？就在這個時候，屍體被挖出來的那塊牆壁突然冒出火來，客廳開始著火了。已經不能再猶豫了，再猶豫下去，消防隊員就要衝進來了。

這時做兒子的已經放棄要把屍體運出去了。拿起原本要把父親弄下去的繩索，眼下自己逃命要緊，沒有時間多想了，自己就要被發現了。可傷腦筋的是，那麼大的客廳竟然沒有半個地方可以綁繩子！情急之下，勉強找到牆壁上的拉環，也不知道它是幹嘛用的，反正先把繩子綁上去再說。於是他把繩子拋出窗外，順著繩子垂降而下，逃到外面的馬路上去。」

「啊！」兩人同時發出驚呼。

「那樣的話……」

「沒錯，那樣的話，如果繩子不夠堅固或是不夠長的話，他搞不好會摔死。不過呢，繩子多少有點阻力存在，做兒子的平安無事抵達地面。可能腳有點扭到也說不一定。一落地，他馬上把繩子捲好，抱著它，往預先停在附近的車子裡一丟，趕快逃跑。繩子變長的事，他可能在車子裡就已經知道了。又或者，即使已經到地獄去報到了卻還是不知道。反正，做兒子的從窗戶逃了出去，順利消失在那間屋子裡。以上就是昨晚發生的事情的始末。」

兩人久久不能說話，嘴巴張得大大的。過了半晌，蘿拉終於想到要說什麼。

「等一下啦，御手洗。那，那個呢？阿卡曼先生一開始是坐在地板上，怎麼畫出現後，他變成坐在靠窗的單人沙發上？」

「那個已經無從得知了。如果不是克里斯多福搬動的，就是不小心被繩子掃到或拖到，那樣的巧合經常發生。」

「喔。」這樣一講，蘿拉好像懂了。

「等一下、再等一下！」她又發出像是哀號的聲音。

「牆壁上有克里斯多福・中尾的畫像，難不成那是?!」

御手洗緩緩地點了點頭。一副看盡人生百態、感觸良多的樣子。

「沒錯，阿卡曼先生原本打算欽點兒子克里斯多福・中尾為這次美術學校的校長。」

前女秘書似乎大受打擊。

「牆上畫的不是殺人犯的臉，而是校長的臉。為了讓兒子當上校長，他特地策劃了那場秀。如果按一般程序宣佈，周圍的人一定會大聲反對。蘿拉，妳應該也會那樣吧？」

蘿拉說不出話。

「像這樣，配上餘興節目，在炒熱的氣氛下，讓大家拍手，一致無異議地通過。他是那麼打算的。」

「那，這些事，克里斯多福完全不知道？」

「如果知道的話就不會殺他了。然後，畫現身的同時，正是他抵達地面的時候。像不像八點檔連續劇？」

「太諷刺了！真是太諷刺了！阿卡曼先生對克里斯多福，甚至凱西這麼有情有義。這麼地為他們著想。」

蘿拉的情緒很激動。

「世上竟有這種事。」比利也低聲說道。

「就有這種事，比利。如果你不想跟他一樣的話，最好不要離婚。如果你沒自信自己不會離婚的話，一開始就不要結婚。」

「你說得輕鬆，御手洗，可一般人是做不到的。或許你可以做到？」

「這簡單。」御手洗以兩人聽不到的聲音喃喃自語。

「御手洗先生。」

蘿拉開始用很有禮貌的語氣跟御手洗說話。

「我想請問你，你一開始是怎麼發現這件事的？」

「對啊，御手洗，你是怎麼發現的？我只是讀了學生報紙上的那篇報導，為什麼你就可以聯想到那麼多，破解了一切詭計？」比利也問。

「那是因為這個。」

御手洗終於把手伸向擺在桌上的螺絲起子。

「雨好像停了。天氣預報偶爾也會準嘛。世界要是都像這樣，永遠照預期的在進行就好了。行了，我們可以出去了。完成最後的結尾。」

御手洗進入咖啡店隔壁的薩卡歐拖車廠裡面，然後他舉起右手，嗨，丹迪，你還好吧？向認識的作業員打招呼。接著他指向一旁的梯子，跟他說借他十分鐘。

御手洗把梯子靠在橫寫著「ZAKAO TOWING SERVICE」的招牌的左邊。然後爬了上去，用手摸著上面的字母。

「蘿拉、還有比利，你們過來這邊，以可以清楚看到這個 Z 字為主。」

兩人照著做。於是梯子上的詭異授課開始了。

「阿卡曼先生從那扇窗戶對著這個 Z 字開槍。總共開了十二槍。」

御手洗指著三樓的窗戶。那邊有好幾個人影，感覺比剛才還要多。不是警方的人，就是媒體的人。不過，裡面沒有半個人注意到御手洗的手正摸著的這個字。

「槍法一向很準的阿卡曼先生，從那裡對著這個Ｚ字射擊。不，應該說他不是對著Ｚ字射擊，而是對著把Ｚ字拴住的螺絲釘射擊。」

說罷，御手洗拿起螺絲起子把右邊的螺絲轉鬆。

「為了讓它變成這樣。」

右邊的螺絲被轉了下來。於是Ｚ字的右邊慢慢地往下傾斜，搖搖晃晃地轉了半圈後停了下來。

「蘿拉、比利，這怎麼唸？」

「啊！」兩人再度一同大叫。

「NAKAO（中尾）！」

「沒錯。阿卡曼先生可是漫畫家，他最擅長賣弄這種機智了。每次只要從窗戶往下看，他就會想到，要是把Ｚ右邊的螺絲釘拿掉，讓Ｚ轉個半圈，Ｚ就會變成Ｎ。然後，ZAKAO就會變成前妻的姓NAKAO了。」

御手洗直接從梯子上爬了下來。

「他的心裡一直想要那樣惡搞一下。不過，當然是沒有付諸行動啦。直到被『中尾』射殺為止。」

御手洗拿著梯子，把它放回原來的地方。

「喂喂，御手洗，那個招牌！」比利指著招牌說道。

「我是好心，給在那邊的人一點提示。」他一臉不在乎地說道。

「被兒子射殺，只剩下一口氣的他，突然想到這件事。兒子馬上就跑掉了。於是，阿卡曼先生從客廳的某處拿起預先藏好的槍，勉強爬到窗邊，朝著Z字右上角的螺絲釘打。他把彈匣裡的子彈全都打光了，卻沒能把右邊的螺絲釘打飛掉。想必是十分痛苦，槍法失準了也說不一定。」

好像在同情當時的阿卡曼似的，御手洗再度往三樓的窗戶望去。不過，那裡一堆人正忙著蒐證、勘驗，根本沒人注意到這邊。

「天才經常是孤獨的，比利，能理解他們的人太少。好了，說明到此結束。我們上哪兒吃頓美味的早餐吧？我肚子餓了。」

「我請客，前面有我喜歡的義大利餐廳。」蘿拉馬上提議道。

「好啊。不過，蘿拉，妳要節儉一點，妳有可能會失業喔。今天這頓就讓比利請吧，他身上有一百塊，肯定請得起。」

說罷御手洗眨了眨眼。

再見了，
遙遠的光芒

1

美國《時人》雜誌裡有一篇松崎玲王奈的專訪報導。我是在斯德哥爾摩老街的書店裡看到的。文章主要是談論她的近況以及最新上映的電影作品，其中關於她剛到美國發展的一些親身經歷，內容十分大膽。

時間是一九八七年的上半年。就是她主演的第二部電影《阿伊達一九八七》剛上映的那年，她對採訪的記者說了以下這段話。

「《阿伊達一九八七》拍完後我有好長一段時間沒事做。在日本的倒楣經歷讓我沮喪，西岸又沒有喜歡的工作，我整天都坐立難安，一心想找刺激！算是活動筋骨，也試試自己能耐。這也是我來美國的原因之一。那念頭怎樣也按捺不住，如果當時身邊有個損友打電話對我說：『哈囉，玲王奈，我們一起去搶銀行吧！』說不定我也會一口答應呢！

當時的我相信有些成功非我莫屬。我有其他競爭者沒有的背景經歷，講的臺詞比別人多，我覺得自己是最專業的。體力也比現在好，我有自信不論多麼困難的鏡頭，只要接了就能做好準備，呈現最佳狀態。如果說好九點集合，我一定會在八點五十分抵達現場。至於其他人，你大概也知道吧？他們都是過了十點才陸續現身，說道：『你們好，今天工作是幾點開始啊？』

然而對工作團隊和製作人而言，我不過是個稀奇的東方娃娃罷了。沒有人會要求我演技精湛，鏡頭前的我和在東京服裝秀中走台步的時候沒什麼兩樣。我的鏡頭大多都是一次ＯＫ，沒什麼挑戰性。而且很多鏡頭都用替身，我甚至覺得：啊？我的工作就這樣？你懂吧？

我的經紀人什麼也沒說。如果表明我的焦慮，得到的回答會是：『ＯＫ，玲王奈，妳的企圖心很強，有這個心真是難得。』然後幫我到處安排試鏡。可是，那些大多都是沒什麼挑戰性的工作，就算偶爾激起我的熱情，也一下就沒勁了。是西方人的規則吧？有些慕我『花魁』之名，指定由我演出的好工作，演出的角色要不就是藝妓，要不就是和來京都的年輕企業家陷入熱戀的日本女子。短短一個禮拜的時間，到處逛寺院、接吻、上床，然後對方很快就回到芝加哥妻兒的身邊。這就是大家憧憬的好萊塢劇情。真是無聊透頂，在東京還比較刺激呢！所以，我開始認真考慮回日本的事。

後來那年夏天，經紀人問我有沒有興趣到巴黎試試模特兒的工作。她看了我的履歷，知道我在東京也是從事這個行業，如果真覺得無聊，去巴黎也許會更有趣些。現在第一線的超級名模，很多都是在歐洲發跡的。歐洲原本就是時尚產業的搖籃。不過，這就好比把鯊魚丟入亂烘烘的池子裡，誰能存活下來，誰又會屍骨無存，在旁邊看肯定很精采。

那場旅途真是一場震撼教育。如今回想起來我還是心有餘悸。經過那趟歐洲之旅，我才發覺自己有很多做不到的事。雖然也有快樂的回憶，但同樣的經歷我可不想再有第二次。在那裡根本不被當人看。我們是貼著特價標籤的商品，任人隨意挑選，感覺好像每個女孩要怎麼料理都行。現在一定還是如此吧？那種風氣在那個世界一直存在著。

到了巴黎，四個菜鳥模特兒被湊在一起，安置在飯店裡。我們誰也不會說法語。載我們來的男性工作人員不知何時早已不見蹤影。我的內心充滿不安。我們其中一個就是當時還沒沒無聞的I（報導中有記載她的真實姓名）。如今的她已是家喻戶曉的超級名模，但當時她只是個很普通的小女孩，晚上還需要裹著小時候的毯子睡覺，感覺好像沒人照料就會發生危險似的。不過，她真的是個很乖的女孩，至少一開始是如此。

隔天一早，野狼們一一現形。『嗨！女士們，大家睡得好嗎？花都巴黎的早晨感覺如何？

I小姐，有妳的工作。是L雜誌，很棒的工作哦，不過要脫一下衣服就是了，好了，走吧！』

我們大家沒人想過可以說不。我的工作也很辛苦，我被帶到海邊，脫去胸罩，全身上下塗滿泥沙，在浪花裡躺了半天。我的肌膚因此刺痛不已。來之前才特地做了除毛保養，這下皮膚有好一陣子不能見人了。

回到飯店後，I發了好大的脾氣。明明說好不拍裸照的。我也氣憤不已，當下立刻打電話給我的經紀人，說我明天要和I一起回去。可是當天晚上，I的樣子就怪怪的。她變得猶豫不決，講的話也不一樣了。吃完晚餐後，當地知名的攝影師在房裡開了一個派對，銀盤上堆了滿滿的古柯鹼。這時我心裡突然明白，原來如此，她是個癮君子。這事兒我們大家都看到了。

時尚雜誌的編輯還有法國的年輕藝術家全都聚在一起，對我們這群女孩又是女神又是什麼的，極盡吹捧之能事。I剛剛還又哭又鬧的，現在她已經心情大好，會哈哈大笑了。

那群藝術家裡也有好人啦，不過在我看來他們就是一群狼。一群色狼。說起話來勾肩搭背的，要不就是把手放在妳的腰間摸來摸去。現在想來那或許是法式作風，但因為LA和東京的男子不會這樣，所以我當時真是不知所措。我們根本就是被找來陪酒的，真令人不快。身為演員，我也是有尊嚴的。

不一會兒，I從洗手間大聲叫喚我的名字，聽起來像是喝醉了。我不知她怎麼了，待走到洗手間一看，她已經喝得爛醉，裙子也不會穿了。

然而，初嚐毒品的我也是食髓知味，要回美國的念頭已經被拋到腦後。我一樣樂不思蜀，雖然皮膚還不時刺痛。幾天後，在同一家飯店又開了次轟趴，這次我喝得酩酊大醉，連裙子也無法自己穿上。於是只穿內衣的我直接披上斗篷，就這麼走了出去。大家看了全都拍手叫好！還想和我一起拍照呢！

不過，這已經是我的極限了。我是個自重的人，再怎麼說也是個女演員，而且這次的工作只是玩票性質，我不想因為這份兼差自甘墮落。雖然對毒品一試成癮，但我絕不允許自己性濫交。

後來在羅馬的時候就更誇張了。雖然收工之後通常都有節目——沒有攝影師會在下班後立刻回家，但在羅馬的時候玩得最過火。也許是因為晚宴上來了很多當地的無名小模吧？晚餐後，其中一名小模爬上了堆著衣物的桌子。她的裙子底下什麼都沒穿。回神猛然一看，其他的女孩們全都坐上了男人的大腿。

這種派對後來是什麼情形你也想像得到吧？地板上全是四肢交纏的軀體。真滑稽啊！在歐洲待了三個禮拜左右，女孩們每晚一點一點地習慣，好像已經有了變成那樣的心理準備，不過我可沒有。啊，你一定很想知道Ｉ的情形吧？她當時怎麼做呢？呵呵，至少她沒有和我一起出來走到走廊上。

來到走廊後，不知何時我的身後站了一位高大的男士，他用溫文有禮的英語對我說：『我是個作家，可以和妳談談嗎？』他戴了副眼鏡，眼神看起來十分誠懇。我說想喝咖啡。他回說ＯＫ，我們兩人就一起到一樓喝杯咖啡，聊了起來。他是德國人，是這趟旅程和我說過話的人當中，唯一誠實可靠的一個。

他說自己以前是律師，現在是個作家。因為對模特兒的世界感興趣，所以想寫本書。我勸他說還是做回老本行，因為你也看到了，那只會是無聊的八卦而已，正常人根本不會買。

他笑著說，我不這麼認為。不管哪個行業都有自甘墮落的人，律師界也有，法官界也有。漂亮的女人太吸引人，誘惑也就特別多。也有模特兒是在美國闖出名號後，才回歐洲從事藝術工作的。

當我說自己是個演員時他有些訝異，對我說道：『的確，妳很冷靜，也許妳該善用妳的天分。』我並非因為這句話才下的決心。實在是這樣的日子讓人厭煩，我決定今晚就結束假期。我要回好萊塢。不管怎麼無聊，也好過這樣的世界。

我一直想再見他一面。雖然他的名字我已經忘了，但他在德國一定是個知名的作家。『模特兒什麼的，不過就是衣架嘛！』當我不屑地說道時，他勸我說：『的確，因為她們的年輕歲月裡只有上妝卸妝、穿衣脫衣，身邊只有在意她們裙子長短的男性，所以再聰明的人也會變笨。』這是實話。在那次的旅程中，我對模特兒這個工作徹底死心了。」

坐在斯德哥爾摩的咖啡館裡閱讀這篇報導時，我的心中滿是思念。很榮幸玲王奈還記得我。直到今天，我對羅馬Ｒ飯店咖啡廳裡的那一幕仍是記憶猶新。過時的厚重木板裝潢，好像馬克白的舞台背景似的。當時我喝的是吉力馬札羅咖啡，而玲王奈點的是咖啡歐蕾。

正如玲王奈口沒遮攔說的那樣，那個晚宴根本就不是什麼好宴。當時我也在蒐集米蘭賣春集團的資料，相形之下，他們還比較乾淨。我有一本書專門描寫歐洲模特兒的生態，大受市場好評，於是我想以美國模特兒為對象，再寫本續集。因為聽說Ｒ飯店來了許多美國模特兒，所以我前往採訪。

在那裡，我遇到了名叫松崎玲王奈的美國演員。第一眼見到她就覺得她和其他女孩不一樣，她引起了我的注意。也許她的東方臉孔也是原因之一，但最吸引人的還是那一臉的慧黠。她說話的方式坦然率直，言談間處處展現她的幽默、機智，我的心完全被擄獲了。

玲王奈的記憶大致正確，不過有幾點是錯的。見面時我的確批評了一般模特兒的智慧，但那是因為想藉此來凸顯玲王奈的不同。聊得越多，她的聰明越是令人讚嘆。正如我所說，整天處在那樣的環境裡，她竟然還能擁有那樣的智慧，我實在感到訝異。我想說的是這個。

玲王奈還有第二個錯誤，那就是我雖是德國人，但一直都在瑞典生活，我只是在德國出生罷了。而且現在的我已經是波蘭人了。我是哪一國人連自己也不清楚，大概就是這樣，我的個性才會如此多愁善感。我並不排斥吵吵鬧鬧或是下流淫亂的場合，因為我總能在其中發現苦澀，寫入文章。

我有相當戲劇化的出身背景。可惜我至今寫過的幾本書都沒我的出身來得精采。我的本名是海利西・馮・藍道夫・修坦因席爾多，出生在一座依著馬爾塞湖建造的城堡。這座我們家族居住的城堡在納粹進攻莫斯科時，被希特勒的外交部長里賓特洛甫（Joachim von Ribbentrop）徵收。父親身為德國陸軍預備軍的中尉，卻長期策劃暗殺希特勒的行動。後來事跡敗露，被德國納粹的秘密警察逮捕，於一九四四年處決。我們的財產全數充公，即使到了戰後也沒有歸還。母親也遭逮捕，當時年僅四歲的我和妹妹一起被送進收容所。我們原本難逃一死，但靠著母親那邊的關係，我們平安活到戰爭結束。

因為失去了一切，我們在戰後的西德過著漂泊不定的生活。一家人四處投靠母親的朋友。每年都在搬家，我轉了十三次學，妹妹也是如此。

雖然很辛苦，但所幸在我成為律師，有點小成就時母親還健在，她去世的時候我們已經有了一個小小的家。妹妹成為一名模特兒，而且在這行也小有成就，不過在二十五歲時她放棄名利，和一位老實的男子結婚，現在在華沙過著幸福的生活。

回想起來，或許最失敗的就是自己了。是體內流著貴族血液的關係嗎？我非常愛慕虛榮，愛上了妹妹的一位瑞典模特兒同事，並和她結婚。但到底不是自己能掌握的女子，在一起生活六年就鬧翻了。母親還活著的時候，我不管怎樣都老老實實的，母親去世後，我就拜託以前在學校的朋友幫忙，搬到瑞典去了。因為妻子的緣故，我的瑞典語和英語都很流利。做為律師，我的客戶大多也是這兩個語系的人。

我有一位男性朋友在出版業工作，雖然我在斯德哥爾摩也取得了律師資格，但由於這位朋友的緣故，很多人都邀我寫作。應他們的要求，我寫自己家族的沒落史，寫納粹或希特勒，寫波蘭的一些事。因為瑞典未曾遭受納粹蹂躪，所以相較之下我的這些資訊在瑞典就很有看頭。這些書大賣特賣，我的名字上了瑞典作家協會的名單。此外，因為我的瑞典語、英語、德語都是能讀能寫，這些語系國家若沒有翻譯人才，我也可以自己翻譯，所以知名度便更上一層樓了。多虧了妹妹和妻子，我除了擁有上述領域的知識，對模特兒界也多有涉獵，這些也成了我的題材。因為這樣的緣由我去了羅馬，遇見了松崎玲王奈。

2

從一九九六年初開始，我對另一個全新的領域產生興趣，並著手搜集資料。它就是大腦研究。我採訪這門最新科學的相關資料，並在科學雜誌《Suverona》發表專欄，為的就是讓這門科學變得淺顯易懂，為一般大眾所接受。

一九九〇年美國總統老布希宣佈「大腦的十年」計畫，參議院通過決議，編列龐大預算，美國的科學家開始投入大腦研究。據說到今天為止，美國花費的總預算額超過十億。歐盟也立刻跟進，發起「歐洲大腦十年」的活動，從九〇年代起，全世界的科學同時邁入了大腦探究的時代。

我之所以對這門研究感興趣，是因為聽說斯德哥爾摩大學的研究團隊，是與美國研究學者互動最密切的團隊。雖然瑞典沒有編列充分的預算，但我們做出的成績決不亞於美國。

斯德哥爾摩大學的研究手法是針對目前現有的大腦物理學，以分子生物學，遺傳工學、免疫學等三個方向同時進行，交互探究，因此這三個領域的人才從世界各地匯集到斯德哥爾摩。細節方面因為礙於篇幅我不再贅述，讀者可以翻閱《Suverona》雜誌的專欄或是我近期的作品。

我現在想寫的是一個奇蹟。事情發生在秋天裡的某一日，離我讀完《時人》雜誌那篇玲王奈專訪後還不到三天的時間。《Suverona》的編輯部有讀者來電。當時我碰巧人在編輯部，聽到讀者來電，便接了電話，對方的聲音就像我經常收聽的美國西岸ＦＭ電台廣播那樣，是輕快、活潑的英語。

這聲音好像曾在哪裡聽過，但一時間卻想不起來。不過我想這不是瑞典人的英語。

「我是從國外打來的。我想找海利西・馮・藍道夫・修坦因席爾多先生。我是《大腦十年》的讀者。」

聽起來像西岸的口音，感覺是個直率的女子。對方快人快語，有著北歐人沒有的爽朗。我還搞不清楚狀況。這次的題目比較生硬呆板，想不到竟然會有年輕的女性讀者。

「我是海利西・馮・藍道夫・修坦因席爾多，有什麼可以幫忙的嗎？」

我說道。對方一聽——

「嗨！我是你的朋友，還記得嗎？」

她大聲叫道。我不知所措。

「已經過了十年了，我是在羅馬Ｒ飯店咖啡座和你一起喝咖啡的那個美國模特兒啊！」

我一時語塞，有好一會兒說不出話來。這不是在作夢吧！我只是太訝異了，但我的沉默卻讓她以為我還在努力回想她是誰。她繼續說道：

「你忘了吧？沒關係，我的名字是……」

「妳不說我也知道，玲王奈，我前天才讀了妳的雜誌專訪呢！」

聽我這麼一說，她好像中了十萬美金似的尖叫起來。

「啊！為什麼！為什麼？為什麼？《時人》在瑞典也有發行嗎？」

「有啊，我哪會錯過！從那個時候開始，妳的電影我全都看過，更何況雜誌專訪？我還交代我所有的編輯朋友佈下天羅地網，只要有妳的報導都要向我報告呢！託妳的福，我的九二年和九三年過得非常愉快。」

「呃……」

她說不出話來。那時的她大鬧好萊塢，幾乎週週登上八卦雜誌封面。不外是和知名男星交往的緋聞，或是在幾個派對上脫序胡鬧的演出。當時被她甩過耳光的美國女星，我記得的就有三個。

儘管如此，身在遠方的我還是為她所受的傷害心痛不已。我的每個朋友都建議我說：海利西，如果你寫的主題不是北極環境遭受破壞之類的，而是以松崎玲王奈為題材的話，書一定會比現在大賣十倍。明年你名列納稅排行榜的新聞就會見報了。

可我並不想這麼做。我不想消費隻身離開濫交派對，對我真誠以待的她。她會那樣做一定有她的理由。那個羅馬的夜晚，就算她憤然回房，一把揪起正在地上打得火熱的那群人，甩他們巴掌也不為過。媒體和那些墮落的人本來就是一夥的。為什麼？因為他們手上有錢。

「你肯看那些報導我很高興，不過你可不能全部當真。他們很會編故事，那些全都是過度渲染的可笑八卦。」

「我知道，我也是個作家。同樣的罪人。」

我說。

「妳從哪兒打來的電話？」

「洛杉磯，遙遠的彼方。」

「啊，地球越來越小了。不過我還是很驚喜，妳竟然自己打電話來。這不是經紀人的工作嗎？」

「我什麼都自己來啊！」

「好像是如此。但太令人驚訝了。妳這種行為，大家肯定會嚇一跳吧？」

「也不會呀。這個城市到處都是演員，再怎麼離譜大家也都見怪不怪了。我去參加老朋友的迷你派對時，說自己是個女演員，人家還問我說是不是參加學生影展的演出呢！我戴副眼鏡，穿著牛仔褲，誰也認不出來。」

「我本想說這麼久沒見，我們一起吃頓飯，但妳人在ＬＡ，看來是沒望了。」

「吃飯……」

說完這句，玲王奈好像陷入了沉思，我噗哧一聲笑了出來。

「妳一副為難的樣子，好像真的考慮要來斯德哥爾摩找我吃飯似的。」

「吃飯，這是個好主意啊！我現在就出發去找你。」

玲王奈賊兮兮地笑道。

「妳來了，《最後出口》怎麼辦？而且專門爆料的八卦小報不是又有得寫了？妳現在正在拍攝期間吧？」

「你還真清楚呢！啊，對哦，你有看《時人》嘛！真討厭，你別學我的經紀人講話啦。」

她好像很失望的樣子。因為我說的是事實，所以她開心不起來。現在的她正在慢慢修正之前的娛樂路線，挑戰嚴肅的戲劇演出。那是一部探討美國墮胎問題，帶點黑暗，有政治、宗教、醫德等元素相互糾葛的爭議性作品。因為這樣我更加摸不著頭緒。她爽朗的聲音實在不像我印象中應該心無旁騖的女主角。

「如果沒有工作，我真的好想去找你。我想見你想好久了。」

聽她這麼一說，大概沒有男子拒絕得了吧？

「如果是真的，我最近要去麻省理工學院採訪。方便的話我可以順道去看妳，去洛杉磯。」

她一聽馬上發出雀躍的聲音。如果是白目一點的男子，這開心的聲音足以引起誤會。

「你要來？真的嗎？我真是太高興了！什麼時候？」

我苦笑。

「聽妳這麼說我真是受寵若驚。我只要安排好了隨時都可以出發。不過我現在是掐著臉在說話呢！妳真的是那個玲王奈？我不是在作白日夢吧？」

玲王奈一聽賊兮兮地笑了。

「你來ＬＡ就知道了！」

「不管怎樣這實在是太意外了，說起來，我們的交情只不過是十年前在羅馬喝了一個鐘頭的咖啡而已。結果，好萊塢數一數二的知名女星突然打電話給我，邀我共進晚餐？我懷疑這是最新的詐騙手法。我可是個窮光蛋哦。」

「別擔心，我不是八卦小報寫的那種壞女人啦！」

「妳不會撲上來把我生吞活剝了吧？」

她哈哈大笑。

「我才不會幹那種事咧！」

「妳有沒有聽過六〇年代的名模麗絲・維諾妮卡的故事？她在巴黎遇到有美國時尚教母之稱的知名女製片艾琳娜，並受邀去紐約。結果她歡天喜地到了美國，艾琳娜卻說從沒見過她。好不容易終於想起她是誰後，艾琳娜告訴她需辦理工作簽證，請她去找自己的律師。結果麗絲去了指定的律師事務所填寫文件，要離開時，那律師追了出來告訴她：妳特地跑一趟，我實在過意不去，其實艾琳娜要我別讓妳的簽證過關。」

「這事兒我知道呀！」

玲王奈立刻回道。

「我不知道你為什麼說這些。不過，我一直都記得你的。就算見了你，我也不會對你說：你哪位？」

「這是怎麼回事？我有自知之明，妳應該不是只為了想我才打這通電話的吧？」

「海利西・馮・藍道夫・修坦因席爾多，看，你的名字我記得一清二楚。」

「被採訪的對象放鴿子我已經習慣了，但如果是妳的話，我會很受傷的！」

「不然咧？」

「我不認為妳會對人類大腦研究特別感興趣。」

「你覺得我只愛化粧品和內衣嗎？」

「也不是這麼說啦！」

「我可不是女性化的人。我也喜歡汽車和手槍呀。而且更下流的東西我也很有興趣。」

「大腦研究是下流的東西？」

玲王奈笑了。只見她含糊地說道：

「好啦！我告訴你。是關於你最近特別親近的人，我想打聽他的事。」

「特別親近的人？是日本人嗎？」

「沒錯！」

「難不成是御手洗？」

「對，我讀了你的報導。」

「我是他的粉絲，我很迷他寫的論文。」

「他怎麼了？」

我有些訝異。我不知道原來女明星還會讀學術論文。

「妳認識御手洗？」

「是有見過幾次面啦！」

「妳不會告訴我他是妳男朋友吧？」

玲王奈又笑了。

「不要告訴別人喔！」

「他是個既優秀又聰明的人，目前是斯德哥爾摩大學大腦研究團隊的主持人。幸虧有他，我們的研究才能一下子進步得那麼快。他來了之後，麻省理工學院的電話一直沒斷過。美國國內只能眼睜睜地看著他們發表。這樣下去，說不定還會得到諾貝爾獎呢！」

「沒錯，他是有得獎的可能。」

「可是，怎麼說呢？他是妳心儀的對象？他這方面……」

「對女人沒興趣……是吧？」

我苦笑了一下。玲王奈也忍不住笑了出來。

「這樣呀。他是個很優秀的傢伙，和我很投緣。我們偶爾還會一邊眺望波羅的海、一邊喝酒呢！」

聽我這麼說，想不到玲王奈竟在幾千里遠的彼端緩緩地嘆了口氣。嘆息聲透過細小的電線傳來，我聽得一清二楚。那種迫切的模樣，好像當下就要脫口說出「啊，我也想去！」似的。

「我的專欄之所以頗受好評，也是因為他能掌握要領加以說明的緣故。他很喜歡目前的生活還有斯德哥爾摩這個城市，說過想永遠定居下來。」

「不可以！」

玲王奈喊道。

「啊？」

「不是啦，他不像那種會在一個地方定下來的人嘛。」

「好像是這樣。說起來他老是到處旅行。我們碰面的時候都是在聊大腦或旅行。有時用美語，有時也用日語。他也會跟我聊他在橫濱的摯友。」

「石岡先生。」

「沒錯，就是他。我們很要好。大概來往了一年以上了吧！我們什麼都聊……」

「你們沒聊我的事……對吧？」

「我們不談女人。除非是開玩笑或是說壞話的時候。」

聽我這樣說，她不屑地哼了一聲。

「對，他就是那樣的人。反正也沒差啦，我又不是他女朋友，和他也不是很熟，他也不是愛看好萊塢電影的那種人，就算你聊到我，他大概也會說：玲王奈？那是你養的貓嗎？我只是基於個人好奇，想知道他目前的工作情況而已。」

「我寄本書給妳吧，有一本快完成了。」

「真的嗎？太棒了！我好期待！不過，你還是會來ＬＡ吧？」

「啊，當然，如果妳想見我的話。」

「那還用說？一起吃個飯吧！ＬＡ各種特色餐廳我都知道喔。不只中國料理、韓國料理、法國料理，像什麼西藏料理、蒙古餐廳、波斯料理、越南料理、摩洛哥餐廳……」

「普通的就可以了。只要和妳一起，哪兒都是五星級料理。我下個禮拜就可以去ＬＡ，怎麼聯絡？」

「你一決定飯店就告訴我，我一定和你聯絡。你先打給我的經紀人。不好意思，這是與經紀人約定好的，不能給家裡電話。」

「沒關係，下星期一我就從斯德哥爾摩出發。我去ＬＡ通常都住聖塔莫妮卡的美麗華希爾頓酒店。這次應該也一樣。不過等星期二確定了之後我再聯絡妳，妳會等我吧？」

「Sure！」

玲王奈興奮地回答。原本有點鬱悶的語氣一下子全不見了，她好像真的很開心。這就是演員的戲劇張力嗎？

「好期待喔！我等不及下個禮拜了！」

3

一開始採訪斯德哥爾摩大學的大腦研究，就遇到一位優秀聰明的人物。他是來自日本的男子，名叫御手洗潔。他多才多藝，單就語言能力來看，就知道他絕非常人。他能任意說出多國語言，甚至可以用瑞典語和我討論文學。一知道我是德語系的人，我們就開始用德語溝通，知道我的英文也沒問題後，我們又馬上換成用英語採訪。大腦研究範疇的辭彙大都統一用英文表達，所以一開始用英語討論可以避免分歧。有關研究的對話也盡可能這麼做，這樣在與美國研究機關交換資訊時也會比較順利。

不論學術或語言，他都能遊刃有餘，但對於斯德哥爾摩的街道他就不那麼在行了，所以我負責幫他帶路，像是哪邊有便宜美味的餐廳啦，或是適合看書的咖啡館啦，還是賣許多專業書籍的舊書店啦，這些都是我告訴他的。而我也用這些貢獻，從他那兒換得許多寶貴的知識。事實上，如果我沒在研究團隊中找到他，我的專欄想必會變得枯燥乏味，撐不過半年。學者們大多只用瑞典語來表達自己的專業知識，但要與人談論使用專業術語的學術領域，我的瑞典語還不到家。

雖然我把我所知道的生活訊息，像是喜歡的餐廳和酒吧全都告訴他，帶他一起去，但這些地方沒多久都成了我的書房和教室。他很習慣和我這種外行人說話，連解說專業領域也令人讚嘆。在採訪過程中，他也教我大學的基礎課程，但他講的課要比大學教授講的更淺顯易懂好幾倍。最難得的是，他對世俗的名利看得很淡，大力贊同公開研究成果。不像有些專家總想隱瞞成果，一人獨占。

不過更令人讚賞的，就是他那學者沒有的開朗，和令人意外的即興演出。在老城酒吧喝得微醺的他竟當場表演起踢踏舞！真是令人驚豔。對我來說，和他在一起充滿刺激。比和瑞典最受歡迎的演員見面更快樂，更興奮，我的人生也漸漸有了意義。每當和他見面，我就覺得，怎麼說呢？——就像得到了救贖。不僅是大腦方面的知識，他也不著痕跡地教我如何與瑣事共存。套用他的說法，那就好比把吃剩的鮭魚骨頭用紙巾包好，小心翼翼地帶走。說起來學術界就是因為有那樣的骨頭，才一直無法進步。

在他的腦袋裡，重要的問題會按優先順序歸納整理，照著這個順序，他每天都過得很充實。這個優先順序和我們的很不一樣，我認為是細微末節的東西，在他看來反而是主幹，除了它之外，其他事都可以當成娛樂，好好享受，這是他教我的事。不，事實上他從沒說過這樣的話，是我自己這麼理解的。

我三天兩頭打電話到他研究室，請他有空就來我這兒坐坐。他從不厭煩，也從不擺臉色給我看。對我來說，就好像找到了個忘年好友，我希望他也這麼想。我的人生非常無聊，不無聊的時候就直接跳到悽慘，所以希望有人能讓我快樂，引燃我對生命的熱情。我之前的生活枯燥乏味，而他卻擁有滋潤我生命的神奇力量。每次見面，他總能若無其事地讓我不再沉悶，我很享受和他一起的時光。他有引導人向善的天賦，而且點子超多。對我這種古板的人來說，他和希特勒的那種力量是截然不同的。

因為我是這樣的，所以玲王奈對他心生愛慕也是可以理解的事。這幾年來我對玲王奈傾心不已，若說我對她的這番話完全沒有一絲忌妒那是騙人的，但那種念頭一下子就消失了。經過一年多來的相處，我知道御手洗還是單身，也希望他能覓得與他心意相通的女子。可他本人好像一點也不這麼想。

那個女子有可能是玲王奈嗎？我意外地出現這樣的想法。的確，若他們兩人配成一對，會有多麼般配呀！那會是世上數一數二的完美組合。不過，御手洗更喜歡其他老實的平凡女子，我絕不是因為忌妒才這麼說的。也不是說玲王奈不老實啦，但畢竟他們是兩個世界的人。

前往洛杉磯之前，我也曾考慮要不要打電話給御手洗，問問他對玲王奈的看法，但隨即作罷。因為這麼做他不見得會高興，而且我也不想把玲王奈的事當成旅行見聞來談。我默默從斯德哥爾摩的機場出發，在往麻州的途中先飛抵洛杉磯。再從機場搭計程車來到聖塔莫妮卡的美麗華希爾頓酒店。到的時候已經是週一的傍晚，我一進房間立刻打給玲王奈的經紀人佛蒙特，不過電話轉到答錄機去了，我在語音信箱裡留下房號。

她今晚應該不會聯絡我了？我心想，走出飯店，在黃昏裡逛了起來。記得百老匯和海洋大道的街口有家不錯的餐廳，我打算去那兒吃頓晚餐。那是間義大利餐館，店名叫做伊古奇尼，結果一來到店門口，就看到滿滿的人潮，客人都排到馬路上了，大家都在等座位。好一陣子沒來了，這家店似乎變得大受歡迎呢！算了！我越過沿海公園的草坪，走向更遠的堤岸那頭。加州的海洋聞起來和波羅的海的很不一樣。

我一邊看著旁邊的摩天輪，一邊走在鋪著木板的步道上，心想這片堤岸曾在哪部美國電影裡出現過。記得不是很清楚，是保羅・紐曼主演的《刺激》嗎？我邊走邊想，走進位在堤岸邊的熱狗店，吃了熱狗、喝了杯咖啡後，就回飯店去了。我沒什麼吃大餐的心情，而且如果真有需要的話，我還可以叫客房服務。

去櫃台拿鑰匙時，我意外得知玲王奈已經發了一張傳真給我。那是流暢的手寫字體，玲王奈不是艾琳娜。

「親愛的海利西：

歡迎來到ＬＡ！

我明天下午一點有空。兩點開車來接你。請在飯店玄關的門廊等我，我一揮手你再走過來。如果你不在那兒的話，我會把車停在停車場進去裡面等你，屆時你再來找我。問得有點晚，我們午餐吃奧地利菜如何？就在主街的 Schatzi on Main。我有東西要送去那裡。

明天晚上有戲要拍，所以傍晚一定得回卡爾佛，不過後天我們可以一起晚餐。想吃什麼明天再告訴我。

另外，要是你不方便，請再留言給我的經紀人。否則就明天下午兩點見。希望明天早點到來！

你親愛的玲王奈」

我哪會有什麼不方便啊！向櫃台人員打聽那家名叫 Schatzi on Main 的餐廳，對方一聽馬上回說ＹＥＳ。好像滿有名的。他說從聖塔莫妮卡市政廳前的那條主街一直往南走，它就位在與海洋街的交叉口。開車一下就到了，但若是走路的話，要搭乘從百老匯聖塔莫妮卡廣場前出發的名叫「Tide Shuttle」的電動巴士，在海洋大道站上車，左轉到海洋街時就要拉鈴下車。聖塔莫妮卡廣場就是位在市中心的購物商城。

我得承認，自從那次在羅馬遇到她後，這些年來我已經成為玲王奈的忠實影迷。她主演的電影我全都看過，就算是拍給青少年看的無聊歌舞片，我也不害臊地撐著看完。我蒐集所有與她有關的報章雜誌，這絕對不是玩笑話。就像諾貝爾得靠販賣殺人炸彈的所得才能營運下去一樣，這是百分之百的事實。我在一九九五年造訪遙遠的日本也是因為這個原因，我不單僅是想遊覽京都和奈良的風景，也是為了看看她的出生地橫濱。

我無論如何都想再見她一面，甚至還計畫等《大腦十年》的專欄告一個段落後，以「英格麗・褒曼[24]家族」或「好萊塢的外國明星」為名義，著手另一個專欄企劃。不用說，我這麼做都是為了想再次見到玲王奈。

活了這麼大歲數的我，對這個可以當我女兒的年輕女星的迷戀，已經到了無法自拔的地步。朝思暮想的人竟然打電話來。我有多開心、多心慌，這世上實在找不到言語來形容。我好像要見范倫鐵諾[25]的少女一樣，不對，這樣的形容太老掉牙了，用現在的說法應該是湯姆・克魯斯吧？我就像等著隔天和他見面的小女孩粉絲一樣，整夜無法入眠。

4

隔天早晨天氣不錯，但ＬＡ卻是難得一見的陰天，雲層飄過，從飯店靠海的露台望過去，可以看到海面反射的耀眼陽光，但轉眼間雲層遮住了太陽，四周又變得陰沉沉的。遙遠的天邊似乎風勢很大，連聖塔莫妮卡的地面都可以感覺到風的吹拂。

吃完自助早餐後，我走出飯店來到當地比較熟悉的街道，逛了逛人行步道上的商店街。這條行人專用的步道和玲王奈故鄉橫濱的某條街道很像。那條路好像叫做伊勢佐木町的樣子。

去日本旅行的時候我還不認識御手洗。當時是想看看玲王奈的故鄉，但仔細想想，那城市也是御手洗的故鄉。在那城市的某個角落，應該也有御手洗住過的公寓，他和玲王奈這兩個在地球兩端生活的人，想不到竟然來自同一個城市。

早餐消化完了，也快到中午了，我覺得有點餓，於是就走回飯店坐在大廳沙發上休息，讀洛杉磯時報。其中一面頭版報導的是生下七胞胎的愛荷華州婦女。她原本只有一個女兒，第二次懷孕卻一下子生了七個。這在瑞典、荷蘭還是德國都不曾聽過。母親的肚子還真是能裝啊！儘管如此，這樣的事也能登上頭版，看來現在的美國算得上是風平浪靜。

放在地上的大鐘已經指向一點，我站了起來，越過大廳走進洗手間。理了理頭髮，在脖子上稍稍噴了點古龍水後，我走出玄關。陽光有時刺眼有時昏暗，一直反覆變化著。身著制服的高大門房無所事事地守在門口，他的後面有兩張白色塑膠椅，我決定坐在那兒等。雖然離約定的時間還有將近一個小時，但玲王奈或許會因為路況或其他原因提早到也不一定。她是那麼有名的人，如果讓她等我，可能會帶來什麼不必要的困擾。

㉔英格麗・褒曼（Ingrid Bergman，一九一五年至一九八二年），好萊塢的瑞典籍知名電影女星。

㉕魯道夫・范倫鐵諾（Rudolph Valentino，一八九五年至一九二六年），好萊塢的義大利裔電影演員。

這個位置正好有盆栽的樹蔭遮擋。我一邊感受著心臟的跳動，一邊吹著從海洋大道那頭吹來的海風。每當風一吹來，眼前的葉子也搖曳生姿。十年沒見的玲王奈不知變得怎樣了。她會用什麼表情迎接我，會說些什麼呢？她的各種表情在螢光幕上不停播送，再過幾十分鐘後，那張臉就要出現在我眼前了，即使現在已經等著要見她，我心裡還是不敢相信。好久沒有這種幸福的感覺了。我一點也不覺得無聊，就算讓我這樣等上一個禮拜也沒關係。

一切真的太突然了。沒有典禮開始的奏樂，也沒有司儀高亢的開場，從冬青樹圍籬的後方駛進一台銀色保時捷。因為是敞篷車，所以可以看到車內是一位戴著墨鏡、秀髮飄曳的美女駕駛。銀色保時捷放慢速度，一轉進飯店上下車的轉彎處，就在我正前方停了下來。樣貌清麗的女駕駛將她戴著墨鏡的小臉轉向我，微微舉起右手，好像在考慮要不要按喇叭的樣子。

不用說，我立刻從椅子上跳起來。從飯店門房到周遭所有人，大家都看到了銀色跑車和駕駛座上的女子。她伸手要開副駕駛座的車門，我搶先一步跑了過去，把門打開。

一溜進副駕駛座，穿著白色夾克的美女笑臉盈盈地迎向我。眼前的一切實在令人難以置信。

「海利西，好久不見，可以再見到你真是太棒了！」

耳朵聽到的是女性優雅的嗓音。這聲調令人舒暢，已經不再給人在羅馬飯店時的毛躁印象。她舉止溫柔地伸出手來，握住我又粗又硬的手。本以為這樣就結束了，誰知那美得太不真實的笑靨突然湊上來，親了我的臉頰。在眾目睽睽之下，我們駕車揚長而去。

玲王奈的髮型是剛剛及肩的短髮。沉浸在加州特有的暖風下，一點也感覺不出晚秋的涼意。我好怕她問我昨晚睡得好不好。因為我根本無法入眠。

不過，超級巨星十分清楚像這種時候該怎麼與影迷應對。對話中絕對不會出現令人尷尬的問題，看似繆思女神的她用輕快的語調介紹街景，談論自己目前正在拍攝的電影。她的表現讓我覺得，她知道要見自己的男子多半睡不著覺；她沒把我當知心朋友，只把我當作媒體記者對待，我覺得有點失落。

不，不是這樣的。應該是我誤會了。這只是我事後站在作家的角度所作的詮釋。其實是我當時就像呆子一樣，根本無法思考，如癡如醉，直盯著玲王奈的臉瞧，才會產生這樣的誤解。

我很訝異。玲王奈變了。她和羅馬那晚判若兩人。如果我不是她的忠實影迷，沒看過她的電影，沒蒐集她的照片，我可能認不出來她就是我在羅馬遇見的模特兒。雖然我不太說得出來是哪裡變了，不過最明顯的就是她的行為舉止。她變得像貴婦一樣優雅，那種年輕人的粗魯態度已經不見了。為了蓋過引擎聲和風聲，她講話的音量有點大，但聽起來已經沒有輕佻的感覺，她的聲音就像雅致的香霧般瀰漫在車內的空氣中。

一頭又直又黑的秀髮就和我們西方人憧憬的東方女性一樣，感覺乾淨清爽。她的妝很淡，口紅也很淡。雖然一直看著前面開車，但那張臉會不時地轉向我。只要嘴角微微一笑，不管裝扮得多麼素淨都難掩她的天生麗質。

「御手洗先生好嗎？」

她說道。寒暄告一段落，她切入最關心的話題。車速放慢了，引擎聲變小了，說話的聲音也變得清晰許多。她不用御手洗而是用御手洗先生來稱呼我的朋友。這讓我很難判斷她和御手洗的關係。

「他很好啊！」

我回答道。

「他就像多產的母雞一樣好得不得了。在研究室以外的時間，他都四處溜達，散播歡樂。他很受歡迎呢！」

玲王奈毫不在意地笑了笑。接著問道：

「他已經融入那裡的生活了？」

「他比我還更像瑞典人。好像幾百年前就住在斯德哥爾摩似的。」

「這樣啊，那就好。」

玲王奈特地把掛著笑容的臉轉向我。不過她的表情和她說的話完全相反，感覺有點落寞。

「海利西，你跟他好像很要好喔。」

「是啊，他只要一走出大學研究室，就會和我在一起。我們就像父子或是兄弟一樣。週末會一起開車兜風，一起去波羅的海巡航。去奧斯陸大學也是一起。我和前妻在一起時都沒有這麼黏，所以我仍不知道她用哪個牌子的香水。不過對於御手洗，我已經是無所不知了。他喜歡的畫、喜歡的料理、喜歡的酒、喜歡的店、現在對什麼有興趣、讀什麼書，我都知道。不過，他有沒有喜歡的女人我就不知道了，這樣說妳會比較高興吧？」

這點，玲王奈倒是沒什麼反應。只是微微地一笑。

「這些事我之後再問你。」

「好啊。他說自己從在日本的時候就沒變過。」

「我在你的報導裡看到御手洗先生的名字時，嚇了一大跳。」

「御手洗的名字和我的名字，妳先發現哪一個？」

「這個嘛……我忘了。」

「《Suverona》雜誌在這裡也有賣嗎？」

「比佛利山莊的書店裡有賣。我常去那裡。」

「妳對大腦研究有興趣？」

「我對心理學和大腦研究都有興趣。這是我最大的樂趣。」

「妳不是開玩笑的吧？」

「是真的啦，我等下再告訴你。」

「那個領域我現在略有心得。當然，還不到御手洗的程度啦。」

車子在主街右轉後又左轉，停在一棟紅色的磚瓦建築前。聽到引擎聲，一個穿著紅色背心的男孩跑了過來。是代客泊車的服務生。玲王奈沒有熄掉引擎，她帥氣地將手自排桿打到空檔，拉起手煞車。

一認出是玲王奈後，那男孩臉上堆起滿滿的笑。不過看來是舊相識，他並沒有特別驚訝的樣子。

打開車門後他候在一旁，玲王奈慢慢下車，拿出放在座位後方的牛皮紙袋。我也跟著下車，那時才知道她穿了件白色短褲。白色夾克配白色短褲，她一身雪白。我們後方的保時捷被開往停車場的方向。

玲王奈的行進排場根本就像女王一樣。她前面的人全都停下來，滿臉歡喜地行最敬禮，等她從眼前經過。前方二十英尺遠的大門已經敞開在等我們，一進店裡，托著銀盤的女服務生排列整齊地分站兩旁。那些女孩的眼中盛滿了好奇，這時要是有人從後面推了其中一人一把，想必全場會尖叫聲四起。

這家餐廳不是很寬敞，但窗明几淨，店內牆壁上掛著阿諾・史瓦辛格的照片，以及年代久遠的螺旋槳飛機的彩色照片。可能是離晚餐的時間還早吧？店裡看不到一個客人，整間店好像全被我們包下了。或許事實就是如此也不一定。

穿著白襯衫的侍者帶我們去最裡面的靠窗座位，窗外可以看到寫著尼爾森路的綠色路標。

「聽說愛荷華州產下了七胞胎呢！」我說。

「好像是這樣，那個母親這下出名了，現在和我一起拍電影的工作夥伴們大家也都在聊。因為和我目前的工作有關，所以我也很關心。」

玲王奈說。

「基諾・李維的《捍衛戰警》就是在這一帶拍攝的呢。」

玲王奈邊說邊摘下墨鏡放在桌上，歪斜著身體將外套脫下。她裡面穿的是無袖的白色短衫。不只兩條手臂，肩膀的大半部也都露在外面。非常前衛的設計，我沒什麼異議。

店內很暖和，不需要穿著外套。她那深邃的大眼也毫無遮掩地呈現在我面前，我感覺自己是坐在特別席上的觀眾，欣賞著眼前的一切。

「妳穿了一身白呢！」我說。

「像席琳吧？」玲王奈說。

「席琳？」

「席琳・狄翁啦！我超喜歡她的。」

話匣子才剛打開，玲王奈卻突然打住。因為沉重的腳步聲正慢慢朝我們逼近。

「海利西，我來幫你介紹，這是這家店的老闆。」

玲王奈的手指向我的後方。一回頭，才發現身後站了一位像山一樣的大漢。

「嗨！歡迎來到 Schatzi。今天推薦的主餐是鬼頭刀和鮟鱇魚。」

用拗口的德國腔說著英語的男子，正是阿諾・史瓦辛格。他的臉上也是堆滿了笑容。我大吃一驚。

「天啊！這是怎麼回事！」

我驚呼出聲，連手都忘了握。

「太過分了，玲王奈，妳怎麼不告訴我！這位是史瓦辛格先生，想不到會見到你，真是太榮幸了。你的電影我都有看。我尤其喜歡那片《魔鬼孩子王》，錄影帶看了好幾遍。當然，《魔鬼終結者》也不例外。」

「謝謝你。」

「他是從瑞典來的，是個作家，所以你講話要小心一點。」

「我和玲王奈下週就要結婚囉！」阿諾說道。

「啊，這可是大獨家呢。」

我豎起食指說道。玲王奈將帶來的紙袋慢慢遞給了阿諾。

「拿去，結婚證書。」

「ＯＫ，那你們慢慢享用吧！」

個頭高大的男子拋下這句話後，拿著紙袋、踩著厚重的步伐離開了。玲王奈緩緩坐下。我也坐下，看著玲王奈。她真是個像謎一樣的女子。御手洗也一樣，生長在那遙遠東方城市的人都有這樣的特徵嗎？

十年不見的懷念笑靨就在我的眼前。在電影院還是自己家裡的電視機裡，這張臉不知看了多少遍。她其實一點都沒變。當我看到她的眼睛時，我立刻就知道了。雖然比以前更成熟了，但她依舊美麗、俏皮。東方血統的她看起來比實際年齡更年輕，像個少女一樣。

「怎麼會這麼美？」

我不經意地脫口而出。

「這些話妳可能已經聽習慣了，但我還是要告訴妳。看到妳這麼美，我真替妳高興。像這樣隔著桌子面對面坐著，我已經想像好多次了。沒想到竟能如願。」

「真的見到了就覺得沒什麼大不了的，你這麼覺得吧？」

我驚訝地抗議道。

「怎麼會？為什麼這麼說？」

「電影明星什麼的都只是幻影罷了，人家不是常說嗎？一切全都是靠電影效果堆砌而成的，像我這樣的人滿街都是。少了燈光和音效，我只是個失去魔力的大型道具而已。」

「不是這樣的，妳比我想像的更美，能親眼見到妳真是太棒了。」

「真的？我好高興。如果讓你覺得不開心請見諒。因為我在為目前拍攝的電影培養情緒。兩天前我們開始拍攝電影最重要的部分。所以你知道的嘛，我有點憂鬱。」

「是《最後出口》吧？」

「那個片名可能會改，因為不是很有吸引力。」

「是怎樣的片段呢？」

「吃飯說那個不好消化，想聽我以後再告訴你。」

「難道和七胞胎有關？」

「無可奉告。」

她笑著答道。

「妳是受了工作影響吧？」

「我……是吧？覺得心情沉重。」

「不好意思，打擾到妳工作了。」

「沒這回事！和你見面我很高興。海利西你都沒變耶！比在羅馬的時候還要年輕。」

玲王奈打起精神開朗地說道。

「頭髮什麼的都還在。還能維持個六、七年吧？在那之前我得趕快找個老婆才行。不過，如果妳說的不是奉承話，那麼這些都是御手洗的功勞。」

「對了，你的《魔鬼孩子王》是和御手洗一起看的嗎？」

「不是，我沒和他一起看。他對看電影好像沒什麼興趣。玲王奈，他有看妳的電影吧？」

聽我這麼一問，玲王奈聳了聳肩，一邊伸手拿菜單一邊撒嬌地說道。

「我哪知啊？鬼頭刀和鮟鱇魚，你要吃哪一個？」

「什麼是鬼頭刀？在歐洲沒人吃那種魚。」

「那就在這裡開個葷吧！味道還不錯。我要鮟鱇魚。」

女服務生緊張地來問要喝什麼飲料。我點了阿米斯特淡啤酒（Amstel light），玲王奈點了紅茶。十分鐘後，我們用啤酒和紅茶為重逢乾杯。她說自己工作前不喝酒，所以有點可惜，不過，明天一起吃晚餐時她就可以喝了吧？

我望著低著頭的玲王奈，怎麼看也看不膩。雖然玲王奈說沒有氣氛陪襯，但美女不管怎麼樣都是魅力十足。是為了我吧？她儘量表現出很愉快的樣子。我真的很感謝她。

這頓飯我吃得很開心。玲王奈爽朗地談論著，我們怎麼聊也聊不完。她對大腦研究的相關知識並非臨陣磨槍，老實說我真是驚訝不已。尤其是心理學這方面，有些我不知道的訊息她都知之甚詳。看樣子，讓她代替我訪問御手洗都沒問題。

她非常熱切地詢問我和御手洗的事。在訪問藝人或模特兒時，我大概也像她那樣想到什麼就問什麼吧？真教人哭笑不得。好像我和御手洗有什麼不正常的關係，被女記者逼問似的感覺。我乾脆放下刀叉，舉雙手投降。

「玲王奈，妳的砲火太猛烈了，我只想明白地說一句，我和御手洗什麼事都沒有。」

玲王奈笑了。不過，她的眼神是很認真的。

「你們整晚巡航，是各人睡各人的床吧？」

我也笑了。

「妳是不是經常被問到這種問題？」

「因為你好像真的很喜歡御手洗嘛！」

「真是天大的冤枉！這是從我四歲被納粹秘密警察盤問以來，所受過最大的冤枉了。」

玲王奈也放下了刀叉，她邊用紙巾擦嘴一邊靠在椅背上。

「告訴我波羅的海的事。和這邊的海不一樣嗎？」

「啊，完全不同呢！這裡的海聞起來有樹木和陽光烤過的痕跡，風中摻雜著這樣的味道。波羅的海不一樣。它的味道更溼更冷，帶著石頭的味道。」

玲王奈點點頭，靜靜地聽著。像是在想像那情景似的。所以我也在腦海中想像畫面。正是如此。這兒的海是樹木和沙被烤得熱烘烘的味道。北歐的海不同。它總是冷颼颼的，浪花拍打著褐色的岩岸。只有海的味道，而且幾千年來都沒變過。

「北歐很冷吧？」

玲王奈說道。

「是啊。所有一切都是石頭做的，冰冰冷冷的。人是木頭做的，只是暫時寄居其間，轉眼凋零腐朽。留下的就只有石頭。在柏林時，我在一條被遺忘的小巷裡迷了路。走在長滿雜草的石板路上，腳下踩的石子全是圓的。石板路上有兩道清楚的凹痕，不知是怎麼來的。明明這只是條人煙罕至的小路。有個當地的老人經過，我問他原因。他是這麼告訴我的，那是羅馬軍隊戰車行駛過後留下的軌跡。」

「那是毒害。」

「毒害？」

「對，那片土地的毒害。不論經過幾千年，高加索基督徒一手創建的絢爛文化都會受到冰封保存，這就是歐洲。我覺得這是非常危險的。他們講究正統，排除異教徒和其他人種的行為已經幾近瘋狂。所以自己也變得瘋狂。」

「是這樣嗎？」

「我以前曾在維也納待過一個冬天，結果就變得不正常了。」

「妳……」

話還沒說完，玲王奈先笑了。

「是啦，我本來就不正常，你知道的嘛。所以御手洗也要小心了，他沒變得怪怪的就好，因為那個人比我還怪。」

她用認真的口吻如此說道。

5

那是頓非常美好的午餐。吃完飯後，我們喝著茶，侍者送來餐後的甜點蛋糕，可玲王奈說待會兒還有工作就不吃了。

玲王奈問我說明天晚餐要吃什麼。我跟她說以前去過橫濱，一直對那裡的日本料理念念不忘。ＯＫ，那明天就吃壽司或日本料理吧！玲王奈說。

晚餐玲王奈請客。我不想讓她請，可她說從歐洲飛來的機票是你出的不是嗎？於是我只好收起信用卡，把它放回皮夾裡。

餐廳的後面就是大海。玲王奈說離上工還有一點時間，反正不管誰先開口的，我們決定去海邊散步。因為離沙灘只有一小段距離，所以我們把車子丟在停車場，直接從餐廳的後門出來，往海的方向走去。那附近有很多沿著海岸線而建的二層樓或三層樓高的連棟式住宅（townhouse），不過也有幾棟木造的，或是在建築雜誌上經常看到的、用水泥和玻璃打造的摩登公寓，透過其中的縫隙，可以看到波濤蕩漾的大海。

當我們走在聖塔莫妮卡的沙灘上時，十一月的太陽已經快下山了，陽光不再那麼強烈，海面上出現動懾人心的美景。太陽躲在雲的後面，黃色的光線從雲間透了出來，形成放射狀的條紋落在海上，整個海平面在風的吹拂下，起伏晃動，發著光。那光澤讓人產生水好像凝結了的錯覺，就像是快要凝固的果凍。

一旦腳踩進沙裡，我們的步伐就慢了下來。穿過用木頭圍起的低矮柵欄，走過夏天為了管制遊客而設的瞭望台，我倆默默地往海邊走去。四周幾乎沒什麼人，風不斷地往住宅的方向吹，表面的細沙被揚起，輕拂過我們的腳踝。

快接近海的時候，我忽然望向右手邊，看到昨晚走過的聖塔莫妮卡的堤岸就在前方。摩天輪閃耀著金色的光芒，讓我想起小時候母親手上戴的金戒指。我忘情地看著它，無法把視線挪開。它美得讓人屏息，感覺好像是神給我的啟示。從歐洲大老遠跑來的我，終於見到了有如那戒指般閃耀的玲王奈。

當我重新看向玲王奈時，才發現我們一直默默地在走路，氣氛有點尷尬。我趕緊尋找輕鬆的話題。

「對了，《最後出口》拍得怎麼樣了？」

我沒有多想就講了，講完後才覺得後悔。剛才玲王奈避開了這個話題。不過，幸好玲王奈開朗地笑了。

「剛好拍到最悲慘的地方，你了解吧？凶手把被害人大卸八塊，攝影棚裡卻亮到不行。」

由於有風，玲王奈的音量不自覺地放大。我仔細聆聽玲王奈的聲音，發現它就要化作風的呢喃，往天空飄去。那微弱的聲音讓我覺得很不安。我開始失去了正常的判斷力。

「很複雜啦，我也是第一次拍這種戲。悲慘歸悲慘，當著工作人員的面，還挺害羞的。」

我聽不太懂，只好安靜地等她說下去。

「戲中的我懷孕了，沒辦法去醫院墮胎，只好把密醫叫到家裡來，在廚房的餐桌上接受墮胎手術。像這樣，我得擺出很奇怪的姿勢，裙子被褪到這裡，毛巾蓋在肚子這邊。」

「那妳不就……」

我嚇到脫口而出。以今日玲王奈的健康形象，實在很難想像她會接這種戲。

「呃……我的意思是，全身被拍光了？」

玲王奈笑了。

「腳、屁股都會拍到吧？我自己是看不清楚啦。連續腿開開的幾個小時，羞恥心都麻痺掉了。」

我有點擔心。該不會被騙去拍色情片什麼的吧？玲王奈的個性有點傻大姐，她好像不是很清楚自己的身體值多少錢。

「沒問題嗎？我是說……」

我的表情轉趨嚴肅，玲王奈強忍住笑，促狹地偷瞄我。終於她別過臉，哈哈大笑了起來。接著說道：

「別擔心。我穿了兩件內褲，我也不是省油的燈。」這語帶雙關地解釋道。

「手術後，醫生回去了，留下我一個人，我開始出血，血一直流，流得地板到處都是。然後，我貧血了。啊，真慘。真是太悲慘了。光想就覺得憂鬱。不過，幸好拍攝時用的是血漿，味道跟真的血不一樣。」

玲王奈裝出痛苦的表情，右手掌貼著下腹部，一副真的很痛的樣子。看她有心情說笑，我也跟著輕鬆了起來。

浪花拍打岸邊的聲音，還有波濤起伏的聲音，清楚地迴盪在耳邊。那個時候，我突然想起在海邊的遊艇俱樂部的老式酒吧裡，我跟御手洗兩人一起喝啤酒的傍晚。當時也是像現在一樣，不斷聽到陣陣的浪濤聲。

那是最近，一個月前才發生的事。加州的十一月是這麼溫暖，可斯德哥爾摩一進入十月就已極冷。酒吧的暖爐點了柴火，御手洗穿著從二手衣店買來的連帽粗呢大衣。

「御手洗先生他，可有說他想念日本？」

玲王奈提高音量，想要蓋過風的聲音，我的思緒因而被打斷了。玲王奈的這個問題問的時機剛好。總是嘻皮笑臉、玩世不恭，絲毫不在別人面前顯露半分缺點的御手洗，在那開始變冷的夜晚，唯一的一次，沒錯，只有那一次，對我提到故鄉、還有在那裡等他回去的朋友。

「他說了什麼嗎？關於日本？」

玲王奈再次追問。那聲音聽起來很開朗，溫柔地催促著我。雖然我隱約覺得不對勁，可受到她的熱情鼓勵，我開始考慮要把那個講出來。事後一想，那真是我人生最大的敗筆。

「我只聽他提過一次。那是在遊艇俱樂部一間名叫拉森的老式酒吧裡，上個月我們一起喝了啤酒。那間酒吧我常去，是非常棒的店，全斯德哥爾摩我最喜歡的就是它。我是常客。不過，御手洗應該也是常客。我覺得，那裡比自己的家還要舒服。」

玲王奈的臉上帶著笑容，很專心地聽我講。

「那晚，喝醉了的我，向御手洗問了一個問題。其實那是個蠢問題。我大概是有點神智不清了。我問御手洗說：御手洗，你喜歡人類嗎？結果他說：嗯，喜歡啊。我喜歡研究大腦的神經迴路，當然喜歡擁有它的人類。很像是他的邏輯哦？然後他又說，狗啦、這杯啤酒啦，我都一樣喜歡。你、這片大海、斯德哥爾摩的街道、遊艇，我都一樣喜歡。

我說我問的不是這個。那個時候，不知為什麼，我突然想起過去艱苦的日子。從我懂事以來就沒了父親，所以我的童年過得非常辛苦。不過，我們那個年代的歐洲人有很多都是這樣，大家都在戰爭中失去了親人或朋友。我想說的不是那個。在我還很小的時候，我母親就得拚命賺錢養活我們兄弟。我母親是貴族出身，那樣的日子想必更加辛苦。過著沒有尊嚴，每天做牛做馬賺取微薄的薪水。

然而，在那個時候，我對母親並沒有什麼特別的想法。當然，我像一般人一樣愛我的母親，也感謝她，可對我而言，妳懂嗎？她就像空氣一樣。我第一次意識到母親的存在，是在她精神出了問題之後。一直等我上了高中，母親才發病，進入精神病院。我一邊在慕尼黑的牛乳工廠打工，一邊學校、醫院兩頭跑。母親總在醫院的會客室裡等我，這中間她會打毛線或是畫一些長得像怪物的動物。當我看到這樣的母親，心中那個叫做愛的感情被喚醒了。

母親打的東西完全沒辦法修改，也完全派不上用場。她只是隨便亂打，打出的東西就像是張大蜘蛛網。她把它拿給我看，笑著要我誇獎她。

我絞盡腦汁地想，想說該說什麼，該怎麼說才能讓母親開心。可我畢竟只是個孩子，講不出好聽的話。當下我的心裡有多麼難過、多麼受傷啊。可也是在這個時候，我徹底體會到愛這個東西的真義。愛是悲傷的，讓人心痛的。我終於懂了。

妹妹也是一樣。雖然我們兩個不常聊天，但她的感覺肯定跟我一樣。對我而言，接下來的婚姻同樣也是一場災難。妻子的心裡也有很大的陰影，必須依靠酒精才能過活。走秀賺來的錢，左手進右手出，全都拿去買酒了。為了不讓母親看到這樣的妻子，我瞞得好辛苦。如果讓母親看到，她肯定會氣死。我也曾痛罵過妻子、苦苦哀求她。可那些都沒用，情況完全沒有好轉的跡象。」

我講到這裡停下，忍不住自己乾笑了起來。太難為情了，我都不敢看玲王奈了。我只能憑感覺確定她還在我身邊。這些痛苦的回憶一直像高壓瓦斯般積存在我心底，如今卻被不小心打開了蓋子，瞬間噴發了。

「我沒打算說這個。反正我跟御手洗說，我說的喜歡，指的是那種程度的喜歡。把別人的痛當作是自己的痛，連呼吸都感到難過，藉由那樣的悲傷和痛苦，確認自己和對方相對的位置，我指的是那種喜歡。

結果，御手洗想了一下。我覺得這次他真的很不一樣，一改過去的吊兒郎當。他沉默了半晌，說道：『是有那麼一次。』他說那已經是二十年前的事了，當時他從美國返回日本，過著沉思的生活。他在橫濱的郊區租了間小公寓，每天只是讀書，什麼都不做。

那個時候，他碰到了一個日本人。那個人還很年輕，失去了記憶，全身都是傷。他忘了自己是誰，因為失去了所有記憶，連謀生都成了問題，好像還有感情的困擾，反正天底下沒有比他更慘的人，再慘也就這樣了。奄奄一息的他，就像溺水的人看到了稻草，闖進御手洗住的地方。他一手攀在懸崖邊，就等御手洗救他。

據御手洗說，第一次見到他的時候，他身上還帶著很重的傷。什麼事都做不了，毫無謀生能力，還被當作恐怖陰謀的工具，這樣的人如果放著不管，肯定會死掉。所以他被迫得收拾殘局。只有他有能力救他。對方是死還是活，全看御手洗了。當他發現這個事實時，使命感頓時覺醒了。感覺那就像是他的天命，他說。

御手洗說青年當時的眼神讓他受不了。他臉上掛著無法言喻的虛弱微笑，不管是開門、坐到沙發上，或是伸手接茶的時候，他都用那小心翼翼的眼神看著他。好像在說這樣做對嗎？這樣可以嗎？他就像是盲人或嬰兒，藉由不斷地摸索才能活下去，必須有人幫他才行。

御手洗說得很清楚，他說青年的五官很乾淨。大部分時間他都穿著白色的襯衫，單薄的身子在自己眼前晃動。然後，每次只要他想做什麼的時候，就會用那哀求似的眼神望著他，然後他就輸了。

那種感覺真是不好受，他完全沒有招架的能力。生平第一次有那樣的感覺。他覺得自己拚了命都得救這名青年，不救他不行。那一瞬間，自己的某部分覺醒了。硬要說的話，那是一種自覺，自覺到，喔，原來人生沒辦法一直隨心所欲地活下去，偶爾也會被誰牽著走。海利西，這大概就是你說的愛吧？御手洗對我說道……玲王奈！」

我屏住呼吸。這個時候我第一次看向玲王奈，卻發現她雙手掩著臉。我嚇了一跳。不知道發生了什麼事。

「玲王奈，抱歉，我說錯什麼了嗎？」

「沒、沒事，你不用擔心。」

她說，把手從臉上移開。她嘴巴上說沒事，心裡卻不是這樣，不但聲音裡有很重的鼻音，肩膀還不停顫抖。打開皮包，她慌張地從裡面抽出手帕。

「我正在醞釀待會兒演戲的情緒，很好笑喔？」

說罷，玲王奈自己乾笑了起來。她用手帕壓著鼻子，把臉往上仰。可明明她的睫毛還掛著淚珠，我看得一清二楚。

「我現在……很需要這種情緒，因為待會兒得大哭特哭。不過，現在哭光了，晚上就哭不出來了，那可傷腦筋了。所以你不用理我。」

邊說，她的嘴唇仍一邊抖動著。玲王奈很想大聲地笑出來，卻做不到。鼻頭紅了，看得出來她非常激動。她趕緊用手帕把鼻子壓住。

「沒事的，你不用在意，我經常這樣。我們聊點愉快的？啊，對，剛剛說御手洗說了那樣的話。哈哈哈，還真像他的作風。怪人。不，那根本就不是他的作風！什麼嘛！」

玲王奈終於忍不住，放聲哭了出來。她雙肩顫抖，用手把臉整個罩住。手帕掉在地上，接著她雙腿癱軟地跪了下去。我嚇了一跳，伸手想要扶她，但事情發生得實在太突然，我根本來不及反應。就這樣，我親眼看著知名女星因為我的一席話而嚎啕痛哭。

她大概哭了足足有五分鐘吧？終於玲王奈右手撐在沙地上，拿起包包。我看她要站起來，趕緊伸手扶她。在她站起來的瞬間，我看到低著頭的她的臉，特別是嘴唇的部分，都還是歪的。

站起來後，她用手帕蓋住下半邊臉，看著海的方向，用力地深呼吸。久久不發一語。像這樣看著年輕的女子哭泣，對我而言已經是三十年前的事了。當年哭泣的人不是我的老婆，而是我的妹妹。所以現在我可以用面對妹妹或是女兒的心情，面對眼前這位名人。這讓犯下無法挽回錯誤的我，稍稍覺得好過一點。

「玲王奈，妳……」

我小心翼翼地說道。雖然我對女性心理不是很懂，可終於也看出了端倪。然而，接下來的話我實在說不出口。因為，我不願她受到更多的傷害。

「海利西，你忌妒過女人嗎？」玲王奈突然說道。

「啊？」

我不懂什麼意思。

「你喜歡的女人被別的女人偷走了，有嗎？」

「喔……」

我懂了。只是很不幸地，我並沒有那麼特殊的經驗。

「沒欸。」

我邊說邊偷瞄玲王奈的臉。她什麼反應都沒有。於是，我終於有勇氣把剛才沒講的話講完。

「妳就那麼喜歡御手洗嗎？」

結果玲王奈露出落寞的微笑，只說了一句話：

「我也很討厭自己這麼放不開的性格！」

接著她把手帕從臉上拿了下來，緩緩地把臉左右轉了轉。那樣子，好像因為絕望而引起全身虛脫。

我們再也找不到話題可聊，只能默默地呆站著。大概過了十分、二十分吧？這時我心中想到的是，浮現在遠方的那輪光芒，看來此生都無緣得到了。這都是我大嘴巴的報應。在拉森的那個夜晚，我應該只提神經元、狗和遊艇的。幹嘛自作聰明？跟人家聊什麼感情隱私？

幸好附近半個人都沒有。這片沙灘離堤岸遠，一向人煙稀少。再加上這時太陽已經下山了。周圍逐漸暗了下來，風越吹越冷。十一月的洛杉磯，夜來得很早。

「我得走了，還有工作要做。」

玲王奈幽幽地說道。我看向她，發現她正看著戴在手上的腕錶。那是我最怕聽到的話。

「玲王奈，我不知該說什麼才好。」我說。

「別放在心上，我送你吧？」

那聲音聽起來好不寂寞，如果我自認是紳士的話，說什麼都不該讓她送。

「不用了，玲王奈，我想再走一下。我剛有看到電動巴士經過，我就坐那個回去。反正飯店很近。」

玲王奈不出聲地想了一下。

「是嗎？」她說。

「那，我走了喔？」

「好啊。」我儘可能愉快地答應道。

「謝謝妳的午餐，請幫我跟阿諾問好。」

「抱歉。」玲王奈說，往回走了兩、三步後，卻停了下來。只見她慢慢地轉身——

「海利西，明天的晚餐……」

「對不起，玲王奈。」我搶先一步打斷她。

「其實我明天早上，就必須飛往麻州了。只有今天是空檔。我一直不敢跟妳講。」我說。

玲王奈又愣了一下。

「海利西，我沒想到會那麼趕……」

玲王奈說，我趕緊將手探進上衣內側的口袋。

「這是我的名片。上面有我辦公室和住家的電話。什麼時候妳心情不好的時候，務必給我將功折罪的機會。不急，妳可以明年、後年再打給我。等妳有心情的時候。」

玲王奈點了點頭，卻沒給我一聲「Sure」。當我把名片遞給她的時候，我倆的身體靠得很近，差不多是握手的距離。下一秒，玲王奈撲進我的懷裡，纖細的身體貼著我，顫抖的手撫摸著我的背心。

我聞到香水的味道，我一直認為那是她自身的味道，她的身體和她的哀傷散發出來的味道。我們就這樣擁抱了片刻，之後玲王奈抽離身體，緊緊抓住我的手臂。她的身體仍持續顫抖著，看她那樣我好心疼。她慢慢地把臉貼近我，在我的臉頰上印上一吻。當時，我的臉頰也被她的淚弄溼了。

「對不起。」她又說了一次。

「要說對不起的人是我。」我說。

「小心開車。工作也要加油喔。」

「Sure。」

她意興闌珊地答道。只見她慢慢地轉身，踩著沙，獨自往餐廳的停車場走去。

我站在沙灘上，想說如果玲王奈回頭的話，我就要笑著跟她揮手。可是玲王奈並沒有回頭。四周已經暗了下來，至少在我視力所及的範圍內，她是真的沒有回頭。白皙、纖細的背影彷彿被聖塔莫妮卡沙灘的浪花打碎了，慢慢地消失在夜色中。

等到再也看不到她了，我也邁開了腳步。就這樣沿著沙灘，走到剛剛發光的摩天輪那邊吧！我心想。

自作解說

萬萬沒想到出道時那麼惹人嫌的御手洗潔，在進入一九九〇年後竟成為各家媒體的寵兒。這些媒體並不限於專門經營本格推理的刊物，偶爾也會有令人意外的邀約上門。身為作者，有人邀稿當然很高興，盡全力配合是一定要的。由於各家媒體各自擁有固定的讀者群，所以我在寫的時候，都會想像自己面對不同的讀者在說話。因此，雖然寫的都是御手洗的事，內容卻各異其趣，大不相同。

所以這部短篇集，可以說是進入從九〇年代後開始的這種情況的記錄。因為是替特定媒體寫的，內容也就跟以往的都不一樣。各短篇登場的人物，就像是各自演奏著不同旋律的樂團。也因為我臨時想不到有誰能以中立客觀的角度，審視這類作品並加以說明，所以這篇解說就由我自己來寫了。

〈ＩgＥ〉的謎團起自某餐廳的小便斗屢屢遭人破壞，後來更以令人意外的方式破案，用的是一貫的體裁和模式。這篇是推理專門雜誌《ＥＱ》邀的稿，完成於一九九一年。之後有好長一段時間我不曾寫御手洗的短篇，而它的份量又不足以成為一單行本，所以對書迷而言，這篇一直是傳說中極為罕見的夢幻之作。一直到九八年，講談社終於計畫出一本短篇集，於是我把佈滿灰塵的《ＥＱ》找了出來，重新加筆修正。寫的時候，我發覺裡面的文筆滿粗糙的，可見九一年我寫它的時候有多匆促。

因為是九一年寫的，所以文中時間是在前一年的九〇年。如今回想起來，那是我第二次從巴黎達卡越野賽(The Paris Dakar Rally)遠征回來後馬上寫的。所以故事中那位名叫本宮的青年，就以我在非洲認識的日本人為模特兒了。

接下來的〈SIVAD SELIM〉是九七年應原書房出版的《島田莊司的讀本》所寫，算是其中的壓軸之作。這本書把我至今為止的創作全部回顧了一遍，列出所有作品並附上解說，讓想要閱讀、瞭解島田莊司的人可以把它當作指南，按圖索驥。所以我在寫的時候，刻意減輕其本格推理的成分，純粹只是把它當篇精采的故事來寫。

其實這個故事早在我腦海成形多年，卻一直沒有機會把它寫出來。礙於御手洗系列一開始就設定以本格推理為方向，感覺好像不扯上犯罪就不行的樣子。好不容易終於有地方可以發揮了，我也就大著膽子把它寫了出來，由於沒有很複雜的謎團，所以過程還挺輕鬆的。就我自己看來，它就好比番外篇，是賺到的，可沒想到在票選御手洗系列十大短篇佳作時，它竟打敗一大票作品，榮登第一，讓我既高興又失落，心情巒複雜的。

這篇小品超乎作者想像地受到歡迎，可見御手洗這個角色正在我看不到的地方暗自茁壯著。

〈SIVAD SELIM〉發生的時間和〈I gE〉一樣，在一九九一年。只要看過就會曉得，這個故事一定要發生在這一年。因為中間夾了〈山手的幽靈〉㉖這起事件，所以一九九〇年對御手洗和石岡這對搭檔而言，是相當忙碌的一年。

㉖〈山手的幽靈〉（原：山手の幽霊，收錄於《上高地の切り裂きジャック》）（原書房，二〇〇三年）。

自從該篇作品被收錄進本短篇小說集《御手洗潔的旋律》後，《島田莊司讀本》也被選入了講談社文庫。由於它的份量不夠，不足以撐起一本書，所以我趕快又寫了一篇〈天使的名字〉來補，這篇也跟我以往的作品都不相同。寫的是御手洗直俊——御手洗父親的事。〈天使的名字〉，加上收錄在《P的密室》中，同樣也是特殊之作的〈鈴蘭事件〉，以及收錄在原書房出版的《御手洗潔攻略本》的異色小品〈御手洗潔，當代奇人〉㉗，只要讀完以上這三篇作品，相信就能了解御手洗的來歷和成長背景了。

〈波士頓幽靈畫圖事件〉寫在〈SIVAD SELIM〉的隔年，一九九八年的秋天，乃應講談社發行的推理專門雜誌《梅菲斯特》所寫。當時，《梅菲斯特》剛從講談社誕生，光文社的《EQ》卻在前年停刊了。御手洗的短篇數量減少也是因為這個原因。那個時候，推理文壇也陸續產生了一些變化。比方說，恐怖推理開始占有一席之地，同人漫畫誌蔚為風潮等等。推理小說中的名偵探一一成為漫畫的主角，希望讓御手洗漫畫化的邀約從各方蜂擁而來。身為作者的我，因而有幸和一群羣年輕女漫畫家結識，在她們的大力慫恿下，我甚至寫了御手洗的童年——這種以前作夢都想不到的題材。〈波士頓幽靈畫圖事件〉就是在那樣的氛圍下寫出來的。

所以，這篇小說雖完成於一九九八年，文中的年代卻可上推至一九六六年。當時的御手洗人在美國波士頓，還是哈佛大學的學生。由於發表的媒體是推理專門誌，所以不管是謎底的鋪排或解謎的部分，都按照本格的模式進行。

最後〈再見了，遙遠的光芒〉本身也是很特殊的作品；乃應原書房出版的漫畫《御手洗和石岡向前走》的徵稿活動所寫，完成於九八年初。前面已經提過，同人誌風潮孕育出一票年輕女漫畫家，出版社把她們找來，破天荒地計畫推出御手洗漫畫的單行本。雖然她們都曾畫過御手洗，卻都還是新手，成名的沒幾個。在此情況下，我被要求寫一篇小說，作為此次競賽的主題。身為作者責無旁貸，只能勉為其難了。

因為是給女性漫畫家比稿用的文本，讀者也多半都是女性吧？因此我設定主角為女性，內容也比較抒情。故事以松崎玲王奈為中心，舞台在聖塔莫妮卡的海灘。當時我已經搬到洛杉磯居住，聖塔莫妮卡離我家很近。

在這篇故事裡，同樣也是沒有殺人等不可解的謎團，出場人物只有兩個，更特別的是，只一天就結束了。可試著寫出來後，感覺還蠻愉快的。那時我已搬到洛杉磯一陣子，慢慢融入英語圈的生活，所以我是以翻譯的感覺在寫。就連出場人物的對話，我都盡量先在心裡想好英文，才把它翻成日文寫出來。結果，這篇小品被只承認本格推理的媒體批評得一文不值，不過，卻也出現一票特別擁護它的女性讀者。剛登初出場的時候，玲王奈可說是女性讀者的公敵，她之所以慢慢為同性所接受，應該是從這篇小說開始的吧？

我很喜歡變換新的環境，藉由這樣的刺激，也讓自己的作品產生變化。若不這樣的話，恐怕會千篇一律，難以為繼吧？

這篇作品早〈波士頓幽靈畫圖事件〉半年前完成。不過，故事發生的時間卻在它之後，因為覺得它適合當短篇集的壓軸，所以就把它放在最後了。

說到文中時間，是在前三篇作品發生很久之後的一九九七年，當時御手洗早已離開日本，住在瑞典，加入「歐洲大腦十年」的研究團隊。至於御手洗的最新動向，如今他已從斯德哥爾摩大

㉗〈御手洗潔，當代奇人〉（原：御手洗潔、その時代の幻）（原書房，二〇〇〇年）。

學搬到比較北邊的烏普薩拉大學（Uppsala University），繼續從事研究的工作。

不同於只推崇本格的媒體，女性讀者對〈再見了，遙遠的光芒〉可是一句怨言都沒有。不過，她們倒是一直催促我，要我趕快讓御手洗回到人在橫濱的石岡身邊。這樣的聲音始終沒斷過。

二〇〇一年十二月八日　記

・中文版書封製作中

島田莊司推理傑作選—— 34

島田莊司重新修訂，
青春推理的不朽名作！

夏，
19歲的肖像（暫名）

2013年9月　經典再現！

因車禍事故而入院的青年，
從病房窗戶目擊了在「山谷之家」發生的可怕事件！
那位一直懷抱憧憬、默默暗戀著的女性，
是殺害父親的凶手嗎？
出院後，青年決定展開了某項行動……
青春總是充滿徬徨與苦澀，
前方等待著他的，是令人震驚不已的結局！

國家圖書館出版品預行編目資料

御手洗潔的旋律 / 島田莊司作；婁美蓮譯．--
初版．-- 臺北市：皇冠，2013.03
面；公分．--（皇冠叢書；第 4294 種）（島田莊司推理傑作選；33）

譯自：御手洗潔のメロディ
ISBN 978-957-33-2975-6（平裝）

861.57　　102003597

皇冠叢書第 4294 種
島田莊司推理傑作選 33

御手洗潔的旋律

御手洗潔のメロディ

作　者—島田莊司
譯　者—婁美蓮
發 行 人—平雲
出版發行—皇冠文化出版有限公司
台北市敦化北路 120 巷 50 號
電話◎ 02-27168888
郵撥帳號◎ 15261516 號
皇冠出版社（香港）有限公司
香港上環文咸東街 50 號寶恒商業中心
23 樓 2301-3 室
電話◎ 2529-1778　傳真◎ 2527-0904
責任主編—盧春旭
責任編輯—吳怡萱
美術設計—王瓊瑤
著作完成日期— 1998 年
初版一刷日期— 2013 年 3 月

法律顧問—王惠光律師

讀者服務傳真專線◎ 02-27150507
電腦編號◎ 432033
ISBN ◎ 978-957-33-2975-6
Printed in Taiwan
本書定價◎新台幣 280 元 / 港幣 93 元